70年分の夏を君に捧ぐ

櫻井千姫

STARTS
スターツ出版株式会社

二〇一五年、十七歳、高校二年生の夏。

あたしの身体に信じられないことが起こった。

一日ごとに、七十年もの時を跨いで、戦時中の広島に生活する女の子と身体が入れ替わるんだ。

続く入れ替わり現象、少しずつ近づいていく「あの日」。

さらに、あたしはとある真実に直面してしまって……!?

これは、平和な時代に生まれたあたしと戦時下に生まれた「彼女」が戦い抜いた、あたしたちの戦争の記録。

目次

70年分の夏を君に捧ぐ

七十年前の君へ

チョコレートとストロベリーとバニラ。適当に気分で選んだら、見事に三人、バラバラになったシェイクの味。クリームと液体のちょうど中間にあたるそれが、紙コップの中で甘くやわらかくとろけかけている。紙コップをテーブルの脇に追いやり、あたしたちはいっせーのせ、で期末テストの結果表を取りだす。

英語、数学Ⅱ、日本史ｅｔｃ．……こんな紙きれ一枚に、あたしたちも、あたしたちの親も、泣いたり笑ったりする。それどころか、未来を左右されている。学歴なんか気にしないで本当にやりたいことをすべきだ、なんて若者からちやほやされたくて必死な一部の大人たちが言う戯言を鵜呑みにするほど、あたしたちは幼くはない。

「うっわー、今回も百合香の圧勝じゃん！　さすが頭のいい彼氏がいると違うねぇ。

あたしと莉子はいつもどおり、どっこいどっこいだけど」

「残念でしたー、全体の点数は二点しか違わなくても、数学では二十点も差がついてるんですぅー」

「その代わりあたし、英語は断トツで莉子に勝ってんだからね！」

やいのやいのと、肘を小突きあって自分の得点を自慢しあうふたり。中学時代に水泳部だった沙有美は全体的にふっくらしていて背が高く、胸も大きくて、水泳部時代に塩素でいつのまにか脱色された茶髪（と、教師には説明しているけれど、実際は自分で染めていることをあたしと莉子は知っている）をポニーテールにしてぴょこぴょこ跳ねさせている。一方、小柄でくりくりした目が特徴で、いわゆる小動物系女子の莉子のショートボブの黒髪には、ラインストーンつきのバレッタがきらめいていた。

身長百六十センチ、体重四十八キロの標準体型、胸の下らへんまで伸ばした髪を毎朝くるりと巻くことを習慣にしているあたしも含め、全員、いわゆる優等生タイプではない。でも、テスト後の点数比べが遊びの一環としてまかり通るのもあと少し。来年、受験や進路の文字が常にあたしたちの脳内をグルグルするようになったら、紙きれの数字は今よりも比べ物にならないほど大きな意味を持ち、みんな必死で成績を、つまり「今の自分が校内でどれくらいのポジションにいて、来年の春どのレベルの大学に行けそうか」ということを、隠そうとするだろう。きっと親友にさえも。

「あーあ、うち、また親に怒られるよー。こんな点数じゃお兄ちゃんと同じ大学行けないでしょ、って。別にお兄ちゃんと同じ大学行きたくなんかないのにさー」

莉子がオレンジのリップグロスでつやつやさせた唇の間に、ストロベリーシェイクのストローを挟みながら言う。女子生徒の九割がスカートを短くしているし、六割が程度の差こそあれメイクして登校する。そんな比較的自由な校風と家から徒歩十二分の距離、という安易な理由で選んだ高校だけど、実は生徒の八割以上が四年制大学への進学を希望する進学校だ。莉子の悩みはこの学校ではごくありがちなモノ。

「莉子のお兄ちゃんの大学ってアレでしょ？　アレ。あぁもう、あたしたちなんかが口にするのもためらうよ、超名門すぎて」

「あたしたち、って勝手に一緒にしないで」

んもー百合香の意地悪、と沙有美が半袖ブラウスに包まれた肩をちょんと突いてくる。沙有美はよく笑うしよくしゃべるし、よく目立つ。そのせいか、平均的な顔立ちにもかかわらず、三年の先輩と付き合っているにもかかわらず、よくコクられている。

「ひとりっ子の沙有美と弟と妹しかいない百合香には、優秀な年上のきょうだい持った人間の葛藤なんて一生わかんないよー。ったく親の愛は無条件です、なんて誰が言いだしたのよ？　親の愛は条件つきに決まってんじゃん！　どこの親もありのままの子どもを愛そうなんてしないよ。成績優秀な子どもや言うことをよく聞く子どもを愛するもんなんだって」

「愛、なんて白昼堂々、こんなとこでよく言えるねぇ」

って言ったら、むくれた莉子に、こうなったらもうヤケ食いしてやる、とシェイクの紙コップを奪われた。こんなとこ、というのは三人が週三で集まるチェーンのファストフードの店。学校から徒歩八分、駅から徒歩一分、飲み物も食べ物も高校生のお財布に優しい価格。当然、平日の午後は中高生のグループだらけになる。

「よっし莉子、気分転換に楽しい話しよ！　夏休みになったら今年も行くからね、あたしんちの別荘！　今年は三人の彼氏も誘ってさぁ」

「あんなボロ屋を別荘なんて言わないでよ、本当の別荘を持ってる人に失礼だよ」

まだむくれている莉子は言ってくれるねー、と沙有美に紙コップを奪われている。ていうかそれ、元はあたしのなんですけど。

別荘と言えば聞こえはいいが、相続で沙有美のお父さんが受け継いだ、普段は使われていない古い3LDKをそう呼んでいるだけ。

といっても、千葉の北側の海岸沿い、海まで歩いて二分の好ロケーション。去年は四泊五日で行って、バーベキューに花火にすいか割りに肝試し、思いつく限りの遊びを堪能したっけ。

「男の子と一緒に旅行なんて、あたしの親が許すわけないし」

「百合香は真面目だねー、男子が一緒なんて言わなきゃいいだけじゃん！　去年と同じ、いつもの三人で行くって言っときゃいいの」

去年の夏休み直前、弘道にコクられて付き合いだして、あたしは仲よし三人組で唯一の彼氏持ちになった。だからって焦って恋活に精を出すほど、沙有美も莉子も単純じゃないけれど、その年の冬には沙有美は同じ中学だった先輩と、莉子は文化祭で知り合った他校の男の子と付き合い始めた。そして高校生の恋愛にありがちな、数日単位でのスピード破局を迎えたり、束縛が激しいバカ男やＤＶ男、あるいは盛りのついたサル男に引っかかることもなく、見事に三人とも平和な付き合いが続いてるんだ。

「実質、今年が高校生活最後の夏なんだよ？　テストも終わったんだしさぁ、百合香も莉子も、もっとはしゃぎなって！」

「確かに来年の今頃は、うちの親は両方とも鬼と化してるだろうなぁ……」

テンションを上げようとした沙有美の隣で、莉子がうなだれている。

そう、今年が実質高校生活最後の夏。進学校に通うあたしたちの来年の夏は、受験戦争真っただ中だ。十七歳のあたしたちはもう、子どもじゃない。大人ははしゃいだりふざけたり、未来に期待したりしない。受験を終えて大学生活という束の間のモラトリアムを得たあと、今度は就職活動という新たな戦争が待っている。その後は、楽しいことなんてきっとひとつもない。

実社会なんてしんどくてつまらないだけ。刑務所のような場所に決まってる。

ぶるる、テーブルの上で猫のキャラクターのカバーに包んだあたしのスマホがアプリ着信を告げる。メッセージは弘道から。『ついた。いつもんとこ』。スタンプはおろか絵文字のひとつすらない。アプリでつながった最初の頃はこの人本当にあたしのこと好きなの？　と疑うほどだったけど、今はこれが弘道らしさなのだとよく知っている。

愛、だなんて十七歳だからまだよくわからないけれど。一年間付き合って、あたしと弘道の間には何本もの糸できつく編んだような強い絆が芽生えている気がする。

「ごめん。あたし、もう行かなきゃ」

「おっ、弘道くんかー？　いいなぁ、百合香が一番ラブラブじゃね？」

「ねぇねぇ、いっつもどこで弘道くんと会ってるの？　いい加減教えてよー！」

「だーめ。秘密の穴場が秘密じゃなくなっちゃうから」

けちー、と沙有美と莉子が声を合わせた。あたしはふたりに小さく手を振ったあと、一センチだけシェイクが残った紙コップをゴミ箱に捨てて外に出る。

エアコンの効いた室内から一歩屋外に出ると、気温三十二度の熱がむわぁん、と湿気と共に襲ってくる。明日は七夕。まだ七月の上旬で梅雨明け宣言も出されてないのに、こんなに暑いなんてこの先思いやられる。

『日本は今、戦争をする国になろうとしています。アメリカからの押しつけ等ではありません。私たちは世界に誇れる、この平和憲法を絶対に守るべきなのです――』

駅の改札を出てすぐのところ。『戦争法案絶対反対!!』『平和のために今こそ立ちあがれ』なんていうプラカードや垂れ幕が並んだ一団の中心で、メガホンを手に女の人がしゃべっている。というか、叫んでいる。前髪から覗いたおでこに浮かんだいくつもの汗の玉が、鬱陶しいアクセサリーに見えた。

新宿や渋谷ならわかるけど、都心から離れたこんなところまで、小規模とはいえデモが起こってるなんて。学校でも日本史の先生が長々と話してたし（退屈すぎて途中から寝た）、今世間を賑わせている法案のことはあたしも一般市民として一応知ってはいるが、自分とは関係ないことにここまでアツくなれる人間の気が知れない。

こんな暑い日に情熱を振りまかれた他の人のことも考えてほしい。体感温度が二度は上がるっつぅの。暑さからくるイライラに任せて、無意識に『戦争法案絶対反対!!』のプラカードを睨んでいた。

夏は嫌いだ。暑さのせいで無駄にテンション上げた連中がウザいから。


弘道とあたしが週イチで「密会」する喫茶店は、表通りからひとつ奥に入った小さな通り沿い、ライブハウスの隣にある。建物の二階に小さな音楽事務所が入っているところが、音楽や演劇、次世代のカルチャーを次から次へと生みだすこの街らしい。

こんなおしゃれな街が地元なんて羨ましぃー、と沙有美と莉子にはよく言われる。沙有美は都下から毎日一時間かけて通学してるし、莉子は高校進学と同時に神奈川から引っ越してきたから、住んではいても地元という感じではない。現実には、おしゃれな古着屋の服にはゼロがひとつ間違って書いてあるんじゃない？　と疑いたくなるような値札がついていて、パンケーキや凝ったラテアートつきのコーヒーを出す店は高校生の経済力じゃ入れない価格設定なんだけど、弘道が教えてくれたこの喫茶店は、コーヒー一杯四百円から。まぁそれでも、ファストフードの四倍だけど。

でも、わかりづらい場所にあるからか、ここで同じ高校の生徒に会ったことは一度もないし、落ちついた大人の空間、というキャッチコピーが似合う店内は、行ったことはないけれど軽井沢あたりの、それこそ本物の別荘の一室みたい。

「お待たせー」

弘道はテーブルが低いソファ席に座っていた。やってきたウエイトレスさんに弘道と同じホットコーヒーを頼む。テーブルの上には別に隠すほどのものでもないんで、って感じでひらりと置かれたテストの結果表。

「見ていいよ」

弘道がぐいと顎を差しだして言う。頭の切れ具合を表しているような濃い眉毛と切れ長の目。正直そこまでイケメンじゃないし、十人中五人が「まぁ……恰好いいんじゃない?」って言うほどのレベルだけど、弘道はいい顔をしていると思う。少し太すぎる鼻筋も、行儀よく並んだ歯も、グレープフルーツみたいな感触の厚めの唇も、あたしは好き。

「何かもう、言うことなし。というか、あたしがコメントしちゃいけない気がする」

「俺は凹んでるよ。今夜これを親に見せるんだって思うと憂鬱になる」

「なんでよ」

「十番以内から落ちた」

「つっても十一位じゃん！　あたしなんてやっと四十位台だっつーのに!!」

コーヒーが運ばれてきて、ミルクを落としてかき混ぜる。墨色がクリーミーホワイトと溶け合って、ゆっくり回りながら焦がしたキャラメルの色に変わっていく。

「弘道はさぁ、絶対入るべき高校を間違えてるよ。もうひとつランク上のとこ狙えばよかったのに」

「だからその話は前もしただろ、本命は私立だったんだよ。でも受験直前になってオヤジが大阪に転勤になって、断ればたぶんクビで、単身赴任はイヤだからって自主退職してこっちで仕事探そうって話になったけど、今と同じ生活レベルは保証できないから私立はやめてくれって」

「でも結局お父さんの転勤の話はなくなって、クビにもならなくて、なのに、弘道はランクを落とした高校に通うことになったんでしょー？　ちょっとした悲劇だよね」

「別に今の高校でいいよ。校則うるさくないし、授業の質も悪くないし、それに百合香にも会えたし」

そんなことを照れもなく言うもんだから、言われたこっちが恥ずかしくなる。コーヒーが変な場所に入ってしまってむせて、弘道が驚いたように大丈夫か？　と言った。

弘道とは高一のときに同じクラスだった。二年から文理選択でクラスは分かれてしまったけれど、スマホも通話アプリもあるんだから学校の中でも外でもいつでも会える。違う学校の人と付き合っている莉子からすれば「百合香はほんと恵まれてるよ、彼氏と壁一枚しか隔ててないなんて！」って、本当に羨ましい環境なんだそうだ。

りんりん。喫茶店の入り口にぶら下げられた、重そうな鉄製の風鈴が鳴る。音の行方を確かめるように顔を上げると、水彩画みたいな空がどーん、と視界に入ってきた。夏の空は神様という名の芸術家が作り上げた幻想的な色をしていて、ビルの壁面や空を走る電線のくっきりした輪郭と対照的だ。まるで絵に描いた空にカメラで写したビルや電線を切り取り、貼りつけたよう。

「ねぇ、弘道さ。覚えてる？」

「覚えてるよ」

「うっそー。絶対何のことだかわかってない！」

「わかってるって。一周年記念だろ」

あたしのほうを見ないで、弘道が言う。ちょっと嬉しくなって、頬が火照る。

去年の夏休み前、放課後の教室だった。HR（ホームルーム）の直前に「今日、放課後残ってて。誰もいなくなるまで」ってメッセがスマホに来たから、沙有美や莉子としゃべりながら時間が過ぎるのを待っていた。きっと沙有美も莉子も、弘道の友だちも知ってたんだろう。みんな次々と教室を出ていって、思ったよりも早くあたしたちはふたりきりになった。

廊下で沙有美たちが耳をそばだてている気配をびんびん、感じたけど。

さすがに誰にも聞かれたくなかったんだろう。弘道は困った顔で言った。

「ちょっと耳貸して。もっと、こっち来て」

ふたりの身体(からだ)がありえない距離まで近づく。あたしの心臓は少し触れたらぱつんとはじけそうで、バクバクうるさい鼓動を弘道に聞かれたら恥ずかしいな、とちょっと思った。耳たぶの先端に弘道の唇が一瞬、当たる。

「好きだから、付き合って」

弘道らしい率直な言葉から、あたしたちの関係はスタートした。

中学のときも付き合ってる人はいたけれど、はっきりした告白なんてなくて、同じグループでつるんでるうちにいつのまにかそうなっちゃったって感じで、手をつないだことすらなくて、別の高校に進学したと同時に自然消滅してしまった。

だからコクられたのもデートしたのもキスしたのも、本当に何もかも、弘道が初めてだったんだ。

「今日、これからうち来る?」

十九時の閉店と同時に弘道と肩を並べて喫茶店を出る。夏のこの時間は外はまだ明るく、大通りに出るといよいよ人通りが多くて、どの店も本格的に賑わっていた。

「んー。今日は、やめとく」

弘道の家は各駅停車でここからふたつ目が最寄り、駅から歩いて七分のデザイナーズマンション。会社勤めの両親は帰るのが遅く、ただひとりのきょうだいのお兄さんは京都の大学に進学していて、二年前から実質ひとりっ子みたいなものらしい。弘道の家には週に一度か二度、行っていた。大切なふたりきりの時間。

だけど今日は、なんとなく気が向かない。

「そか。じゃあいいや」

そっけなく言われるとなんだか寂しくなって言い返そうとしたけれど、劇団員風の青年グループとすれ違って彼らの大声に臆してしまったように、言葉を飲みこんでしまう。代わりにシャツの端っこを何かを訴えるつもりで握りしめると、その手をそっと握り返してくれた。

同じクラスの子に見つかって次の日冷やかされたら恥ずかしいから、学校の近くで手はつながない、て言いだしたのは弘道だったのに。自分から約束、破るなんて。

「じゃあ」

駅の改札前でつないでいた手を解く。弘道は顔だけこっちに向けて、人波に埋もれそうな自動改札のほうへ歩いていく。

ふいにちょっと息苦しくなって、胸の奥がきゅっと狭くなって、弘道の誘いを断ったことを今さら後悔していた。

「じゃあね」

一瞬感じた寂しさを押し隠そうと、笑顔を作って手を振る。その後はくるりと背を向けて、家に近い北口へ続く小道を目指していた。

あたしと弘道は、あと何度こんなデートを重ねられるだろう。

ふたりはいつまで付き合っていられる？　これからも一緒にいられるって保証はどこに？　たぶん大学は別だ。弘道は今度こそ自分のレベルにあった大学に行くだろうし、そこに受かるにはあたしの頭じゃとうてい無理。

そんな気持ち、沙有美にも莉子にも、もちろん弘道にも、絶対言えない。

広島（ひろしま）のひいおじいちゃんが夕べ倒れたって話は、五人揃（そろ）っての夕食のときに知った。今夜のおかずはハンバーグで、小三のあやめが小五の蓮斗（れんと）にひときれミンチの塊を奪われて半ベソをかいていた、ちょうどそのとき。

「それが本人は元気で、家に帰る、支度するぞ、とか言いだすんですって。まぁ、元気って言っても、ボケてるんだけどね」

「それなのに危篤なのか？」

お父さんが言う。お母さんとは六歳差、十九歳だったお母さんと出来ちゃった婚（そのときお母さんのお腹に入ってたのはあたしなんだけど。だから百合香はお父さんとお母さんの愛のキューピットなのよ、なんて聞いてるこっちの耳が熱くなることを今でもお母さんはたまに言う）したくらいだから、若い頃はイケメンだったらしいが、二重顎にビールっ腹、典型的な中年メタボ体型の今は残念ながらその面影はない。

「それなのに危篤なのよ。タイミングが悪いったらないわ。夏休みに入ってからだったらみんなで広島に行けたけど。とりあえずわたしだけでも帰らないと」

イケメンから脱退したお父さんに比べると、こちらは今年まだ三十七歳、でもパッと見三十二、三、ひょっとしたら二十代でもイケるかも？　という容姿のお母さん、今夜はちょっとだけ顔を曇らせている。

「お母さん、広島に行っちゃうのー？　やだお兄ちゃん、またハンバーグ取ったぁ」

甘えん坊のあやめが今にも涙腺を崩壊させそうにしているので、あたしは長女らしくそんな妹にお箸でちぎったハンバーグを分けてあげる。情けは人の為ならず。これはダイエットの一環。

「あやめがいい子にして、家の手伝いすればすぐ戻ってこられるよ。お母さんはひいおじいちゃんが危篤で大変なんだから、わがまま言っちゃ駄目だからね」

「きとく、って何ー？」

「今にも死にそう、てこと」

ふーん、とあやめが小さな口にハンバーグを頬張りつつ首を傾げている。

母方のおばあちゃんとひいおじいちゃんがふたりで暮らしている広島の家には、数回行ったことがある。生まれてから数えるほどしか会ったことのない人が危篤だなんて、いくら肉親とはいえ正直、何の感慨も湧かない。八歳のあやめだって同じだろう。

「ひいおじいちゃんって、東京で会社作ったんだろ？　何で広島に住んでんの？」

お父さんに、あやめの分まで食べるなんてお前は食い意地が張りすぎだと怒られながらも、まったく堪えていない蓮斗が言う。声変わりにはまだ遠いボーイソプラノ。

「蓮斗は知らなかったっけ。まだ百合香も蓮斗も、もちろんあやめも生まれる前に、ひいおばあちゃんの癌が発覚してね。勝大伯父さんがいるでしょ？　会社の経営権を大伯父さんに移して、ふたりで故郷の広島に移り住んだの。終の棲家は生まれ育った場所がいいって、ひいおばあちゃんが言ったみたい」

あたしも初めて聞く話だった。お母さんの声の向こうに、子ども時代の夏を何度か過ごした家と庭を思い出す。中学に入ってからは自然と行かなくなっていた場所。ステテコ姿で縁側に腰かけるひいおじいちゃんの顔の上部で、べっ甲色のサングラスが日差しをきらりと跳ね返している。

「ひいおばあちゃんがきょうだいから相続した土地に家を建てて、ふたりで住んで。

結局癌がわかってから五年でひいおばあちゃんが亡くなって、その次の年にはひいおじいちゃん、緑内障で失明して。その後はおばあちゃんが広島に移り住んでひいおじいちゃんの世話をしてるんだけど、そのおばあちゃんも二十歳年上のおじいちゃんと結婚して、三十代で死別しているからねぇ。そのときお母さん、まだ七歳だったわよ」

「なんだかみんな、苦労多い人生だね」

そう言うと、お母さんはにっこりあたしに笑いかけた。

「苦労は誰にでもあるし、幸せや不幸は秤（はかり）にかけて比べられるものじゃない。ひいおばあちゃんが、よく言ってたわ」

癌になるとか失明とか、七歳で実の父親と死に別れるとか、どれもこれもどういう感じなのかあたしには想像もつかないけれど、ひと通りの苦労話を聞いて、脳裏に浮かぶひいおじいちゃんの記憶の舞台はなぜか、仏間だった。

たぶんそのときのあたしは小四か小五。他の家族は出かけたのか、昼寝でもしているのか。なぜか家じゅうがしんとしていて、チビだったあたしにはその大きさと重量感で圧倒してくる仏壇が、ひどく魅惑的に映ったことを覚えている。それで、お鈴（りん）の下の引き出しに自然と手が伸びていた。

「何をしているんだ」

鋭い声をかけられて、バネのように心臓がはねた。

動けないあたしは引き出しの中身をひたすら握りしめていた。ひいおじいちゃんが近づいてくる。

「誰だ……百合香か?」

あたしたちにいつもそうするように、皺だらけの真っ白い手が顔に伸ばされる。目が見えないから、ひいおじいちゃんはいつもそうやって目の前の人を判別してた。でもそのときのひいおじいちゃんは、指が頬に達する前にあたしの名前を言い当てた。

水分のほとんどない皮膚が、頬を包む。そのまま殴られるんじゃないかと思って身体が震えた。でも違った。感覚でわかった。ひいおじいちゃんはあたしが手にした、何かを取り返そうとしている。

あたしは存在しない脅迫で怯えるように、右手から力を解いた。ひいおじいちゃんはそれを引き出しの中に戻す。ぱたんと木板がこすれる音。まるで目が見えているみたいな動きが、別の恐怖であたしの喉もとを圧迫する。怖くて声も出せない。

「人のものを、勝手に見るんじゃない」

ひいおじいちゃんはそう言って、先ほどの機敏な動きは忘れてしまったのか、手で壁や引き戸の位置を確かめ、そろそろと部屋を出ていった。

あのときあたしが仏壇下部の引き出しから何を取りだしたのか、そしてひいおじいちゃんが何でそんなに怒ったのか、もう全然思いだせない。確かにひいおじいちゃんは、怖い人だった。サングラスをしているから、というのもあるけれど、昔の人にしては背が高くて大きくて、全然笑わないし、しゃべらない。かといって何かに腹を立てることもなく、他人から見ればおとなしい年寄りだったと思う。

そんなひいおじいちゃんが唯一あたしの前で怒りを表したのが、あのときだった。

「ひいおじいちゃんってさー、どんな人だったっけ？　なんかこれから死ぬって言われても、悲しいとかかわいそうとか、そういうの全然ないや」

高校生のあたしが思っても言えなかったことを、小学生の無神経さで蓮斗が口にして、すかさずお父さんに頭をはたかれていた。

「そういうことを言うな。お母さんのおじいちゃんなんだぞ」

「しょうがないわよ。最後に会ったとき、蓮斗はまだ小さかったしね」

のんびり応じるお母さんの気を引きたいのか、あやめが「ねぇねー、あやめ、今日ねー」と言いだして、夕食の席の話題は自然とそちらに移っていった。

夢だ、ということだけがわかっていた。

白いのか黒いのかわからない、光なのか闇なのかわからない、不思議な空間にあたしはいた。夢だとわかったのは、こんな空間、現実じゃありえないから。天井がなければ床もない、そんな世界に存在してるってことは、夢を見ているか、あるいは死んでいるか。でも死んだ覚えはないんだから、夢に違いない。

目の前に、女の子がいた。背は莉子と同じくらい。ちょっと小さめで、髪の長さはあたしより五センチほど短い。化粧っ気がないしどこか垢ぬけないけれど、なかなかかわいらしい顔をしている。よく言えば、ナチュラル系。悪く言えば、昭和くさい。服なんかむしろ大正時代で、着物を着ている。たぶん浴衣、昔の寝間着。

その子はあたしのほうを不思議そうに見ていた。表情から、お互いに同じことを思っているのがわかる。

『誰……?』

ふたりの声が、重なった。どちらからともなく手を差しだす。

ふたつの手の間から、光の玉が溢れる。真っ白い光が眼球を直撃して、たまらず目をつぶった。それでもまぶたの裏側まで光は追いかけてきた。衝撃が全身を駆け抜ける。ゴムボールの中に閉じこめられて、超速度でシェイクされているみたい。何なの。

この、夢——そしてあなたは。

＊　＊　＊

ぱちっと目が覚めるのと同時に、天井が違っている、と気づく。こんな木目の古臭い天井、あたしの部屋じゃない。いろいろな音がした。ジュウゥ、何かを焼く音。ざくざく、野菜か何かを刻む音。家の外からだろう、何を言っているのかまではわからないけれど話し声もする。それで、この家がありえないほど壁が薄いことに気づく。

ベッドはなく、なぜか布団から――身体を起こす。元は白かったものがひどく汚れたんだろう、何日分もの汗がしみこんだような、雑巾と同じ色の寝間着を着ていた。

さっきの子と同じだ、と気づいて一瞬息が止まる。改めて部屋を見渡す。粗末な和室に敷かれた三組の布団。あたしの隣には小学生ぐらいの小さな子どもがふたり寝ていた。壁には古めかしい時計がかかっている。窓にはなぜか紙が貼ってある。装飾品らしいものが何ひとつない部屋の片隅に、赤い小花を散らした布で鏡部分を覆ったドレッサーが鎮座していた。

ドレッサー！　鏡!!　気がついて歩み寄る、というか飛びつく。

鏡にかかった布を持ち上げると、さっきの女の子がいた。濃い眉に奥二重の目、薄い唇。どこもあたしじゃない。あたしはこんな顔じゃない。

これは夢の続きだろうか。だって、別の人になっちゃうなんて、ありえない。

「千寿（ちず）っ！　わりゃあいつまで寝とるんか!!」

知らない声が、知らない名前を呼んだ。

七十年後の君へ

ジャガイモは春と秋、年に二回とれる。春の初め、まだ寒い中凍える手で土を掘って植えたジャガイモは夏の初めに実り、その後夏の盛りに植えつけたものは秋の終わりに収穫できる。寒さ暑さに耐え忍んだ労働が、次の季節に実を結ぶんだ。

「姉ちゃん、見てみてー！　わし、目ん玉が芋になった」

「うちもー！」

六歳の辰雄（たつお）と国民学校二年生の三千代（みちよ）が、目のところにジャガイモを当ててはしゃいでいる。今夜はこの後、収穫祭だ。貴重な芋をもちろんひと晩で全部食べるわけにはいかないけれど、子どもたちはお腹いっぱいにしてあげられるだろう。

「あんたらいかんよー、食べ物で遊んじゃあ」

姉の威厳を出して一応叱る。少し遠くで母さんが笑っていた。

山の稜線（りょうせん）の向こうに太陽が沈みゆき、西の空が紫とオレンジを塗り重ねたように美しく染まっていた。

毎日米つぶが何かの滓（かす）みたいにぽちぽちと浮かんでいるだけのお粥（かゆ）じゃ、ひもじくて仕方ない。大人の私がしんどいんだから、食べ盛りの辰雄と三千代はたまらないはずだ。本当はきらきらの真っ白な白米をてんこ盛りにして食べたいけれど、ジャガイモだってかまわない。終わりのない空腹を束の間でも満たせるのなら。

「辰雄ー、三千代ー。あんたら、先帰ってなさい。もうすぐ暗くなるから」

母さんが畑仕事の手を動かしながら言う。このご時世ですっかり痩せてしまったけれど、四人もの子どもを生み育てた身体はがっしりと逞(たくま)しい。

「あんた、この芋、ちょっと積みすぎでないん？」

手押し車にいっぱいに積まれたジャガイモは今にもこぼれ落ちそうだ。辰雄が任せとけと胸を張る。

「姉ちゃん、わしがおるけ」

「あんたがおるから心配なんよ」

「姉ちゃん、うちもおるよ。辰雄がへばったら、うちが押すけ、大丈夫」

三千代が得意げに言う。八歳の三千代は二歳下の弟をすごくかわいがっていた。

「辰雄、三千代ー！　車に気をつけるんよ。焦らんと、ゆっくり行きんさい」

「わかっとるけー、母ちゃん！」

辰雄が棒きれみたいに痩せた腕で手押し車を押し始める。三千代がその後ろをそっと見守るようについていく。

夕焼けの空にふたりの歌声が上っていった。とんとんとんからりと隣組、格子を開ければ顔なじみ、廻して頂戴回覧板……。

「母ちゃん、よかったね。ふたりともあんなに喜んで」

「本当よ。配給のもんだけじゃひもじいし、草を摘んできても腹は膨れんし。姉さんが分けてくれたこの土地があって、助かったわ」

時計職人の父さんのもとに嫁入りした母さんの実家は農家で、すでに母さんの父さん、すなわち私のおじいちゃんは他界している。女だけの三人姉妹の真ん中に生まれた母さんは、母さんの姉さん、つまり私の伯母さんが相続した土地を貸してもらって、畑にしていた。

猫の額ほどの小さな庭にも小松菜が栽培してある。他のどの家もそうであるように、私たち栗栖一家も本業の農家ではないのに自分たちが食べるためのものを自分たちで作り、にわか畑でぺったんこのお腹を少しでも満たそうとしていた。

「千寿、あんた泥まみれよ。帰ったらすぐ風呂に入らんとねぇ」

母さんに言われ、丸首シャツから突き出た腕で額をこすると、泥がいっぱいついてきた。ただそれだけのことで笑った。見ている母さんも笑っていた。

郊外にある畑から広島市中心部の家までは、歩いて三十分かかる。手押し車を押しながらだと、四十分。我が家が所有している手押し車は二台、辰雄たちの車にたっぷり芋を積んだおかげで、私と母さんと、交代しながら押した車は少し軽かった。それでもまともなご飯を食べていない女の身には重労働で、汗だくになった。

あと二時間もすれば闇に包まれてしまう街はまだ明るく、多くの人が行き交っていた。東遊郭にほど近い広島の町中に、時計屋を兼ねた私の自宅はある。右隣は硝子屋さん、左隣は長いこと空き家だったけれど一年前から、遊郭で下働きをしている女の人と、その息子が住んでいた。

家の前に立っている辰雄と三千代を見つけて手を振ろうとして、すぐ異変に気づいた。手押し車が横倒しになって、さっき収穫したばっかりのジャガイモがごろごろと道に転がっている。辰雄が睨みあっているのは高下のところの隆太で、隆太の後ろでは悪ガキがふたり、にやにやしていた。三千代はどうしていいのかわからないという様子で、今にも泣きそうな顔で佇んでいる。

すぐに母さんが手押し車を置いて走りだそうとするので、その肩を掴んで制した。

「母ちゃんはここで待っとって車を見てて。私が行ってくる」

「じゃけど、千寿……」

「私で無理なら、母ちゃんが行って」

不安そうに私を見る母さんに大丈夫だと念押しし、走りだす。私を見た途端、三千代が溜めていた涙を溢れさせて抱きついてきた。小さな肩をぎゅっと抱きしめる。

「姉ちゃん、どうしよう」

「もう大丈夫よ。なぁあんたら、うちの弟と妹に何してくれんの」

「こいつら卑怯もんじゃ、集団で襲ってきよって。うちの手押し車倒しよった」

辰雄の声が怒りに震えている。ふん、と隆太が鼻で笑う。それが気に入らなかったのか掴みかかろうとする辰雄の腕を、私は慌てて握った。手を出して怪我でもさせたら、高下が黙っちゃいない。

「せっかくの芋をこんなにして……ひとつ残らず、あんたらで拾いんさい!!」

「阿呆か、誰がそんなことするか、非国民相手に」

非国民、という言葉にすぐ隣を通り過ぎる大人たちが反応して、じろじろとこっちを見る。頬にカアッと、火かき棒を押し当てられたような熱を感じた。今にも飛びだしそうな勢いの辰雄の肩を抱いて止めるけど、六歳児の必死の力は意外なほど強い。

「うちはあんちゃんが戦争に行っとるけ、非国民じゃのうて。馬鹿にする奴らは許さんぞ。しごうしたる」

「おぉ、やれるならやってみろや」

隆太の後ろで鼻の穴を膨らませた汚らしい悪ガキがふたり、騒ぎだす。辰雄の顔が真っ赤になり、三千代がぽろぽろ涙をこぼした。

「非国民なんざ、ちっとも怖くねぇや」

「おどれなんざひとひねりじゃ」

「だからうちは非国民じゃのうけ！」

「辰雄、危ない！」

木炭バスが煙をまき散らしながら近づいてきて、私は急いで辰雄と三千代の手を引き、道の端へ走る。ズブズブズ、といやな音を立ててバスが走り去っていったあとには、道の上に潰れたジャガイモが散らばっていた。あぁ、と三千代が泣き声を出す。

「おどれら、何してくれんじゃや!!」

怒りが頂点に達した辰雄が隆太たちに飛びかかろうとする。力が緩んでいた私の手は辰雄を離してしまう。どうしよう、と思った次の瞬間、辰雄を押しのけるようにして母さんが飛びだしてきた。

「子どもの喧嘩は、もう終わりじゃ。大事な芋をこんなにされて、黙っておれるか」

母さんの手がわなわな震えている。隆太たちは大人の迫力にほんの少しだけおののいたけれど、やがてフンと鼻を鳴らす。

「あんたら、謝りんさい。うちの芋に手を出した罪は重いけ」

「ハア、知るか！　おどれらが非国民なんが悪いんじゃ」

そのとき、私の後ろで、店の引き戸が開く音がした。

「父ちゃん……」

三千代の声がかすれていた。

父さんが不自由な右足を引きずりながら、ゆっくり、ゆっくり歩いてくる。額には深い皺が何本も刻まれていた。隆太たちが色めき立つ。

「ついにかかし男の登場じゃ」

「やーい、この非国民めが」

私がまだ小さかった頃に馬に轢(ひ)かれ、未だに足が不自由な父さんは、悪ガキたちにひどいあだ名をつけられて、馬鹿にされていた。すかさず辰雄が怒りを表す。

「おどれら、父ちゃんを馬鹿にしやがって！　もう許さんで」

「辰雄、お前は下がっとれ」

父さんの声は低く、凄(すご)みがある。隆太が思わず一歩後ずさった。

「おどれら、自分らが何をしたかわかっとるんか」

しぃん、と一瞬の沈黙。その後子ザルみたいにきぃきぃ子どもたちは騒ぎだす。

「やってみろや、非国民めが。こんな子どもに手出ししたら、憲兵が黙ってのうけ」

父さんの拳が揺れた。そのまま一歩、前に出る。反射的にその腕に飛びついた。

「父ちゃん、やめて!!」

喉が裂けて悲鳴みたいな声が出る。辰雄に拳固(げんこ)をくらわすのと隆太に手出しするのは、全然意味が違う。暴力沙汰が理由でこれ以上、近所の評判が悪くなったら……。

「なんや隆太。そこで何しとるんか」

緊迫した場にそぐわないゆったりした声に、みんながそちらのほうを向く。

頭の後ろで束ねたひっつめ髪に、藍色のもんぺ姿。高下だった。キツネのように尖(とが)った意地悪な目つきは、隆太とそっくりだ。

「うちらに謝ってくんさい」

母さんが高下を睨みつける。いつもよりも低い声に怒りがにじんでいた。

「隆太らがうちの手押し車を倒しよって、芋を駄目にしたんです。謝ってくんさい」

高下がほーぉ、と得意そうな声を出した。

「よくやったな隆太。非国民成敗じゃ」

「おぅ、わしらやったで！　芋を粉々にしてやった」

「高下さん！　それですますつもりか。わしら、警察に訴えてもええんぞ!?」

父さんが怒鳴るけど、高下はびくともしない。褒められてはしゃいでいる隆太の肩を抱きながら、余裕たっぷりに言う。

「行けばええ。もっとも、あんたらの言うことなんざ、警察は信じてくれるかねぇ」

私、父さん、母さん、もちろん三千代も辰雄も。みんなが唇をぎゅっと噛(か)む。

男の人には赤紙が届き、みんな戦地へ行く。そんな中、足が悪くて行けない父さんは軽んじられる。普段から戦争に反対する言動を取っているから、なおさらだ。

「母ちゃん、本当にこれっぽちなんか？　わしはもう、腹が減って腹が減って、頭がおかしくなりそうじゃ」

辰雄が悲愴（ひそう）な声を出す。小さな米つぶが情けなく表面に浮いたお粥は、庭でとれた小松菜や食べられる雑草を入れて、幾分かはお腹が膨れるように工夫してあるけれど、そんなものでは食べ盛りの男の子のお腹を満たすことなんて、とうてい無理だ。

「どこの家の子もそうなんじゃ、我慢しんさい。辰雄は男の子じゃろ？」

「んだけど、姉ちゃん。隆太の奴にやられなければ、今頃腹いっぱい食えたんじゃろ」

辰雄に言われて胸に悔しさが湧きあがってくる。油断したら泣きそうだ。

「辰雄、母ちゃんの分けてあげるけ。食べんさい」

「ええんか!?」

自分の分を平らげてしまった辰雄が、母さんのお粥をがつがつかきこむ。

「母ちゃん、ええの？　自分は全然食べてないやんけ」

「ええんよ。あんたらがお腹いっぱい食べてる姿を見てるだけで、腹が膨れるわ」

とんとん、と控えめに勝手口を叩（たた）く音がした。この時間に勝手口からやってくる人といえば、ひとりしかいない。

「ゲイリーじゃねぇのけ？」

辰雄が走りだし、三千代があとに続く。こらあんたら、と叱る母さんが小走りになる。足が不自由な父さんもゆっくりと身体を起こす。

辰雄が開けた裏口に、ゲイリーがいた。抱えてる竹籠からいい匂いが漂ってくる。長い睫毛に縁どられた優しげな灰色の瞳が、私を見た。

「ゲイリー、今日はなんじゃ？　ものすごいええ匂いがするのぅ」

「レーズン入りのスコーンだよ。君たちはレーズン、食べられるかな」

「レーズンって何じゃ？」

「干したぶどうのことさ」

ゲイリーから竹籠をもらった辰雄が、さっそく甘い塊にかぶりついている。横から三千代も手を伸ばし、黒い粒がたくさん入ったいかにも甘そうな塊を頬張った。

「美味い！　美味すぎて舌がおかしくなりそうじゃ」

「辰雄、ゲイリーにちゃんとお礼を言わんと」

口いっぱいに食べ物を詰めこんだまま、辰雄が母さんに急かされて頭を下げる。

「いつもすまんのう。もらうばっかりで」

申し訳なさそうに言う母さんに、ゲイリーは軽やかに微笑んでみせた。

「辰雄くんたちに喜んでもらえたら、嬉しいし。僕が嬉しいから、やってるだけです」

「あんたは本当に、神さんみたいな人じゃのう」

「そんな、神様だなんて」

紙のように白い頬を少しだけ赤らめるゲイリー。私たちの前ではいつも明るくしてるけど、本当は人一倍重い悩みや苦しみをその華奢な背中に負っている。

ゲイリーに初めて会ったのは去年の夏だった。その一か月ほど前に、空き家だった隣の家に静子さんが越してきていた。年齢はたぶん、四十前後。すぐに元遊女で、今も東遊郭のとある店で下働きをしていることを噂で知ったけど、隣に住んでいる私たちはそれ以上に大きな秘密の存在を感じ取っていた。

ひとり暮らしのはずの隣の家から、時折話し声がする。誰もしゃべっていないときでないと聞こえない、押し殺したような声。あくまで隣近所にはひとり暮らしだと言い張ってるんだから、存在を隠したい人が一緒に住んでいるとしか思えない。

ある夜、ふわん、とやさしく空気を揺らす音がした。耳慣れない、でもあたたかくて、ずっと聞いていたい音だった。好奇心に抗えず、そっと布団を抜けだす。

音は裏庭のほうから聞こえていた。台所にある裏口から外に出ると、音はより輪郭をくっきりとさせて、耳に流れこんでくる。

裏庭の、隣の家を隔てている塀の上。秋に甘い匂いを振りまく大きな金木犀のそばで、音はしていた。ふわん、ふわん。やわらかい音が海の底のように静まった夜の空気を揺らす。幹の間に、真っ白くて長い脚が見えた。

音が止んで、濃い緑の茂みをかき分けてその人が顔を出した。満月の夜だった。青白い月の光に照らされ、くっきりと高い鼻や灰色の瞳が浮かびあがる。

思わず後ずさった。だって、明らかに日本人じゃない。

「君、千寿かい？」

綺麗な日本語で言われて、少しだけ警戒心がとけた。こく、と戸惑いながらうなずくと、その人はさっきの音と同じようにふわんと笑って、慣れた動きで木を下り、塀をつたって、とたん、と天使が空から降りてくるみたいに私の前に降り立った。

ものすごく高い位置に顔があり、寝間着から飛びだした腕と脚がひょろりと長い。月明かりの下、金色の髪が輝いている。

美しい、と思った。今まで見た誰よりも、何よりも、美しいひとだった。

「なんで知っとるん？　私の名前」

勇気を出して発した声がかすれていた。その人はにこにこしながら言う。

「母さんが言ってたからさ。隣に千寿さんていう、僕よりひとつ年下の、かわいい女の子が住んでるよって」

「ひとつ年下……あなた、そんな歳なん？　もっと大人に見える」

「日本人はアメリカ人を見ると、たいていそう思うみたいだね」

「あなた、アメリカ人なん？」

「母さんがあのとおり日本人で、父さんがアメリカ人で武器商人をやってる。そして僕は『あなた』じゃない。ゲイリーっていうんだ」

「それは、何?」

右手に持っている小さな銀色の箱を指さすと、ゲイリーは私に箱を渡した。白くて細長い指が一瞬私の手に触れて、甘いときめきが心臓からこぼれる。

「ハーモニカっていうんだよ。見るの、初めて?」

「初めて」

「吹いてみてごらん。穴が空いている部分に、息を入れるんだ」

小さな穴がいっぱいに連なった部分に唇を当ててるけど、もわぁー、といっぺんにたくさんの音が鳴ってしまった。こつがいるんだよとゲイリーは笑う。

その次の日から静子さんは息子の存在を私たちに隠すのをやめた。ほどなくして、私は彼らのつらい境遇を知る。ゲイリーの父親には本妻がいて、静子さんは使用人としてアメリカで暮らしていたこと。でも戦争が始まって日本人が次から次へと収容所に入れられるようになって、ふたりで逃げて来たこと。しかし今度は半分外国人の血を引いているゲイリーの立場が危ないから、近所の人に見つかるたびに住まいを移っていること。

「千寿。みんなが寝たら、いつもの場所に来て。待ってるから」

お菓子の差し入れに来たゲイリーが私の耳に唇を寄せて言った。急に狭まる距離。

「わかった」

小さくうなずくと、ゲイリーはいたずらに成功した子どもみたいな笑みを見せ、小さく手を振って「じゃあまたー」とみんなに声をかけ、裏口から出ていった。

差し入れのおかげでお腹がいっぱいになった辰雄と三千代はぐっすり寝ている。

裏口から出るには母さんが寝ている部屋と、父さんの仕事部屋を通り過ぎなきゃならない。忍者か泥棒みたいにそうっと、呼吸さえ控えめにして、廊下を歩いた。

七月にしては寒い夜で、一歩外に出るとひんやりした空気が寝間着の隙間から入りこんできて、さあっと鳥肌が立つ。下駄を履いた足を静かに、でも素早く動かした。

ゲイリーはいつものとおり、裏庭の端っこにいた。

「ごめん、待った?」

「僕も今来たとこだよ」

そう言って、新聞紙にくるんだ包みをくれる。

「これは千寿だけに、特別」

「ありがとう……」

特別、という響きに頬が熱くなって新聞紙を広げると、モダンな、ハートの形のケーキが出てきた。こんなもの、雑誌の中でしか見たことない。うんと小さな頃。

「本当にありがとう。でもなんかいつもいつも、悪い気がするわ」

「僕があげたくてあげてるんだよ。もらってくれてありがとう」

ゲイリーはいつもそうやって、惜しみなく愛に溢れた言葉をくれる。

こんな物のない時代になんで立派なお菓子が作れるかっていうと、ゲイリーの家の倉庫にはアメリカから持ち帰った小麦粉やお砂糖がどっさりあるからだ。闇市で売ればかなりのお金になるはずなのに、私や私の家族を喜ばせることを選んだゲイリーは、本物の優しさを持ってる人だ。

ゲイリーとふたりで分けあって、ケーキを食べた。辰雄や三千代にも分けてあげたいと、ちょっとの後ろめたさが顔を出したけど、ゲイリーとときどき触れあう手の間から生まれる熱が、罪悪感をうち消してしまう。私はすごく悪い子なのかもしれない。

「あはは。千寿、ほっぺたにケーキの屑がついてるよ」

「え、どこ」

「そっちじゃなくてほら、こっち」

長い指が私の頬を撫でて屑を払い、そのまま静止する。ゲイリーの指先の固い感触が愛しくて、じっと私を見つめる灰色の瞳に胸が高鳴った。

「千寿。もうすぐこの戦争は終わる。父さんはお金を渡して僕たちを捨てた憎い人だけど、戦争のことはよく知ってた。その父さんが言ってたから、本当だと思う」

「そう……なの?」

「そうだよ。そうなったら僕は東京に出て、洋菓子屋を始めようと思ってる」

「素敵な夢やね」

「千寿にも一緒に来てほしい」

えっ、と声にならない声が出た。ゲイリーは笑ってない。一点の曇りもない、正直でまっすぐな瞳が私を覗きこむ。

「僕と結婚して、一緒に洋菓子屋をやってほしいんだ。いやかい?」

「そんな、いやなんて……!!」

頬に触れたままのゲイリーの手を、両手で握った。ふたりとも少し震えていた。

「私で、ええの?」

「ええよ」

「ゲイリーが広島弁使うと、変な感じ」

ゲイリーの手のひらが私の手を握りしめる。その力強さが嬉しくて愛しくて、これから先の人生には幸せしかないと、少しの疑いもなく信じられた。

扉をそっと開け、中に素早く身体を滑りこませ、後ろ手で閉める。下駄を脱ぎ廊下を音を立てないように歩くと、千寿か、と低い声をかけられた。父さんだった。

灯火管制のため部屋の明かりは消されているけれど、仕事机の上では蝋燭が明々と光っている。もちろん光が外に漏れるとまずいので、窓には背の高い棚を置いていた。

「父ちゃん……まだ起きてたんか？」

「仕事じゃからな。千寿こそ、こんな時間まで起きてたんか」

肯定も否定もできず、曖昧に顔を動かす。父さんはきっと、何も言わなくてもすべて見透かしてるんだと思った。私がゲイリーを好きなことも、ゲイリーが私を好きなことも、つい今しがた、結婚の約束をしてきたことも。

「父ちゃんは、反対じゃからな」

「……何のことね？」

父さんは私のほうを見ず、手を動かしながら言う。

「ゲイリーがどんなに好きでも、結婚には反対じゃ。そんなことするなら、親子の縁を切ってもらうからのう」

「それはゲイリーが外国人じゃから!?」

父さんは答えない。ただカタカタと、時計のぜんまいや針やねじやらが動く音だけが、静かな部屋の中に響いていた。時計職人の父さんの、手の動きは繊細だ。

「そんなん、おかしいわ。父ちゃん、私らに言ったよね!?　戦争なんか早いとこやめて、違う国とも仲ようすべきじゃって。したら、人は違うんか!?」

「駄目なもんは、駄目じゃ」

有無を言わせない響きに、たった今まで胸を占めていた幸福感がそぎ落とされそうだった。意地になって私は強い声を出す。

「父ちゃんなんか知らん！　私、ゲイリーと駆け落ちしちゃる!!」

「好きにせぇ」

冷たい言葉を背中で受け止め、走りだしていた。涙がぶわっと溢れてきてしまう。確かにこんな非常時に恋なんて――しかも半分敵国の血が流れている人相手に――している私は、いけない女の子なんだろう。でも、私はゲイリーが好きだ。


不思議な夢だった。

上も下も右も左もわからない空間に、ぽっかりと浮かんでいる。こんなことはありえないんだけれど、足の下に床がなかった。ありえないからこそ、夢だと確信できた。

目の前に女の子がいた。長い髪にちょっとつり気味の目、口紅が似合いそうなぽってりとした唇。たぶん歳は私と同じくらいだろう。でも背が高くて手も脚も長くて、まるで外国の人みたいだ。何より、変わったものを着ている。胸もとにリボンがついたモダンな服は腕が丸だしで、今にもおへそが飛びだしそう。下半身は裾を波型に裁断した、思いきり短いズボン。こんな恰好をした女の子、私は知らない。

すっと、互いに手を差し伸べていた。目の前の知らない誰かを確かめるように。

『誰……？』

私たちの声が重なる。途端に、ふたりの手の間から白い光がふくらむ。

地震だ、と思った。それもかなりの大地震。縦に横に身体を振られ、意識が消えていく。痛くも苦しくもないけれど、何が起こっているのかわからない恐怖で何度か叫んだ。その叫びさえも、消えゆく意識に吸いこまれ、無きものとなる。

最後に思った。ゲイリー、助けて。

＊　＊　＊

ぴぴぴぴぴぴ、奇妙な音で目が覚めた。ハッと身体を起こして、瞬間的に自分の家じゃない場所にいるのだと悟る。だって布団がなく、辰雄も三千代もいないから。代わりに、めちゃくちゃにやわらかいものの上に私の身体は寝かされていた。

目に入るものすべてが、さっきの女の子と同様、不思議な形をしていた。机、ぬいぐるみ、窓を覆う赤い格子柄の布。枕もとでぴぴぴぴぴぴ、と鳴る平べったい小さな四角い機械を手に取り、なんとか音を止めようとする。「スヌーズ」って書いてあるけど、何？　白く縁どられた真っ黒い部分をいじっていると、やがて音が消えた。

立ちあがり、改めて自分の身体を点検する。すらりと長い腕、脚。さっきの女の子と同じ恰好だった。壁に暦が貼ってあり、数字がずらりと並んだその上に四桁の数字がある。２０１５。これは西暦だろうか。

まさか、と思って窓に走り寄り赤い格子柄の布を開けると、夏の日差しと一緒に初めて見る世界が目に飛びこんできた。まず目の前に建っている家が違う。青い屋根も車庫に停まっているつるんとした妙な形の車も、玄関を彩る濃い桃色の花も、すべてが見馴れないものだった。自転車がなめらかな動きで道路を走っていくけれど、それに乗っている人の恰好もおかしい。

へなへなと崩れ落ちそうな身体を立て直し、部屋の中に目を移す。ふと、机の上に鏡を見つける。そこには私じゃない顔が映って、ぽかんとした表情を浮かべている。

長い髪、ややつり目気味の目、ぽってりとした唇。

これは、私ではない。さっきの女の子だ。

本当は思いきり叫びたかった。どうしていいかわからなくて、不安しかなくて。

私はどうやら、違う世界に来てしまったらしい。それもおそらく、さっき夢で見た女の子の姿になって。

初めての戦争

まず最初に思ったのは、この雑巾と同じ色の寝間着からまともな服に着替えたい、ということだった。とはいえまったく知らない人の家、服がどこにしまってあるのかわからない。幸い枕もとに半袖のセーラー服とズボンが畳んで置いてあったので、それを着る。でもこれもたぶん何日も洗濯なんてしてないんだろう、ひどく汗臭かった。

「何ボーッと突っ立っとるんじゃ、ちゃっちゃちゃちゃっちゃせんかい！」

台所に入るなり、知らない女の人に怒鳴られる。骨のひとつひとつが太くて丈夫そうな、がっしりした身体の女の人は割烹着（かっぽうぎ）を着ていた

「ごめんなさい……」

素直に謝ると、しょうがないねぇと呆（あき）れた声で言われ、そこの菜っ葉刻んどき、と指示された。お母さんがパートに出ているので、ときどき夕飯作りを任されることはあるし、包丁にも慣れている。でもまな板の上に載せられているのは、菜っ葉なんかじゃない。そこらへんで摘んできた雑草だ。これを刻んで、いったいどうするの!?

「痛っ」

ショックでふやけた頭のまま手を動かしていたら、案の定、指を切ってしまう。ま

な板の上に赤いものが飛び散り、痛みが湧きあがってきて、これはもしかして夢じゃないのかも、と恐ろしいことを考えてしまう。

「あーあ、何やっとるんじゃ！　ぼうっとしとるからやろ！」

「ご、ごめんなさい……」

正体不明の女の人にまた怒られてしまった。俯いていると、横から覗きこまれる。

「千寿、あんた大丈夫？　どうかしとんの？」

「なんでもないよ」

「あんた、何東京弁になっとんの？」

あたしは生まれも育ちも東京だ!!　そしてここは何!?　東京じゃないならどこよ!!

声にならない叫びが喉の奥で、行き場もなくグルグルしている。

夢ならお願い、醒めて。


何がなんだかわからぬまま、見知らぬ女の人の言うとおりに動いて朝食を作り、五人でちゃぶ台を囲む。ちゃぶ台！　思いっきり昭和の遺物が、何で目の前にあるの？

メンバーは見知らぬ女の人と足を引きずって歩く男の人に、さっき同じ部屋で寝ていたふたりの子ども、そしてあたし。メニューは菜っ葉と団子が浮いた、たぶんすいとんとか呼ぶ類のもので、でも味は薄いし団子は生煮えだし、とても食べられたものではない。だいたい、落ちついて食事なんてしていられる精神状態じゃない。ひと口ふた口すすって思わず箸を置いてしまうと、男の子がすかさず言う。

「なんや姉ちゃん、食わんのか？」

姉ちゃん、と言われて反射的に蓮斗のことを思いだしたけど、目の前の子どもは蓮斗と似ても似つかない顔をしていた。意志の強そうな二重まぶたは足の悪い男の人とそっくりで、間違いなくこの人と親子ではありそうだ。

「食欲、なくて」

「じゃあ、わしがもらう！」

「うちもー」

「こら、あんたら」

女の人が止めようとするけれど、子どもたちはまずいすいとんを必死でかきこむ。よほどお腹が減ってたんだろう。

「千寿、さっきからおかしいよ？　どこか、身体の具合でも悪いんか？」

だから千寿なんて名前じゃないと心の中で思ったけど、いい加減、あたしも理解していた。今のあたしは柴本（しばもと）百合香ではない。千寿という名前で、おそらく昭和の、しかも東京でない場所にいる。

「大丈夫……」

力なく声を出すと胃のあたりが切なくて、あぁ、あたしもお腹減ってるんだなぁ、とようやく気づいた。でもすでに時遅しで、あたしの分の器は空っぽだった。

朝食の後片づけをしていると、火事にも地震にも弱そうな、というかそもそも耐震対策とかまったく考えられてなさそうな、粗末な木造の家に来客があった。

「千寿ー、おーはーよー」

千寿と呼ばれるのはまだ慣れなかったけれど、年の近い女の子の声にホッとした。

「菜穂子ちゃん、いつも迎えに来てくれてありがとな。千寿、早く支度しんさい！」

母親らしき人の言葉からして、おそらくこれから、どこかへ外出することはわかった。

あわあわと支度をして、下駄を履く。下駄なんて夏祭りで浴衣を着るときにしか履いたことがない。しかし昭和の初めでは、これが普通なんだ。

「なんや千寿、今日はずいぶん慌ただしいのぅ。寝坊でもしたん？」

「うん、ちょっと……」

菜穂子という女の子は、いかにも昭和顔な千寿よりも幾分現代的な顔立ちをしていた。目、鼻、口、ひとつひとつのパーツが大きめでよく日に焼けている。千寿とどの程度親しいのかは不明だが、ごくごく普通っぽい子だ。

「うわ、暑……!!」

一歩外に出ると、真夏の日差しがかあっと襲ってくる。日焼け止めクリームが欲しいと思ったけれど、この時代にそんなものあるわけない。だいいちこれ、あたしの身体じゃないし。「千寿」の身体だし。

「ほんと、今日は暑いのぅ。暑すぎるので挺身隊は今日はお休みします、とかなってくれたらええのにねぇ。まぁ、月月火水木金金じゃから、しょうがないけど」

テイシンタイ？　ゲツゲツカスイモクキンキン？

聞き返したいのをぐっとこらえ、歩くのが速い菜穂子に合わせて一生懸命足を動かす。あたしだって、馬鹿じゃない。ここは「千寿」をうまく演じきるのが得策だ。

菜穂子について歩く街は変なものだらけだった。建物はみんな木造で茶色っぽく、すべての窓に白い紙が×の形に貼られている。荷台を引く馬とすれ違い、古めかしい造りの路面電車がのんびりと通っていく。行きかう人たちの恰好はみんな揃ってレトロな昭和時代そのもので、まっとうな洋服を着ている人がひとりもいない。それに、子どもと女性と年寄りだけだ。若い男性を、まったく見ない。

「欲しがりません勝つまでは」の看板の前で足が止まった。日本史が苦手で小学校の平和教育は退屈すぎて寝てたあたしでも、このフレーズはさすがに覚えている。

「どうしたん、千寿？」

動けないあたしの二歩先で菜穂子が振り返った。善良そうな大きな目は、何の疑いもなくあたしを「千寿」だと信じている。そのことに少し申し訳なさを感じた。

「ねぇ。もしかして今、日本って戦争してる……？」

思いきって聞いたら菜穂子がぷっと噴きだす。何かの冗談だと思われたらしい。

「何よそれ。あたりまえやん」

「あたりまえって……」

「だいたい何ね、その。変ちくりんな東京弁」

いや、それはあなたが東京の言葉を聞き慣れていないからそう思うのであって、あたしは昨日まで二十一世紀の東京で暮らしていたのであって。

なんて、説明したって絶対信じてもらえないだろう。あたしだって、信じられないんだから。でも、母さんや菜穂子たち、みんなが発するこの言葉。あたしは知ってる。間違いない。ここはひいおじいちゃんとひいおばあちゃんの故郷の、広島だ。それも昭和の時代、戦争真っただ中の。

菜穂子に連れられてやってきたのは、銃を作っている工場だった。どうも、挺身隊というのは軍需工場などで働く女性たちを指す言葉らしい。

頭に「神風」と書かれた鉢巻きを巻き、エアコンなんてあるわけない熱気むんむんの室内で、汗まみれになりながら働く。私と菜穂子に与えられたのは銃に弾薬を詰める作業。当然、未経験だ。隣の菜穂子の見様見真似で、どうか暴発しませんようにお願いだから爆発だけはしませんように、と普段はろくに信じてもいない神様に必死で祈りつつ手を動かすけれど、見回りに来た兵隊さんに叱られてしまう。

「栗栖、お前だけ遅れてるぞ！　たるんでるんじゃないのか⁉」

「すいません……」

殴られるんじゃないかと思って肩が震えた。でも幸い兵隊さんは汗でどろどろになったあたしの手を一瞥（いちべつ）しただけで、別のほうへ歩いていく。

馴れない作業に集中していたら午前中はあっという間に過ぎて、お昼になる。菜穂子がもうひとり友だちを連れてきて、三人でお弁当を食べた。メニューは大豆と麦の混ぜご飯。今朝の生煮えのすいとんと似たようなものだけど、朝ろくに食べていなかったのと重労働のせいで、めちゃくちゃ美味（おい）しく感じる。

「千寿、どうしたん？　すごい食欲やねぇ」

思わずかきこんでいたら、菜穂子にびっくりした顔で言われた。

食後に菜穂子が連れて来た友だち——透子というらしい——がこっくりさんをやろうと言いだし、十円玉ではなく、十銭と刻まれた穴あき硬貨にみんなで指を置いた。

こっくりさん、そういえば小学校で流行ったな。メンバーの中に好きな人がいる子がいると、「○○くんは××さんのことが好きですか」なんて、占ったりして。この時代の子も同じことをやってるのだと思うと、勝手に親近感が湧く。

「こっくりさんこっくりさん。日本は戦争に勝ちますか」

しかし、聞く質問の重みが平成の子とは違う。菜穂子も、その隣の透子も、真剣だった。ふたりとも神様からのご神託を賜るように、コインの動きをじっと見つめている。かすかに触れている指先から、ものすごい量の熱が伝わってきた。

この時代の人たちって、日本が勝つか負けるかが、自分の生き死にと同じくらい重要なことだったんだ。オリンピックやワールドカップで、お祭り騒ぎに浮かれ、はしゃぎながら日本を応援していた平成生まれのあたしは、なんだか恥ずかしい。

硬貨がすう、と意志を持っているかのように動く。「ま」「け」。あーあ、と菜穂子が残念そうな声を出して指を離した。

「今日もまけやった。昨日はおわりで、その前がまけ。かち、て出たのはいつじゃったっけ?」

「十日くらい前じゃなかった? こっくりさんの言うことじゃから、そんなわけない、なんて言ったら失礼じゃけど。ほら、ちゃんとお帰りいただかないと、祟られるわ」

でも、日本は戦争に負けるよ。そんなこと、とても言いだせる空気じゃないけど。けど、こっくりさんは、心の奥の本音の部分を浮きあがらせるって聞いたことがある。

その理論から言えば、答えを知っているあたしだけじゃなくて、菜穂子も透子も、日本を応援してはいても、いずれこの戦争に負けるって、心のどこかで思ってるんだ。

ウ――――、といきなりサイレンの音がして女の子たちがざわめきだす。空襲じゃ、空襲警報じゃ、という声があちこちで上がる。わけがわからないままこんな時代に来てしまって、死ぬわけにいかない！　菜穂子たちを追いかけるように走りだす。

「早く！　早く壕(ごう)に入るんじゃ!!」

工場の庭に掘られた防空壕の前で、兵隊さんが叫んでいる。中はすし詰め状態で汗と埃(ほこり)の混じった臭いがものすごくて、こんな状況でなかったら一刻も早く出たい。まだサイレンの鳴る中、ぶうんと飛行機のエンジン音が近づいてくる。

「工場は標的にされるけ、ここもいつやられるかわからんね」

「どうせ死ぬなら風呂に入って、綺麗な姿で死にたいもんやのう」

縁起でもないことを誰かが言っていて、菜穂子とつないでいる右手が震えた。

「どうしたん？　怖いん？　顔、真っ青やで」

「いや、怖くないけど……気分が悪いだけ」

怖い、って素直に言っちゃいけないと思った。

菜穂子は、いやここにいる女の子すべて、戦ってるんだ。楽しんでいいはずの青春を犠牲にして、真剣に、日本のために、戦っている。

未来から来たあたしが戦争はいけないことだ、武器を作って戦争に協力するのもやめよう、と言うのは簡単だ。でもそれはこの子たちの汗や涙を否定してしまうのと、同じこと。ましてや怖気づいてる姿なんて、見せちゃいけない。

やがてサイレンが止み、空気を揺らす飛行機の音も聞こえなくなった。壕の外に出ると紙が散らばっていた。手にしようとすると、鋭い声で菜穂子に止められる。

「やめとき！　怒られるで！」

それらの紙はさっきの飛行機が撒いていったもので、日本の苦しい戦況を伝えたり降伏を訴えたりしていて、拾ったら読まずに警察に届けなきゃいけないということは、あとで知った。

平和な二十一世紀からいきなり戦争真っただ中の昭和時代に放りこまれたあたしにとって、挺身隊として働く一日は当然、ハードだった。一日で体重が五キロぐらい落ちた気がする。本当の自分の身体じゃないから、ダイエットなんて意味ないんだけど。

「千寿、あんたものすごいやつれた顔しとるで。どこか具合悪いんでないの？」

昭和の空が茜色に色づく中、ふらつく足どりで菜穂子と並んで帰る。こんな親切な子が隣にいてくれるだけで本当に心強い。まさに不幸中の幸いだ。

「大丈夫……ありがとう」

この「ありがとう」に込められた思いに、菜穂子が気づくことはきっとない。

畳屋さんの前で菜穂子と別れた。千寿の家から二軒隔てたところにある菜穂子の家はどうやら、畳屋さんらしい。また明日ねと手を振りつつ、明日からもこんな日々が繰り返されるのかと頭を抱えたくなる。どうやらこれは夢じゃない。いったいどうしたら、平和な平成の時代に戻れるんだろう?

「千寿」

あともう少しで家、というところで男の人の声がした。見ると、家と家の間に隠れるようにして、男の人が……というか外国人が立っている。て、は、え!? 外国人?

「千寿、こっちへ。早く!」

着ているものは藍色の和服だし、口から出ているのは綺麗な日本語だけど、西日を反射して輝く美しい金髪も真っ白い肌もグレーの瞳も、完璧に外国人だ。だいたい骨格が、日本人じゃない。小柄な千寿の身体で見上げると、ものすごい高い位置に顔があって、たぶん身長は百八十センチをゆうに超えている。

「何してるんだよ！　早く、こっち！」

彼のもとへ歩み寄るといきなり手を握られた。ひんやり冷たい白い手の感触にドキリと心臓が反応する。手を引かれたまま歩いた、というか走った。

家と家の間のほんの五十センチくらいの細長い空間を抜けると、庭があった。女の人が洗濯物を取りこんでいる。全体的に線の細い、やつれた印象だけど、綺麗な人だった。あたしを見てにっこりと挨拶する。

「こんにちは、千寿ちゃん」

「こんにちは……」

状況からしてこの男の人はこの女の人の子ども。見た目は完璧に外国人だが、こんなに日本語が上手だってことはおそらくハーフだ。この時代の日本にハーフが存在していること自体信じられないけれど、何か事情があるんだろう。

女の人がいる庭を横切るともうひとつ小さな庭があって、小松菜が栽培してある。塀に沿って大きな木が植わっており、その向こうに栗栖家が見えた。木の幹に隠れるみたいにして、向きあう。ずっと強い力でつながれていた手がようやく解かれた。

「いったい、何なの？　さっきからそんな、こそこそして……」

おそらくこの美形は千寿の彼氏。そうじゃなかったら、結婚するまでバージンでいるのがジョーシキだった昭和時代の人が手を握りあったりしない。そう当たりをつけて声をかけると、美しい顔が不思議そうに歪んだ。

「見つかったらまずいからに決まってるだろ。収容所に入れられたくないし」

「収容所？」

「不法滞在してる外国人は、捕まったら三次の収容所に送られるんだよ。そこでひどい扱いを受ける」

「何それ、差別じゃない！」

「それなら、君のお父さんだって足が悪くて戦争に行けない上、反戦主義者だからって隣近所から差別されてるじゃないか。非国民だ何だって。そんな中でも幼馴染みの菜穂子さんとそのご両親だけは仲よくしてくれてるって、いつも君、言ってるよ？」

なるほど、菜穂子は幼馴染みなのか。でもいくら幼馴染みだって、この時代には戦争に反対している人が差別されるのはあたりまえなんだろうし、そんな人の家族と仲よくすることはよほど勇気のいることのはずだ。つくづく、菜穂子の笑顔がありがたい。

そしてもうひとつの疑問が頭に浮かんだ。

「父さん……足、悪いの？」

「十年前に馬に轢かれたんだよ。幸い手は無事で、時計職人の仕事に支障はないけれど。ていうか、何？　なんで全部今初めて知ったみたいな顔してるの？」

目の前の綺麗な男の子の声に明らかな不信感が混じって、慌てる。

見たところ悪い人ではなさそうだし、だいたい千寿の彼氏なんだったら信じていいはずだし、だからって正直にあたし未来から来たんです、あなたの彼女と入れ替わっちゃったみたいなんです、なんて言ったらとんでもなくややこしいことになる！

「いや、今日、貧血？　工場で倒れちゃって……そのせい、かな？」

あたしを——正確には千寿を——見つめる瞳に、さらに不信の色が濃くなる。どうしよう、と途方に暮れていると、彼がふうっとため息をついた。

「なんか、今日の千寿は変だよ。いつもの君じゃないみたい」

そりゃそうだ。だってあたし、千寿じゃないもん。


今さっき初めて会ったばかりの知らない男の子とふたり、薄い塀にもたれていろんな話をした。ほとんど、どうでもいいことだった。彼がまだ幼くてアメリカにいた頃、カブトムシを捕まえて遊んだこと。そのとき木から落ちて、気に入っていた服が破けてしまったこと。お母さんが半泣きで心配していたが、怪我の具合よりも破けた服のことが悲しくてわぁわぁ泣いたこと……。まだこの時代をよく知らないあたしは、うっかりしゃべってボロが出るのを恐れて、ずっと聞き役に徹していたけれど、途中から夕陽の中でぼうっと幻想的な光を放っている見事な金髪に、生まれてから綺麗なものにしか触れたことのないような純粋でまっすぐな笑顔に、見とれていた。

帰りは木に登り、塀を伝って千寿の家の裏庭に降りた。そんなことをするなんておっかなかったけど、千寿の身体を支える彼の動きがごく手馴れていて身軽なので、途中から恐怖が消えた。最後に彼が千寿の手の甲にゆっくり、そっと、唇をのせた。

恥ずかしさのあまり慌てて手を離す。こんなの、映画でしか観たことない。確かタイタニック。この時代にはすでに海の底深く沈んでいるんだっけ？

「何すんの！　汗まみれだよこの手」

「だって。本物の接吻(せっぷん)は結婚までしないって、君が言ったからさ」

彼が真顔で言う。せっ、ぷん……。昭和だ。本当に本気で昭和だ。この時代の若いカップルの愛情表現は制限されすぎて、でもそれが余計になんかこう、照れ臭さをかき立てる。

「じゃ、また明日」

ぽんぽん、と頭に手を載せる挨拶をしたあと、彼はするりと木を伝って自分の家へ帰っていった。別れ際にもう一度、にこりと笑いかけて手を振ってくれる。心臓がトクン、と甘い音を立てる。心の持ち主が違っていても、身体は恋する反応を覚えているのか。それともこれはあたしの感情なのか。素直に、あの男の子を好ましく感じた。

「千寿」

背中から低い声をかけられて、地面から飛びあがりそうになった。

振り向くと、朝ちゃぶ台を共に囲んだ千寿の父さんが立っている。固そうな額に深い皺が五本くらい寄っていた。手には工具を持ったまま。

いったいいつから、見られていたの？　もしかして手の甲にキスしたのも？　いや、それは、非常にまずい気がする。彼の言う「本物の接吻」ではないにせよ、親に娘とその彼氏の情事を見られてしまうというのは……。

「わしは反対じゃからな。ゲイリーと付き合うんは」

そう聞いて、今まで一緒にいたあの人の名前はゲイリーっていうんだ、とようやく知った。それにしても納得いかない。

「反対って、どうしてよ」

「どうもこうも。娘が半分敵国の男と付き合って、賛成する親がどこにおるんじゃ」

きっぱりした言い方に、反発心がむくりと顔を持ち上げる。ゲイリーは千寿の彼氏なんだ。そして今のあたしは千寿。

だったらあたしだって、千寿の恋を応援すべきじゃないのか。

「何よ、それ。あなた、戦争に反対してる人なんでしょ!? それって、つまり戦いをやめて、アメリカとか他の国と仲よくするべきって考えの人でしょ!? なのに、相手がハーフだからって娘の交際を反対するなんて、おかしいじゃない!!」

言ってしまってから、娘の父に対する台詞にしてはいろいろ変だと気づいて、押し黙った。案の定、千寿の父親は驚いた顔をしている。

「なんじゃ、その変な東京弁は。朝から思っとったが、今日のお前は変じゃぞ」

変なのはあたりまえです。だって今あなたが娘と信じて疑わない私の正体は、二十一世紀に生きる柴本百合香だからです——なんて言えたら楽なのかもしれないが、そうもいかない。気まずい沈黙の中、千寿の父さんは娘の目を見ないで言う。

「千寿、わしは何も、千寿をいじめたくて反対しとるんでない。確かにゲイリーは優しい、ええ男じゃ。うちの家族にもようしてくれる」

「だったら……」

「でも、いくら根性のええ男でも、あっちの血が混ざっとるんじゃぞ。そんな男と一緒におったら、お前がどんな苦労をするかと思うと……」

胸が熱くなって、それ以上反論できない。見つかったら収容所に入れられてしまうような男の子なんだ。そんな人と結婚したとして、彼がまともな職に就ける？　今が昭和何年かよくわからないし戦争がいつ終わるかも知らないけれど、それまでにゲイリーを取り巻く世間の目は間違いなく厳しいものになるだろう。

「もう一度言う。ゲイリーと所帯を持つなら、親子の縁を切ってもらうからのう」

千寿にとっては「もう一度」なんだろうけど、あたしにとっては「初めて」聞く厳しい言葉だった。

娘に背を向け、不自由な足を引きずって勝手口から家に入っていく父親の背中は、寂しくつらそうに見えた。

まぶたを開くのと同時に、見馴れた天井が目に飛びこんでくる。がばっと身体を起こした。見馴れたベッド、見馴れた壁紙、見馴れたギンガムチェックのカーテン、見馴れた本棚に机。弘道がゲーセンで取ってくれたうさぎのキャラクターのぬいぐるみが、昨日の続きのようにあたしに優しく微笑みかけていた。心臓がドキドキと高鳴っていた。キャミソールとショートパンツで包まれた身体が、少しだけ汗ばんでいる。

ベッドから跳ね起き、窓に走って勢いよくカーテンを開けた。コンクリートの電柱にブーゲンビリアが彩る向かいの家の玄関、ガレージに鎮座しているセダンはグレーのボディをてからせている。あたりまえの景色に、こんなに心が和むなんて。

嬉しすぎて足が崩れて、フローリングの上にぽろぽろ涙が落ちた。よかった。戻ってこられたんだ。二十一世紀に。あたしの家に。柴本百合香として。ちゃんと、帰ってきた。昨日のことはあまりにもリアルすぎるただの悪夢だった。そうに決まってる。だって、時間を超えた入れ替わり現象なんて起きるわけないじゃない!!

ピリリリリリ、昭和時代にはなかった人工的な音が耳穴に切りこんでくる。机の上でスマホが鳴っていた。アプリ着信、相手は沙有美から。時計が示す時刻は六時三十五分、起床時間まではまだ間がある。こんな時刻に、いったい何の用事だろう?

「もしもし?」

画面をタッチしてスマホを耳に当てる。次の瞬間、怒鳴り声に身がすくむ。

『もしもし、じゃないわよ百合香。あんた莉子に何てこと言うの⁉』

「……え？」

爽やかな夏の朝にそぐわないキリキリ声に戸惑う。莉子に何か言う、って？　まったく身に覚えがない。電波を通して、沙有美の口調はさらに鋭くなる。

『え、て何よ。しらばっくれんの⁉　マジありえない‼』

「ちょ、待ってよ。マジで意味わかんないんだけど……」

『意味わかんないのはこっちだよ‼　もう、莉子がかわいそう‼　アプリ、ブロックするからね。あんたの声なんか二度と聞きたくない‼』

ブチッ、と嫌な音を立てて通話が終わり、あたしは呆けた目でスマホの画面に表示された日付を確認する。二〇一五年七月八日水曜日。あたしの記憶にある昨日は七月六日だった、間違いない。日付が一日飛んでいる。

それは、つまり。夢とかじゃなくて、入れ替わりは本当に起こったことで。あたしは昨日一日、栗栖千寿さんになって戦時中の昭和を過ごしたってことで。そして今、柴本百合香として二十一世紀に戻ってきたってわけで。

そしてどうやら、昨日一日をあたしとして過ごした千寿さんは、何か相当まずいことをやらかしてしまったらしい……。

初めての二十一世紀

お便所に行きたかった。

とはいえ当然、お便所がどこにあるのかわからないから、そっと、息を潜めて、部屋の扉を開ける。つるつるした床は鏡のように磨き上げられていて、ひんやり気持ちいい。右を見ると向きあって部屋がふたつ、左には階段。とりあえず右に進んだ。キンキン甲高い、子どもの声が聞こえてくる。

「うわーん、お兄ちゃんのバカぁー！　そのプリント、あやめの宿題だよぉ!!」

「バカはそっちだろ、そんな泣くことないじゃん。ちょっとぐちゃぐちゃになっただけだ、シワ伸ばして教科書にでも挟んどけば元どおりになるし！」

「でもここ、破れちゃったよぉ！」

好奇心を抑えられず扉を開けた。扉にぶら下げられたクマのぬいぐるみは、「れんとあやめのへや」と書かれた板を抱えている。

私を見た途端、泣き顔の女の子が飛びついてきた。たぶん、三千代と同い年ぐらい。それよりもう少し大きそうな男の子は、ふくれっ面をしてこっちを睨みつける。

「お姉ちゃん、聞いてー！　あやめの宿題のプリント、お兄ちゃんがぐちゃぐちゃに丸めて捨てたんだよ、ひどいでしょー!?」

「大げさな。見つかっただけマシじゃないか！　シワだって元どおりになるし」

「シワだらけのプリント先生に出すの恥ずかしいよ！　ダメな子だって思われる」

「それぐらいで朝からビービー泣いてるんだから、本当にダメな子だな！」

うわあぁ、と「あやめ」が私にしがみついていよいよ本格的に泣きだす。「お兄ちゃん」はやってられないと言わんばかりにそっぽを向き、着替えを始めた。変ちくりんな服だ。やたら鮮やかな色、横じまのモダンな柄。「あやめ」が着ている服は、部屋の扉にかかっているのと同じクマの絵が全身にちりばめられていて、かわいらしい。

「あんた、そんなに泣くことないやろ。そのクマさんみたいに、にっこり笑ってごらん」

「……クマさんみたいに？」

「そうじゃや、クマさんみたいにな」

「なんだよ姉ちゃん。その変な言葉。寝ぼけてんの？」

男の子が、口をとがらせて言った。なかなか泣き止まない「あやめ」の頭を撫でながら、うまく働かない頭を必死で働かせ、状況を整理する。おそらくここは、未来の日本。暦に二〇一五年と書いてあったけど、あれが西暦なら七十年も先の未来ということになる。さらに私の身体は栗栖千寿ではない、たぶん、さっき見た知らない女の子の身体と入れ替わっている。お姉ちゃん、と呼ばれていることから察して、「れんと」と「あやめ」はきょうだいだろう。単なる夢だったらいいのだけれど、子どもたちの会話とか足裏に伝わる氷のように冷たい床の感触とか、何もかもがはっきりしすぎだ。

夢でなければ、現実？　未来世界の女の子と入れ替わってしまうことが、現実？

どうしていいのかわからなくて、妹よりも私のほうが声を上げて泣きたい気分だ。

「ちょっと、朝から何なの、大声出して！　一階にまで聞こえてきたわよ!!」

いつの間にそこにいたんだろう、部屋の扉のすぐ横に女の人が立っている。白地に大きな花柄のモダンなアッパッパは、たぶん普段着用。その上からときどき静子さんがつけているような、しゃれたエプロンを羽織っている。化粧っ気はないが綺麗な顔をしていて、輪郭や口もとのあたりはさっき鏡で見た「私ではない女の子」にそっくり。

この女の人が、この子どもたちと、「私ではない女の子」の母親なのだろうか。

「蓮斗、悪いことをしたならちゃんと謝らないと」

「ハァ何だよ、俺が悪いの!?　お母さんあやめに甘すぎなんだよ！」

母親の登場で事態は収まるどころか、さらに男の子と母親の口喧嘩に発展し、私にしがみついたまま女の子は相変わらず泣きまくっている。母親と妹の両方から責められてすっかりいやになってしまったのか、もう知らねー！　と男の子が私の横をすり抜けて部屋を出ていったあと、母親が私を見て呆れた顔をした。

「百合香も！　さっさと支度しないと、学校に遅れちゃうわよ!?」

百合香。この子、そんな名前なんだ。というか、それよりも、私は——。

「ねぇ……お便所、どこ?……だっけ」

不自然にならないように「だっけ」をつけ加えたつもりだけれど、百合香の母親は目を丸くした。

「寝ぼけてるの？　トイレ、目の前よ」

真向かいの扉を指さされ、一目散にお便所に走る。そこで今度は生まれて初めて見る形の便器の使い方がわからず、ものすごく戸惑ったことは割愛。


制服らしき洋服に袖を通し、初めて見る物だらけの家の中をうろうろしつつ、食卓にたどりつく。香ばしい匂いのパンは「まーがりん」というものをつけて食べると、舌がびっくりするほど美味しくて、ふんわりやわらかな黄色い楕円(だえん)形の物体は優しい卵の味がした。卵なんていつ以来だろう。てんとう虫の絵がついた綺麗なコップで飲むジュースも、「いちごヨーグルト」と書かれた容器の中の桃色の物体も、すべてが本当に美味しい。我知らずむさぼり食っていたらしく、「百合香」のお父さんがこっちを見て不思議そうな顔をした。

「どうしたんだ？　いつもはダイエットだって、トーストとジュースだけなのに」

「は？　何？　ダイエットじゃやって？」

そのとき、ぴんぽーん、とのん気な響きの音がして、百合香のお母さんが慌てだす。

「やだ、百合香！　もう何やってるの、莉子ちゃん迎えに来ちゃったじゃない！」

莉子ちゃん、というのが百合香の友だちらしい。いつの時代も朝に友だちが迎えに来てくれるのは同じなんだ。妙な感じがした。

顔を洗って歯を磨いたあと、濃い桃色のリュックサックを背負って玄関で靴を履く。下駄じゃなくて、ちゃんとした洋物の靴は濃い茶色でテカテカしていて、これもずいぶんモダン。さすが未来だなぁと感心しながら足を入れていると、百合香のお母さんが悲鳴みたいな声を出す。

「やだもう、そんな髪で出かけるの!?　寝癖ついちゃってるじゃない!!」

「寝癖……？」

「百合香、今日はどうしたのよ？　いつも高校に行くのに髪の毛巻いたりお化粧したり、大騒ぎじゃない？　今日は寝癖ひとつ直さないなんて……高校生のうちからお化粧はどうかと思うけど、寝癖を直さないで外に出るのは母親として恥ずかしいわ」

百合香のお母さんがブツブツ言いながら、濡れた布で髪を引っ張って寝癖を直してくれる。お化粧……未来の女の子って、そんなことするんだ。私なんてまだおしろいもろくに塗ったことがない。でも、髪を巻くっていったい何だろう？

「よし、これでいいわよ。莉子ちゃんだいぶ待たせちゃったわね。いってらっしゃい」

「あの……ありがとうございます」

深々と頭を下げると、お母さんがあんぐり口を開けた。まずい。これ、親子にしてはちょっと他人行儀すぎただろうか？

「あの……いってきます」

今度は不自然にならないように気をつけて言ったつもりだけど、お母さんの口は開いたままだった。とりあえず扉を開ける。私のいた夏よりも鋭い光に、目が眩む。

「やーだー、百合香ってば何なのその顔と髪！　すっぴんでその髪、マジありえない！　遅いからしっかりメイクしてるのかと思ったら、いったい何してたの！?」

自転車にまたがった「莉子」のスカートがかなり際どい位置までずれあがっていて、白い太ももがばっちり見えて女の私でもドキドキした。

「莉子」はなかなかかわいい子だった。短い髪にキラキラのビーズがぎっしり埋めこまれた髪留めをつけていて、なるほど、未来の女の子は軽く化粧するのがあたりまえらしく、睫毛が綺麗にくるんとなっていて、唇がテカテカしている。まじまじと「莉子」を観察していると、あたりまえだが不審がられた。

「何なのよ、じろじろ見て」

「いや、はぁ、綺麗じゃなぁと思って……」

「もー、百合香ってば！　照れるじゃーん！　ほら、さっさと学校行くよ!?」

莉子がちりん、と自転車についた鈴を鳴らし、サドルからぴょこんと地面に降りる。そのままいささか速足で、自転車を押して歩きだした。

　莉子について歩く未来の世界は、家の中よりもさらに変な物で溢れていた。色とりどりの看板、昭和の太陽の下では見たことのない花、すぐそばを今にも焼夷弾（しょういだん）を落としそうな音で走っていくめちゃくちゃに速い自転車。でもそれよりも、何よりも……。

「あの。このスカート、もっと長くできんかのう？」

「ハァ!?」

　家の形が違うのも、日差しが厳しいのも、お便所までモダンな形をしていることも、別にいい。だって未来なんだから。でもこんな、前衛的なまでに短いスカートで普通に表を歩けてしまうその神経は絶対信じられない!!

「そんなんできるわけないでしょ、一年のときのゴールデンウィークに沙有美ん家（ち）でさ、みんなで丈詰めちゃったじゃん？　忘れたの？」

「い、いや、忘れたわけや、ないけど……」

「あとその変な方言。あえてすぐツッコまなかったけどさ、ふざけてるの？　それともボケてんの？　全然面白くないから今すぐやめたほうがいいよ!!」

「変な方言やない！　広島じゃみんなこうじゃけ!!」

苛ついて言うと、莉子は気の利いた冗談と取ったらしく、ぷっと噴きだした。

仕方ない。ここは「百合香」の言葉……すなわち東京弁で話そう。

「なぁ……やなくて、ねぇ。今は昭和何年なん？　いや、何年なの？」

「ハァ!?　あんたマジで頭イッちゃった？」

莉子はしげしげと、おしろいも口紅もつけていない私の顔を見て言う。

「昭和も何も、うちら昭和に生まれてないじゃん！」

「今は……昭和で、ない、ってこと？」

「あたりまえでしょ！　昭和なんかとっくの昔に終わったっつの！」

「終わったって……それは、今上天皇様が崩御あそばされたってことなんか!?」

つい、東京弁でしゃべるのを忘れて、ブラウスに包まれた莉子の肩を掴んでいた。

私の剣幕に怯んだのか、莉子の声が小さくなる。

「ちょ、何その言葉。昭和天皇なら、うちらが生まれるずっと前に――」

「嘘……天皇様が……」

天皇様は人でなく神さんで、日本は神さんに守られている国だから、いつか神風が吹いて必ず戦争に勝つと教えられた。

その神さんが、今はもう、いない……？

　そこで、私の頭におそろしい疑問が浮かぶ。戦争は、どうなった？　日本は本当に勝てたのか？　怖くて聞けなかった。

「嘘やろ!?　じゃあ、何なん!?　昭和じゃないなら、今はいったい何なん!?」

「ちょ、やめてよ百合香!!　服がちぎれる!!」

　本気で困った顔の莉子が私の手を振りほどき、うざったそうに言った。

「変なこと聞かないでよ、今は平成じゃん？　えーと、平成何年だ？　うちら、平成十年生まれだから。そっか、平成二十七年だ」

「へいせいにじゅうななねん……」

　莉子に振りほどかれた手が、少し震えた。

　高校というところは門も建物も立派すぎて、未来なんだからあたりまえなんだけどあまりにも未来的で、何より人が多くて驚いた。だいたい、年頃の男女が同じ場所で勉強しているというのがありえない。交際しているらしき人たちもいて、肩が触れあいそうな距離で語りあっている。

　若いふたりが人前であんなに近づいて話すなんて。先生らしき人は別に彼らをとがめもせずに通り過ぎていくし、この非常時に不謹慎な、と怒鳴る憲兵もいない。はっきり言う。非常識!!

「百合香さぁ、何カップル睨んでんの？　まさかジェラシー？　さては弘道くんとうまくいってないとかー？」

莉子に言われ、慌てて顔の前でぶんぶん、手を振った。

未来の女の子と入れ替わっちゃうなんてありえないんだけれど、事実だからしょうがない。今、私は「百合香」。だから百合香として怪しまれない言動をしておくべきだ。弘道くんとやらが誰なのかはちっともわからないが。

「別に！　全然！　そんなことない！」

「何よ、冗談じゃん。そんなにリキ入れて否定すること？」

「おっはよー」

いきなり後ろから抱きつかれ、ひいっと悲鳴を上げそうになった。やわらかいふたつのものが背中にぎゅうぎゅう、押しつけられている。胸だ！　と気づいて顔が火照った。どうやら未来は男女だけじゃなく女子同士の距離も近いらしい。

「おっはよー沙有美、今朝はテンション高いねー？　なんかいいことあった？」

「それがさぁ、テレビの占いで、魚座今日の運勢ナンバーワンなんだって！」

「ぎゃはは、それではしゃいでんの？　単純だなー沙有美」

「うるさいぞこいつぅ」

莉子が沙有美のおでこを小突き、ふたりできゃっきゃっと盛りあがっている。どうもこのふたりが百合香の一番の友だちみたいだ。それにしても、高校というところ、ひどくうるさい。みんなあれだけおいしい朝ご飯を食べてるせいか、元気がよくて活気に満ちている。よくしゃべってよく騒いで、よく笑う男子、女子。

なんだかすごく、平和な光景に思えた。少なくともここは挺身隊で行く工場みたいに火薬の臭いが漂ってないし、みんなお腹をすかせているようにも見えない。

おそらく、もう日本は戦争をしていないんだ。そしてこの満面の笑顔から察するに、ちゃんと勝てたのだろう。

そう思ったらふうとため息が漏れて、何ため息ついてんのよと沙有美に顎を小突かれた。

平和な世の中を象徴するようなのんびりとした鐘の音が鳴り、先生が教室に入ってくる。級長らしき人が起立、礼と号令をかけ、学級会が始まった。といっても点呼と、簡単な連絡事項だけ。暑すぎて危険なので今日の体育は中止、という信じられないものだった。

もう一度鐘が鳴ったあと、別の先生が入ってきて一時間目の授業が始まった。百合香さんの派手な色のリュックサックから、隣の子を真似て慌てて同じ表紙の教科書と帳面らしきものを取り出す。どうやら英語の時間のようだ。

「では、昨日の続きから。教科書六十七ページを開いてください」

先生の指示に従って分厚い教科書をめくり、めまいがしそうになった。

字、細かい。何が書いてあるんだか、まるでわからない。未来の子って、普通にこんな難しい勉強をしているの!?

「この構文は入試によく出るから、必ず覚えてください。では、先生のあとに繰り返して」

みんなが同じ文章を読む。綺麗な発音だな、と素直に思った。斜め前に座る沙有美、その隣の莉子をちらっと見る。真剣な表情。他の子たちもすごく真面目な顔を黒板に向け、ノートを取る手を一生懸命動かしている。

ゲイリーに「Hello」、と「Good morning」ぐらいは教わっていたが、英字のつづり方がわからない私は板書を写すこともできない。何より恐怖なのは、先生がときどき指名することだ。

当てられたらどうしよう。恥をかくのは私じゃなくて百合香さんなのに。

指名されませんように指名されませんようにどうか指名されませんようにお願いします神様仏様ご先祖様……と一心不乱に祈る。

「では次は柴本さん、訳してください……柴本さん？」

ちょっと、百合香！　と沙有美がこっちに顔を向けて小声で言う。それで百合香さんの苗字が「柴本」であること、ついに指名されてしまったことに気づいた。

「柴本さん、どうかしましたか?」

「なっなんでもありません!」

叫んだ声が大げさだったらしく、誰かがクククッと笑った。恥ずかしさにカアッと首が熱くなる。ごめん。百合香さん。あなたの名誉を私は傷つけてしまいました……。

「なんでもないなら早く訳してください」

「あ、はい。えーと」

いや、こんなの、読めるわけない!!

ちんぷんかんぷんの教科書の上、私の目はほとんど唯一わかる単語を拾った。「J」「a」「p」「a」「n」じゃぱん。ジャパン!! 日本だ!!

「わ、私は日本のため、この身を挺して頑張ります……大日本帝国万歳」

しぃん。濃密な沈黙が教室を覆う。

ぎゃはははは、と最初に笑いだしたのは沙有美だった。それを皮切りに教室全体に爆笑が広がっていく。莉子が笑いながら言った。

「ちょっとー、百合香! あんたもしかして戦時中の人だったのー?」

また何人かの笑い声が重なる。先生さえもつられて少しの間笑ってたけど、やがて静かに、と注意したあと、私を見た。

「柴本さん。聞いてないなら正直に、聞いてないと言いなさい」

「すみませんでした……」

怒られるのかと思ったら、怒りを通り越して呆れられたらしい。

そして本当にごめん、本物の柴本百合香さん。

私が起こした小事件のあと、授業は何事もなかったように続いた。私は莉子の後頭部に向かって心の中でつぶやく。

絶対信じてもらえないと思うけど、本当に今、私、戦時中の人なんだよ。


初めての未来での一日は短いんだか長いんだかよくわからず、教わってることも当然よくわからず、一時間目の赤っ恥のあとは幸い当てられることもなく、なんとか終わった。でも、私の背中の上には見えない、でもとてつもなく重いものが乗っかっている。

その名を、宿題と言う——。

私は柴本百合香ではないのです、栗栖千寿という戦時中の女の子でこの時代の教育など受けたことがなくて、だから授業もまるでわからないので宿題免除にしてください!!　とは言えるわけなく、「ほーむるーむ」という名の学級会が終わったあとの教室で、私はぐてーんと上半身を机の上に寝かせていた。

もう、これが現実だということはわかってきた。信じられないけれど夢などではなく、今、本当に、私が平成二十七年を経験しているんだ。ということは、私が百合香さんの代わりに宿題をやらなければいけないわけで……当然そんなの絶対無理!!

「ゆーりかー。今日はいろいろ変だよー？　今だって八十過ぎのおばあちゃんみたいなくたびれ方じゃん」

沙有美に言われて、そういえば栗栖千寿が生きていれば、今八十過ぎのおばあちゃんなんだな、と思いつく。というか、私は柴本百合香として未来にいるわけだけど、昨日まで柴本百合香の中にいた人は、どこに行ってしまったの？

私が柴本百合香になったように、百合香さんも栗栖千寿になったのだろうか。それはそれでいろいろと、問題がありそうな気がするけれど……。

「百合香、マジで今日変だよ？　もしかして本当に弘道くんと喧嘩でもした？」

莉子が心配そうな顔で言って、そうなの？　と沙有美も言葉を重ねてくる。朝も話に出てきた弘道くん、が誰なのか興味はあったけれど、慌てて首を横に振った。

「いや、そういうことじゃなくて」

「そういうことじゃなきゃなんなのさ？」

「親友に隠すほどの悩みでもあんの？」

沙有美と莉子が両側からにじり寄ってくる。距離、やっぱ近すぎ。石鹸(せっけん)の甘い匂いがぷんとして、そういえばこの時代の人は誰も汗臭くないなぁと思いつく。百合香さんの家だってとても清潔にしてあったし、お風呂にも毎日入れるんだ。

「そういうことじゃなくて……その……宿題……」

沙有美と莉子が顔を見あわせ、そして同時にぶっと噴きだした。沙有美にばんばん、背中を叩かれる。ちょっと痛い。

「何それー！　百合香、宿題出されたくらいで凹んでんのー？」

「しゃあないじゃん、一応進学校なんだし。頭のいい彼氏に教えてもらえば？」

莉子の言葉で、百合香さんに恋人がいるのだと知る。戦時中に生きる私がゲイリーと結婚の約束までしてしまったのだから、かなり平和らしいこの未来の世の中、百合香さんが誰かと交際してたって別におかしくない。

だったら百合香さんも、朝に見た男女みたいに肩が触れあいそうな距離で男の子と語りあったりするんだろうか。そして私は、その役目まで百合香さんに代わってやらなきゃいけないんだろうか？

それは……勉強よりも遥(はる)かに大変なことのような気が、する——。

「お、噂をすれば、だ」

莉子が教室の外を見やって、意味ありげに笑った。沙有美もにやにやしている。

二人の顔の間、よっ、と手を上げた男の子の姿を見つける。確かに「頭のいい」男の子に見えた。意志の強そうな眉とか、涼しげな切れ長の目とか。

沙有美と莉子に「弘道くん」の前に押しやられ、沙有美がぽんぽん、私の頭を叩く。

「なんかこの子、今日頭ブッ飛んでるし、今も宿題が多いとか言って病んでんの」

「ほう。そりゃかなり重症だな」

弘道くんが私を見て呆れた顔をする。

「お願いだから、宿題教えてあげてー。なんて、本人代理で頼んじゃううちって、もしかしてチョー親切？」

「自分で言ってんじゃないよー！」

きゃいきゃいはしゃぐ沙有美と莉子にまた明日ねと見送られ、私は自然の流れで、弘道くんと並んで歩いて帰ることになった。

「はー。しかし、あっちーな」

「うん……」

「なんだよ。お前、なんか今日、本当に元気ねーな？　悪いモンでも食ったの？」

「べ、別にそんな……」

「本気にすんなよ。冗談だって」

とん、と軽く肩を叩かれる。男の子の手の固い感触にドキリとする。

家族でもゲイリーでもない男性に触れられるなんて、男女の区別なく近所の子ども同士、はしゃぎまわってた子どもの頃以来だ。

弘道くんと並んで平成の街を歩いた。周りがだんだん賑やかに、人が多くなっていく。ひしめきあう建物にかかる色鮮やかな看板、前衛的な服装の男女、服を着ている子犬を連れて歩く人……広島にも繁華街はあったけど、未来の繁華街とは全然違う。

「百合香、今日はうち、来るだろ？」

「う？　うん……」

あたりまえのように言われ、了承せざるを得ない。結婚前の男の家に女が行くなんて、と一瞬戸惑うが、百合香さんがいつもあたりまえにやっていることなら、ここで私がそんな常識を持ちだしても妙に思われるだけだ。

まもなく駅らしきところについたが、切符を切る人がどこにもいない。代わりに長方形の機械がいくつかあって、みんな四角い厚紙のような何かをその上にのせ、ぽん、という音とともに通り過ぎていく。

「おい。何やってんだよー？」

機械の脇を通り抜けた弘道くんが振り返って言う。これはたぶん、百合香さんもあれを持っていて、それを機械にのせれば大丈夫な仕組みになっている……はず。

慌てて探すけど、それらしきものは見当たらない。弘道くんが、おい、外！　とちょっと大きな声を出した。

よく見れば、小さな鎖がついた四角い板のようなものが、リュックサックの外側にぶら下がっている。赤い花の模様の、綺麗な薄い小物入れだった。弘道くんや他の人たちを真似て、機械の上にそれを置いてみた。ぽん、と音がしたときは思わず声をあげそうになったけど、変な人だと思われないように、素早く通り過ぎる。

「お前、何やってんの？」

「ごめん……」

「別にいいけどさ。やっぱ今日、変だよな。熱でもあるんじゃね？」

そう言って額に手をやられるから、反射的に後ずさった。

「なんだよ。そんな反応しなくてもいいじゃん」

「え、あ、あの……」

くるりと背を向けて速足で歩き出す弘道くんを慌てて追いかけた。怒らせた、という事実が私を焦らせる。

弘道くんは百合香さんの恋人で、私は今は百合香さんなんだ。だとしたらふたりの喧嘩の原因を作るわけにはいかない!!

「あの……弘道くん……」

電車を待つ間に声をかけるけど無視される。泣きだしたくなったけど泣くわけにも、このまま帰るわけにもいかず、弘道くんについて電車に乗る。ふたつ目の梅ヶ丘という駅で降りた。今度は妙な機械に戸惑うこともなく、無事に駅の外に出る。

斜め前を歩く弘道くんの背中が、遠い。このままではまずいと思った。こんなこと考えたくないけど、この喧嘩をきっかけに百合香さんと弘道くんが別れてしまったら。

それだけは絶対に駄目!!

梅が丘の駅周辺は落ち着いた雰囲気で、みんなのんびり歩いている。まもなく店や車の数が少なくなり、閑静な住宅街になった。モダンな家がぎっしり、並んでいる。

周りに誰もいなくなったところで、弘道くんが足を止めて振り返った。

「百合香さ。お前、なんか俺に隠してることある？」

「え……」

隠してるといえばものすごく壮大な秘密を隠しているが、それを打ち明けたところで変人扱いされるだけだ。私は首を横に振る。

「そんなこと、ない……気分悪くさせたら、ごめん」

「別にいいけどさ」

弘道くんが自然な動きで私の手を握る。男女が往来で手をつなぐなんて!!

悲鳴を慌てて喉の奥に押しこめる。今の私は、柴本百合香さん。郷に入れば郷に従え、だ。だって入れ替わった私たちが元に戻ったとき、百合香さんを困らせたくはない。

ふと、おそろしい考えが頭をもたげる。入れ代わった私たちが元に戻れるなどという確証は、どこにもない。ずっとこのままだったら？　ずっと、父さんや母さん、辰雄や三千代や、ゲイリーのところへ帰れなかったら……？

「ここまでくれば学校の奴いないし、いいだろ」

微笑みながら握った手に力をこめる弘道くんに、必死でこわばった笑顔を返した。

弘道くんの家はこれまたひどく未来的な建物で、つるんとした硝子扉の横、数字を並べた機械があった。弘道くんが鍵を差して回すと、扉がすうっと横に開く。

「どうしたんだよ。入れよ」

驚いて口をきけない私を弘道くんが促す。

三階の三〇五と書かれた表札を掲げた扉が、弘道くんの家だった。手慣れた動作で鍵を開ける弘道くんに続いて、中に入る。室内は百合香さんの家とあまり変わらない。

「何だよ。早く靴、脱げって」

「家族の人は……？」

は、と弘道くんが不審そうに口を開けるので、私は作り笑顔を貼りつけて言った。

「いや、その、家族の人はいないのかな、って」

「誰かいたら彼女家に上げたりしねーよ。からかわれるし恥ずかしいし、だいたいふたりきりになれないじゃん」

だからそのふたりきりになる、ということが問題だって言いたいんですけれど!!

どうしよう、何かあってからじゃ遅いよね。だいたい今私は百合香さんなんだし、その身体に何かあったら大変だ。嫁入り前なんだから!!

しかし同時に、私は不自然にならないように、百合香さんを演じなきゃならなくて。

結局、靴を脱いで家に上がる。案内された弘道くんの部屋はよく片づいていたけれど、ムッと熱気がこもっていた。あちー、と弘道くんが手のひらと同じ大きさの機械を操作すると、カチリと音が鳴ってまもなく涼しい風が吹いてきた。天井の片隅にある長方形の箱が風を出しているらしい。本当に未来は、便利な物だらけだ。

「麦茶とオレンジジュースしかないけど、どっちがいい?」

「えと……麦茶」

まもなくお盆に乗って麦茶のコップと、謎の袋が運ばれてくる。懐かしい麦茶の味に涙が出そうな安堵(あんど)感を覚えた。弘道くんが「ポテトチップス」と書かれた袋を開け、中身を食べ始める。私もマネをしてそっと一枚取り、口に入れた。

かりりとした感触、きつい塩の味。味のない食事に慣れていた舌が狂喜する。

「美味しい……!!」

「お前、なんか今日、やっぱ変だな。ただのポテトチップスだぞ、それ」

弘道くんの言葉も気にせず、そして嫁入り前の女の子が男の子の家でふたりきり、という状況も気にせず、私はあっという間にポテトチップスを食べきってしまう。

「で、宿題って何？」と弘道くんが聞くので、リュックサックを開け、教科書と帳面を取り出す。弘道くんは「お前こんなこともわかんないのかよ!?」を二十回ぐらい言ったけど、とにかく宿題の答えを帳面に書き写すことはできた。これで明日の学校は、何とかなる。

カーテンの隙間から西日が差し、壁の時計は六時を回っていた。最後まで正体がバレることもなかったし、そろそろ帰っても怪しまれない。時間的にもちょうどいい。

「ありがとう、宿題教えてくれて。私、そろそろ帰るね」

うまいこと、さらりと言えた。

てきぱきと機械めいた鉛筆（最初はどうやって芯を出すのかわからなかった）や消しゴムを筆入れにしまい、教科書や帳面をリュックサックに入れる。弘道くんにじっと見つめられていることに、途中から気づいていた。

あれ？　やっぱり変に思われちゃった？　どこがまずかったのだろう。

「じゃあ、また明日」

「お前、それはないだろ」

え、と言い返そうとした唇を唇で塞がれる。

生まれて初めての他人の唇の感触……に、戸惑っているどころじゃない。肩を抱く手の力が強くなる。驚いて思考停止していたら天と地がひっくり返り、目を見開いてもまだ同じ状況が続いていた。すぐ近くに、目を閉じた弘道くんの顔がある。

ええと。これは。接吻されている、ということでいい……のでしょうか……

いや、いいわけないいいいわけないいいいわけない!!

バン、と鋭い音がした。

驚いた顔でこっちを見ている弘道くんの頬が赤くなっていく。反射的に殴ってしまった手が痛い。

震える唇の間から、ようやく声が出た。

「い……いかん……」

「は?」

弘道くんは怒っていなかった。本当にただただ、びっくりしていた。

私、限界だ。弘道くんと喧嘩するわけにはいかない。でもこれ以上、百合香さんとして怪しまれない行動を取るわけにもいかない。だいたい、百合香さんにも私にも守るべきものがあって――。

「いかん!　結婚もしてない男女がこんなこと!!」

「はぁ!?　どうしたんだよお前!?」

「いかんよ!　うちらふたりともまだ学生やし!!」

「今さら何言ってんだよ、つーか何だその変な言葉!!　どこ弁だ!?」

これ以上話しあってもらちがあかない。リュックサックを持って走りだしていた。慣れない靴に足を押しこんで、扉を開け、建物の外に出て……。

駅までの道をたどったつもりだけど、すぐに迷ってしまった。迷子になったという事実と弘道くんを殴ってしまったという事実、そしてついさっき接吻したという事実の三重苦で、涙が溢れだすのを止められない。

涙がついた唇に手をやる。接吻。初めて、だったのに――。

生まれて初めての接吻はゲイリーに捧げると決めていた。もちろんちゃんと結婚してから。そりゃ、弘道くんは宿題を教えてくれたし、悪い人じゃなさそうだけれど。百合香さんにとっては大切な人なんだろうけど。でも、私は……。

そこでおそろしいことに気がついて、足が止まった。涙はまだ流れたままで、未来の街がぐにゃぐにゃに歪んでいた。

接吻を拒んだ私に、弘道くんは何て言った？　今さら何言ってんだよ……？

今さら……って、ことは、まさか――百合香さんはすでに――!?

「百合香ー？　そんなとこで何してんのー？」

振り返ると、莉子がいた。朝と同じ自転車に乗っている。慌てて涙をぬぐう。

「あんた、何泣いてんの!?」

「えと、これは、その……道に迷っちゃって……」

「ハァ⁉　ここ、あんたの地元でしょ⁉　冗談やめて！」

「冗談じゃなくて。弘道くん家から出てきたら、その、わかんなくなって……」

「嘘でしょ⁉　マジ⁉」

大きくうなずくと、莉子がはーぁ、と大きなため息をついた。

「しょうがないな。あんたん家まで送ってあげるよ」

「ほ、ほんと⁉」

「ここから十五分くらいだしね！　でも、変だよあんた。道に迷ったくらいで泣くなんて。子どもじゃないんだし。本当は何か、弘道くんとあったんでしょ？」

迷った。いくら友だちとはいえ、親友とはいえ、百合香さんの秘密を莉子に話していいものだろうか？　でも、友だちだし。親友だし。

「接吻、された」

「……は？」

「接吻、された。弘道くんに」

「せっぷ……キスのこと？」

莉子がマジマジと私の顔を見る。自転車の車輪がカラカラと回る音がしていた。

「それが、何なわけ？」

「はぁ⁉　それが何って、あんた――」

「もっとすんごいことだってしてるくせに‼　忘れもしないよ、去年の夏休みの終わりから二番目、八月三十日。たまたまうちと沙有美がふたりでいたところに、百合香から電話かかってきて……その後ゴーインにあんた呼び出して、花火やって騒いだじゃん？　まさかうちも沙有美も、あんたに先越されるとは思わなかったわー」

「えと、あの、すんごいこと、て、のは、まさか、その……」

カラカラカラカラ……車輪が回る音が止まり、莉子がこっちを向く。

「やめてー百合香！　ここ路上だから！　最後まで言わせないでよ‼」

すべてが、わかってしまった。

弘道くんが私に殴られて本気で驚いてたことも、今さらって言った意味も。

接吻どころじゃない。百合香さんはすでに……ああ、だめ。

口にするのも汚らわしい‼

「莉子は⁉　莉子はまだ乙女なんよね⁉」

「ちょちょちょ何すんのよ百合香‼　苦しいから‼　つーか自転車倒れる‼」

我知らず、莉子に飛びついていた。本気で苦しそうな顔に少しだけ我に返り、手を離す。はぁはぁ、と莉子は何度か胸を上下させたあと、軽く睨んできた。

「百合香さ、ほんとにどうしちゃったのよ⁉　何よ、乙女って。乙女座じゃないからあたしは！　天秤座！」

「違う、うちが言いたいのはそういうことじゃ……！」

「わかってるよ、今のは軽いジョークじゃん」

こほん、と莉子が小さく咳払いをし、頬を赤くする。そして耳に口を寄せてくる。

小声が耳たぶをくすぐる。

「何度も言わさないでよー。うちが去年のクリスマスで、沙有美が今年のバレンタイン。意外にも沙有美が一番遅かったからって、春休みに遊園地行ったとき、アイスおごらせたじゃん！　それも忘れた？」

「う、嘘……嘘でしょ……そんな……」

「いったいどうしたのよ、百合香。しっかりして！」

莉子に両肩を掴まれる。どうやら、この子は友だちが記憶喪失にでもなったのかと本気で心配しているらしい。

そういう私は、逆にあなた方が心配です！

「……しっかりしなきゃいけんのはあんたらじゃ!!」

もういい。柴本百合香を演じることより、友だちや彼氏と喧嘩しないでうまくやっていくことより、大事なことがある。私にだって、譲れないものぐらいあるんだ!!

「なんじゃ、平和な世の中だからってチャラチャラおしゃれして、化粧して、挙げ句の果てには男といちゃついて嫁入り前の綺麗な身体を汚して、それを喜んで……正気の沙汰とは思えんわ!!」

「ハァ!?　ちょっとあんた、汚すとかひどい……」

「ひどいのは、間違っとるのはあんたらじゃ!!　平成だかなんだか知らんが、未来のあんたらはどうかしとる!!　若いもんがこんなんじゃ大日本帝国はもう終わりじゃ!!」

言ってしまってから、慌てて口をつぐんだ。

今のは、まずい。過去の世界から未来にやってきたんです、と告白してるようなものだ。

どうしよう。俯いて必死で次の言葉を探していると、低い声で莉子が言った。

「百合香……サイテー」

恐る恐る顔を上げると、莉子の目尻に涙がにじんでいる。私は莉子を傷つけた――百合香さんの親友を。

「何なのよ、一緒に騒いで喜んでたくせに!!　今さら意味不明!!」

「いや、あの、私は、その、莉子のことを思って……」

「そんなお節介いらないよ!!　百合香がそう思ってるならどうぞご自由に。でもそれをうちや沙有美に押し付けないで!!　勝手に汚れた女にしないでくれる!?」

「ごめん……」

「謝んなくていいよ、許す気ないから!!　うちも沙有美も一生懸命恋した結果そうなっただけじゃん!!　そんなこともわからない人は、もう親友じゃない!!」

「莉子……」

伸ばした手を振り払われる。ずきん、と胸の奥の、やわらかな場所が痛んだ。

「サイテー」

私を見ないでもう一度莉子が言う。

自転車に乗って遠ざかっていく背中がどんどん小さくなって、やがて角を曲がって見えなくなったあと。どうやって家に帰ればいいんだろうと、途方に暮れた。

そのあとは、さんざんだった。道がわからず街をさまよい歩いた末、駐在所らしき建物を見つけて「迷子になりました……」と恥ずかしすぎる相談をし、かといって住所もわからず不審がられ、財布の中からやっと学生証を見つけて記載住所に送り届けてもらったあとは、すっかり夜が更けていて、百合香さんのお父さんにたっぷり説教をくらった。道に迷ったと素直に言って信じてもらえるわけもなく、今までどこにいた何をしていた、親に嘘をつくのかと延々責められ、もう遅いからと百合香さんのお母さんが割りこんできたところでようやく解放された。

夕食は摂らず、お風呂にだけ入って、今朝着ていたのと同じような寝間着を着て、

「べっど」に身体を横たえた。朝起きてからのいろいろなことが次々と思いだされて、最後には莉子の顔が浮かぶ。怒りながら泣いていた莉子……。

この時代は、平和だ。そして人々は平和な世の中に甘え、ヘラヘラしている。学校で見つけた若い人たちはチャラチャラおしゃれしたり、男女が人前で平気でいちゃついたり。

でも、それだけじゃない。

授業中に見た、真剣な眼差し。難しすぎる教科書にたくさんの宿題。シンガクコウというのはよくわからないけれど、未来には戦争とはまた違う種類の大変なことが、若い人たちの前に立ちはだかっているんだろう。

何より、莉子は言った。一生懸命恋をした、と。

押しつけないでって、言われた。今さらだけど、すごく納得してしまう。

だって、遠い過去から来た私は所詮、よそもん。

よそもんがよそもんの考え方を押しつけたら、未来に生きる人たちは困ってしまう。いずれ入れ替わりが元に戻るとしたら――そんなことあるかどうかわからないけれどあると仮定したら――百合香さんが、困る。

自分がこれは正しいと主義主張を唱えるのと、それが絶対に正しいことだと人にも押しつけるのとでは、天と地ほどの違いがあるんだ。

明日は、莉子に謝ろう。許す気ないとまで言われてしまったけど、時間を置いたあとゆっくり話したら、きっと伝わる。私は百合香さんじゃないけれど、百合香さんのつもりになって、莉子を本当の親友だと思って話そう。

そんなことを思っている間に、意識が少しずつ薄れてゆく……。


また夢を見ていた。それも、昨夜と同じ夢。

上も下もない、床も天井もない、不思議な空間にぽっかり浮かんでいる。目の前に、私がいた。着慣れた寝間着を着て、驚いた顔で私を見つめている。

確かに自分の顔のはずなのに、鏡の中で見たことのない表情をしているのは、「中」に入っているのが、私ではなくて百合香さんだから？

聞きたいことが、山ほどあった。

「　　　　」

言葉は声にならず、水の中でしゃべったように輪郭がぼやけて、ただ白い光が漏れた。昨夜と同じだった。

ふたり、手を差し伸べる。触れあう前に、光がふくらみ、はじける。

待って、お願い、百合香さん。私はあなたに、言いたいことがたくさん――。

＊　＊　＊

目が覚めたとき、心臓がどくどくと高鳴って、息が苦しかった。ずっと深い海の底に閉じこめられ、呼吸を遮られていたみたいだった。

木目の天井。目の前にかざした、私の手。私の手だ。百合香さんのものと違って細長くなく、指が短くて爪が丸い形をしている。

ばっと跳ね起きて、いつもの寝室に寝かされていたことを確認する。天井、壁、襖、鏡台、何より、すぐそばに寝ている辰雄と三千代。

すべては夢だったのだろうか。

平成二十七年という遠い未来で過ごした一日は、私の脳みそが見せたでたらめな幻だったんだろうか。あんなにはっきりとした手触りのある記憶が、ただの幻だと？

「三千代！　三千代、起きぃ!!」

すやすやと寝息を立てている三千代を叩き起こす。うー、と三千代はだるそうな声を出し、目を開けて私の顔を見て、また目を閉じた。

「こら、起きろ！　三千代！」

「何すんのよ姉ちゃん……まだ起きるには早かろうよ……」

「答えろ！　今日は何日じゃ⁉　昭和何年じゃ⁉」

三千代が小さなかわいらしい口をむにゃむにゃと動かした。

「なんよ、いきなり……今日は、昭和二十年、七月七日……違う、八日じゃ……」

「昭和二十年七月八日……」

日付が一日、進んでいる。夢だとしたら、昨日は七月六日だったんだから、七月七日のはず。でもここは昭和二十年七月八日の世界なんだ。

私は百合香さんと入れ替わって、一日を過ごして、ここへ戻ってきた……⁉

ばたばたと布団を抜け出し、家の中を確認する。隣の部屋には父さんと母さんが寝ていた。父さんの仕事場にはいつもどおり仕事道具が置いてあり、まだ食事の用意ができていない台所はしんと息を潜めていた。

間違いない。ここは、私の家だ。私の時代だ。栗栖千寿としての、私の居場所だ。

「千寿、何なん？　昨日は寝坊して、今日はやけに早いんねぇ。それも朝から家じゅうぐるぐるして……あんたの足音で起きちまったよう」

「母ちゃん……‼」

起きだしてきた母さんに飛びついていた。両目からぶわっと涙が噴きだして、母さんが目を見開く。

母さん。ただいま。

残酷な真実

あたしは引っ越しも転校も経験せず、生まれてからずっと、この家で暮らしてきた。十七年間付き合ってきた家の中のひとつひとつを、丁寧に手のひらでなぞる。自分の部屋のカーテン。階段の手すり。落ちついたアイボリーの壁紙。窓から入ってくる夏の朝の日差しも、リビングから聞こえてくるテレビの音さえ、愛しかった。

だって、もう二度と、ここに戻ってこれないかもと思ったんだから。

「何だ、百合香か。今日は妙に早いんだな」

ダイニングルームにはお父さんだけがいた。テレビの中ではアナウンサーが連日の暑さを大げさに伝え、テーブルの上には食べかけの朝食。キッチンでお母さんがお弁当の用意をしている音がする。美味しそうな食べ物の匂いに安心した。

ここには生煮えで味のないすいとんも、白米の入っていない混ぜご飯もない。なんたって、平成なんだから。二十一世紀なんだから。

「お父さんこそ。こんな時間に会社、行くの？」

テレビ画面の端っこに表示されている時刻を確認しながら言う。まだ七時前。

「あぁ。今日は千葉の支社に行く用事があってね」

「いいか、百合香。お父さんは昨日のこと、許したわけじゃないからな。百合香はまだ高校生なんだぞ？　夜遅くまで出歩いてたら、悪い人間だって寄ってきて……」

「昨日のこと、って？」

お父さんの顔が驚きの表情に固まり、一瞬の後、怒りに歪んだ。テレビは相変わらず、熱中症への注意を促している。

「いくら都合の悪いことだからって、忘れたふりをするか!?　遅くまで出歩いて連絡もしなくて、お父さんとお母さんがどれだけ心配したか、まだわからないのか!?」

「ちょ、待って。あたし本当に何が何だか――……」

言いかけて、押し黙る。理解できてしまった。

やっぱり、日付が一日飛んでいる。昨日一日、昭和へ行ってしまったあたしの代わりに、別の誰かが二十一世紀で柴本百合香として過ごしたんだ。

普通に考えればその人は、あたしが昨日その身体の中に入っていた、栗栖千寿さん。つまり、やっぱり入れ替わりは起きてたんだ。夢なんかじゃない。

お父さんの怒った顔が、何よりの証拠だ。

「お父さんだってなぁ、こんな口うるさいことを何度も言いたいわけじゃ……」

「お父さん。そろそろ行かないと、遅れるわよ」

お母さんがキッチンから顔を出して言う。お父さんがあたしを見て、眉根を寄せた。

「まったく。いいか！　今度門限を破ったら、次のお小遣いはなしだからな!!」

「お父さん、早くしないと」

お母さんに急き立てられ、お父さんはまだまだあたしに言いたいことを仕方なく飲みこんで出かけていった。誰もいなくなったリビングでソファーに座り、ぼんやりとした頭でリモコンを手に取って、適当にザッピングする。

どこも、同じような内容のニュース番組。新しい法律のこととか、毎日、日本列島を襲う劇的な暑さのこととか。日本が戦争をしています、なんて言っているアナウンサーはどのチャンネルにもいなくて、ほっと安堵のため息が出た。

帰ってこられたんだ。平和な世の中に。少なくともこの日本に、あたしを取り巻く環境の中に、戦争の二文字はどこにもない。

「姉ちゃん、今日もなんかすげー食べるな？　昨日もめっちゃ食ってたけど」

「……そう？」

いつもどおりの朝食が、いつも以上に美味しく感じられる。「昨日もめっちゃ食ってた」のはあたしじゃなくて、千寿さんだ。そりゃ、こんな美味しいもの、あの時代にはなかったんだから、いっぱい食べたくなるだろう。

「ひいおじいちゃんね、いよいよ危ないのよ。お母さん、今日にもパートが終わったらすぐ、広島に行ってくるわ」

　あたしの分のお弁当を作り終えたお母さんが言う。えー、とあやめが声を上げた。

「お母さん、いなくなっちゃうのー？」

「前も言ったでしょ、ひいおじいちゃん、具合が悪いって。あやめはお姉ちゃんのお手伝いをちゃんとして、いい子にしててね。百合香、ご飯頼むわよ？」

「う……うん。わかった……」

　つい、口ごもった。問題はお母さんの留守がきっと今日だけじゃないってこと、その間にまた入れ替わりが起こるかもしれないって可能性だ。あたしはともかく、千寿さんは二十一世紀のキッチン、使えるのかな？　炊飯器とか電子レンジとか、オーブントースターとか、うちには千寿さんの家の台所になかったものがたくさんある。

「広島に行くんだよね……お母さん」

　あたしが過去に飛ばされた場所は広島。ひいおじいちゃんたちの故郷も広島。

　それって、何か意味があるんだろうか。

　そして、おそらく戦時中の広島に戻っていったであろう千寿さんは、戦争を生き延びることができたんだろうか。

　生きてたら、おばあちゃんになって広島のどこかにいるかもしれない。それとも、空襲で死んじゃった？　いや、ちょっと待って。確か広島って、原爆が落とされたところじゃなかったっけ？

沙有美と莉子と、三人で作ったアプリのグループがブロックされていた。いつもの時間になっても莉子は迎えに来てくれず、アプリを通さずに直接電話してみても「この電話にはおつなぎできません」と機械の声に言われてしまう。マジか。着信拒否。

朝っぱらからあんなに沙有美に怒られたんだから、昨日のあたし——正確に言えば栗栖千寿さん——は、それ相応のことをしでかしたんだろう。とはいえ、昨日一日、栗栖千寿さんになって過ごしてみた感じだと、千寿さんはそんなに悪い人とも思えない。きっと、昭和と平成のジェネレーションギャップで、何か問題があったんだ。だとしたら顔を見て直接話しあえば、何とかなる。

そう思って学校に来たけど、甘かった。

「おはよ……？」

教室の窓のそばで話していたふたりに声をかけると、沙有美と莉子は鋭い視線であたしをひと撫でしただけで、すっと廊下へ出ていってしまう。

複雑なお年頃の女子特有のあれやこれやで、無視されたり陰口を言われたりしたことだってないわけじゃなかった。でも、沙有美と莉子は絶対にそんなことしないって信じてたんだ。今までもこれからも、ずっと親友でいられると思ってた。

廊下から沙有美の大きな笑い声が聞こえてきて、他のクラスの子と盛りあがっているふたりの姿を見てしまう。あたしはもう、沙有美たちに話しかけることを諦めた。きっと今はふたりとも怒りMAXで、何を言ったって聞いてもらえない。

スマホを取りだしアプリから弘道にメッセージを送るけど、既読スルーされてしまう。弘道まで、あたしに何か怒ってる？　昨日をあたしとして過ごした千寿さん、弘道とも何かあったんだろうか。どうやら事態はあたしの想像以上に、深刻らしい。

四時間目、退屈な現代文の授業なんてそっちのけで、沙有美と莉子にかける言葉を考えていた。自分が何をやらかしたかわからない以上、言えることは限られているけれど、とにかく謝ろう。このままずっと無視が続くのは、耐えられない。

チャイムが鳴り、購買のパンでお昼をすませる子たちがいそいそと教室の外へ出ていく。沙有美と莉子は、いつもあたしと一緒に食べるお弁当組だ。机をくっつけ、お弁当箱を広げたふたりに思いきって話しかける。

「いいよね？　いつもみたいにお昼一緒に食べても。いい……よ、ね……」

沙有美に思いっきり睨まれたせいで、途中から声に力がなくなってしまった。

莉子のほうは泣きそうな顔で、お弁当の入った袋の先っぽを握りしめている。唇から、ぽつんと声が漏れた。

「だって、百合香……ひどいこと言うんだもん。汚すとか、言い方だってひどかったし」

汚すって何のことだよー。千寿さん、まったく、勘弁してくださいよー。

「百合香、わかってる？　あんた、親友を軽蔑することを言ったんだからね？」

足を組んだ沙有美にぎろりと睨まれ、あたしは改めて頭を下げる。

あたしは何にもしてないけれど、それをふたりにわかってもらうなんてとうてい無理で、だったらひたすら謝るしかなくて。

「ごめんなさい——本当に。二度と言わない……心から、反省してます……」

長い沈黙の間、心臓がドキドキとうるさかった。これでも許してもらえなかったら、あたしにはもう他にできることはない。昼休みで教室は賑やかで、男子の笑い声がうるさく耳を突くのに、なぜかすごく静かに感じた。静けさに胸を圧迫されるほど。

「どうする？　莉子」

「いいよ、もう……なんかもう、どうでもよくなった」

はーぁ、と莉子が大きなため息をついた。

「早く、お弁当食べなよ？　自分の持ってきて」

「い、いいの!?」

「いいってば、もう。ずーっと怒ってるのも疲れるしね」

「あ、ありがとう!!」

涙さえ溢れてることに自分でびっくりした。隣にいる軽音部の女子ふたり組がおしゃべりをやめて、好奇心を隠さない顔をこっちに向けている。

「やめてよ、百合香。何泣いてんのさ」

沙有美も照れ臭そうに言って、あたしは慌ててごしごし、涙をぬぐう。マスカラが落ちて指が真っ黒になったけど、どうでもいい。あとで直せばいいだけ。

沙有美も莉子もそれ以上、昨日のことには触れなかった。こんなの、昨日のあたしが何を言ったのか確かめたかったけれど、どう切りだしても不自然に思われるし下手したらまた怒らせるから、やめておく。代わりに沙有美の恋の話題で盛りあがった。

「先輩さー、京都(きょうと)の大学受験するとか言ってんだよね。京都だよ京都」

「えー、それじゃあ来年の春から遠距離恋愛じゃん！」

「だからさぁ、このまま付き合うかどうか迷ってんだよね？　遠恋で大学生活スタートじゃ、確実に大学生の女に取られるじゃん？　フラれる前にフッたほうがいいし」

「何それー、悲し過ぎること言わないでよ！　百合香はどう思う？」

「え、あたし？　あたしは、えと……」

お昼休みの間にも空襲が起き、いつ爆弾が当たって死ぬかもわからない戦時中を経験してきたあたしは、恋の話でこんなに真剣に盛りあがれるなんて平和だなぁと、つくづく何も起こっていない世の中のありがたさを噛みしめていたので、自分の意見を考えることも忘れてた。沙有美と莉子の真剣な目が、あたしを覗きこむ。

何か言わなきゃ。ちゃんと話聞いてないって思われたら、また怒られる。

「んー、この際さぁ、沙有美も京都の大学目指しちゃえば？」

「あたしもその意見にさんせー！　沙有美、頑張んなよ！　戦う前から負ける気でいてどうすんのよ！　恋愛は戦争なんだからね!?」

「言ってくれるねーふたりとも、無責任に。あたしだってそれ、考えなかったわけじゃないよ？　でも、それにしたって一年は遠距離じゃん？　その間に別の女に取られたらどうすんのよ、あたしの努力マジ無駄だし!!」

どうも弱気な沙有美をなんとかやる気にさせようとしている莉子の隣で、あたしは莉子のさっきの台詞を耳の中で何度も再生させていた。

恋愛は、戦争。本物の戦争を知らない人たちの言葉だ。

なんだか腹立たしい気もするけれど、それも世の中が平和だからこそなんだろう。どうも、一日でも戦時下の暮らしを経験すると、今までと同じことが今までと同じに見えなくなってくるなぁ、としみじみしていたら、沙有美にばしばし、肩を叩かれた。

「弘道くんが昼休みにいきなり登場なんて珍しい！　あんたたち、何かあったー？」

「いや、別に……」

別に、なんでもない、はず。昨日、千寿さんが何もしていなければ……。

おそるおそる腰を上げ、弘道のもとへ向かう。その表情からは、何も読みとれない。

「行くぞ。屋上」

短く言って、斜め前を歩く弘道の後を追いかける。そういえば今朝、既読スルーされたっけ。あれは、たまたま忙しいだけだったのか。それともわざと無視されてるのか。無視されたとしたらいったいどうしてなのか。疑問は次から次へと溢れて、どれも言葉にできないまま、喉の奥に押しこめるしかない。

昼休みの喧騒が少し遠ざかった、四階の階段。立ち入り禁止の看板が吊るされたロープの向こう側に、引き戸がある。当然鍵がかけられているけれど、何人かの生徒が合鍵を持っていて、ここに侵入するというささやかな不良行為が行われていることを、あたしは知っている。その合鍵を持っている生徒の何人かのひとりが、弘道だった。

成績はいいのに、優等生っぽくない。それも、弘道を好きな理由のひとつ。

「うわ……暑」

真夏の光線に目を細めながら、屋上に出る。ここからはグラウンド全体が見渡せ、あたしの家がある辺りまでよく見える。遠くには東京都庁のツインタワーも。入道雲がもくもくと空の端を縁どり、いささか気の早いアブラゼミがどこかで声を重ねていた。何もかもが美しく、何もかもが平和の象徴に思えて、胸が熱くなった。

この時代は、平和だ。そしてあたしは、平和なこの世界が大好き。

「弘道、綺麗だね。空も校庭も、あたしたちの街も」

いつのまにか、口にしていた。素直なこの気持ちを形にせずにいられなかった。

「もうすぐ、夏休みだよ？　今年は何しよっか。花火観に行って――」

「お前さ。いったい何なの？」

いつもより低い声にぎゅっと心臓を抑えこまれた気がした。

振り向いた弘道の顔は、硬い。あたしの感動なんて、言葉なんて、心の表面にすら届いていないのだと知った。

「そりゃ、ないだろ。夏休みがどうこうとか。まず、昨日のこと謝れよ」

「えと。あの。あたしは――……」

「言い訳なんか聞きたくねーよ。自慢じゃねーけど、女に殴られたなんて生まれて初めてなんだからな、こっちは」

「なっ……殴られたって……!!」

どうやら、あたしの想像以上のことを千寿さんはしてくれたらしい。せっかく沙有美と莉子と仲直りできたと思ったら、これだ。まさしく、一難去ってまた一難……。

「俺さ、百合香のことは俺なりに大切にしてきたつもりだぞ？　別にそういうことが目的で付き合ってるわけでもないし、お前がいやって言ったときはやめたじゃん」

「ねぇ、弘道、その、それどういう……」

「いやならそう言えって。いきなり暴力に走るとか、マジわけわかんねー」

「弘道、あたしは……！」

「それとも何だ？　殴りたいぐらい俺のことが嫌いなのか⁉」

「わ、わけわかんないのはあたしだよ‼」

思わず叫んでいた。本当の気持ちは届くことはなく、いっそ憎らしいほど青い、平和そのもののような夏の空へ吸いこまれていく。

弘道が歩きだす。すぐ横を通り過ぎる身体に、触れる勇気はなかった。

「いいよ、もう。お前の気持ちはわかったから」

捨て台詞みたいに言われて、屋上に置いていかれた。遠ざかっていく足音を背中で聞きながら、ただただ、ぼんやりしていた。

平和な世界にだって、悲しいことがまったくないわけじゃない。あたりまえだけど。

どうしていいのかわからなくて、弘道を追いかけることもできなくて、追いかけたところでかける言葉を用意できなくて、チャイムが昼休み終了五分前を告げるまで、そこにいた。屋上を出ると弘道が置いていったんだろう、足もとに合鍵がある。そっと閉めながら、これを返すことを理由に弘道に会うしかない、と思った。

友だちと過ごす人、彼氏彼女と過ごす人、部活へ行く人、バイトに向かう人、塾へ行く人。それぞれの目的のため足を動かす高校生たちは皆、たいがい誰かと一緒にいておしゃべりに忙しい。

ひとりひとり違う青春を過ごせるって、なんて幸せなことなんだろう。

「莉子ー、今日はどうする？　昨日みたいにまた、マック行くー？」

「行きたいけど、今日は金ないんだよねー。茶道部にでもお邪魔しない？」

あたしも沙有美も莉子も部活はやってないけれど、ときどき、茶道部の部室にお邪魔することがあった。うちの高校の茶道部はなかなかにいい加減で、活動日はそれぞれ紅茶やお菓子を持ち寄り、抹茶を立てるのではなくティーバッグで入れたお茶を飲み、お菓子を頬張りつつ延々とおしゃべりに興じるのだ。そんな部活なので、部員の誰かと仲がよければ、外部の人の出入りは基本、自由。

「いいねー。百合香も来るでしょ？」

「あたしは……ごめん、ちょっと、パス。用あるんだ」

「用って、何よ、改まって。弘道くんとデートならそう言いなよー？」

すっかり仲直りした莉子が肩を小突いてくるので、笑顔を作って小さく首を振る。

「いや、ほんとに、弘道は関係ないの。ただ、その、ちょっとヤボ用で」

「へー？　じゃあうちらは茶道部行ってるから、用終わったらおいでー？」

別に怪しみもしない沙有美と莉子に手を振り、四階へ続く階段を上る。

うちの高校には自習室が別に設置してあるので、放課後の図書室で勉強する人は少なく、ごく少数の読書好きな生徒がぽつぽついるだけだ。一年生だろう、カウンターの中で夏目漱石の「虞美人草」を読んでいる図書委員の女の子に声をかける。

「あの。戦争のことを調べてるんだけど。戦時中の資料って、どこにあるかな?」

今にも、お友だちは本だけです、って言いだしそうな気難しそうな顔がこっちを見た。そんなことを聞く人はほとんどいないんだろう、明らかに不審がっている。

「歴史の本なら、そっちの棚。近代史なら奥のほうです」

「どうもありがとう」

近代史に関するコーナーのちょうど真ん中、取りだしやすいあたりに第二次世界大戦中の資料がまとめて置いてあった。中央に十冊ぐらい、分厚い本が並んでいる。どうやら、戦時中の写真をまとめたシリーズらしい。

第一巻のタイトルが「広島の原爆」だった。第二巻は「長崎の原爆」……。

重たい第一巻を手に取り、閲覧スペースへ持っていく。ぱらりと一ページ目をめくって、言葉を失ってしまった。

それは、すべてが奪われた広島の姿だった。どこまでいっても瓦礫、瓦礫、瓦礫、瓦礫、瓦礫。電柱がねじ曲がり、水道管がひしゃげ、つぶれた家の間から黒焦げになった死体が顔を出している。

ここに、生きているものはひとつもない。

喉はからからになり、心臓はいやな鼓動を立てながら、それでも必死でページをめくった。目を覆いたくなる写真がいっぱいあった。水揚げされたマグロみたいに怪我人がずらりと並べられた似島の検疫所、防火水槽の中に入って小さな子どもを抱きしめて死んでいる母親、水を差しだされても飲む気力を失った、頭の皮膚がめくれる大やけどを負った女の子……。

目がページの端っこに書かれた言葉を拾っていく。

『昭和二十年八月六日午前八時十五分、広島に投下された原子爆弾は一瞬にして五万人以上の命を奪った。運よく即死を免れた人の多くも、放射線の影響を受け原爆症で次々と倒れていった……』

思わず、本を閉じていた。信じたくなかった。誰かに違うと言ってほしかった。

原爆が落とされたって何となくは知ってたけれど、これほどひどい被害が出たなんて知らなかった。これじゃあ、千寿さんも。その家族も。菜穂子も。ゲイリーも。

生き延びられるわけない。きっと、七十年前に死んでいる――……。

正しいとか、正しくないとか

私と母さんで箸や器を運び、辰雄と三千代が自分の席に正座する。早く食べたくてうずうずしているっていう、唾を飲みこんだ顔。最後に父さんが足を引きずりながら居間に入ってきて、一家の主の場所に腰を下ろした。

何十回も何百回も繰り返した朝の光景に、胸が熱くなる。

「いただきます」

父さんの合図に、辰雄と三千代が元気よく声を重ね、手を合わせる。ご飯は未来のほうが比較にならないくらい美味しいけれど、私は大好きな家族と朝食を囲むこのひと時が大好きだ。未来がどんなに平和で幸せで、空襲の心配なんてしなくていいところだって、私にとっては住み慣れたこの時代に戻ってこられたことのほうが嬉しい。

「姉ちゃん、何泣いとんの？」

「別に……」

辰雄に言われ、慌てて涙をすする。父さんが当惑した顔で言った。

「千寿。まさかお前、気にしとるんか。昨日のこと」

「昨日のこと……？」

「覚えてないんか？　お前……」

父さんの目に驚きと困惑がいっぺんに浮かんで、私は私がいなかった「昨日」が確かに存在しているのだと改めて知る。

間違いない。日付が一日飛んでいるということは、昨日を栗栖千寿に成り代わった別の人が過ごしたんだ。普通に考えたらそれは、私と入れ替わった柴本百合香さん。私が見た七十年後の未来は、夢などではなかったんだ。

「まぁ、別にえぇ」

気まずい空気がちゃぶ台の上に漂う。昨日、私になった百合香さんと父さんの間にどんなやりとりがあったのか知りたかったけれど、そんなことは聞けない。

「千寿、あんた今日はしっかりせんといかんよ。竹やりの訓練があるからのう」

母さんに言われ、まだうまく働かない頭でうなずいて、汁っぽいお粥を飲みこんだ。

じいじい、何匹もの蝉の声がうっとうしく、暑さをさらに増幅させる。

竹やりの訓練は建物疎開で更地にした空き地で、近所の女たちを集めて行われた。

本土決戦に備え、各自、物干し竿ほどの太さの竹を一間ぐらいの長さに切り、鋭く削った先端を火で炙って油を塗ったものを武器として用いる。

「あんなん、行かなくてええ。爆弾相手に竹やりなんぞが、役に立つか」

出がけに言われた父さんの言葉を思いだしながら、手に握った竹やりを見つめていた。東京だって三月に大きな空襲があったらしいし、毎日のように空襲警報が鳴り響く。空から降ってくる爆弾に竹やりで勝てるわけない。

「栗栖の娘さん！　あんたの番やで!!」

きつい声がした。高下だった。はっとして、集まっているみんなの視線に気づく。

「栗栖千寿！　何をボーッとしている!!　神経がたるんでいるんじゃないのか!?」

「す、すみません……」

憲兵に怒鳴られた。あわあわと大きく一礼して、的になった藁人形の前に立つ。前の人たちがやっているのをちゃんと見ていなかったから、やり方がよくわからない。こんなものかと腰を屈めて竹やりを構え、藁人形のお腹を目指すけれど、真ん中を外し、おまけにすっ転んでしまう。ずざっといやな音がして肘から下をすりむいた。

「何をやっているんだ、貴様は!!」

「すいません……」

「すいませんじゃない！　どうやら貴様は天皇陛下がお守りするこの大日本帝国の一員であるという自覚が足りないようだな。わしがヤキを入れてやる」

背中に熱い衝撃が走った。バシンという音が背骨に響く。痛さのあまり声は言葉にならず呻きになって、衝撃は一度どころか二度も三度も私を襲う。

「前線で命を懸けて戦っている兵士の苦難を思え！」

「やめて！　やめてくんさい!!」

女性たちの列から菜穂子が飛びだそうとする。

「菜穂子ちゃんは下がっとりんさい」

菜穂子を止めに母さんが走り寄ってきて、私と憲兵の間に割って入った。

私の背中は皮膚が破れていて、血が丸首シャツにべったり貼りついていた。

「どうか許してつかあさい。この子は今日はちょっと、身体の具合が悪いんです」

「ほう、そうか。それじゃあ貴様が、娘の代わりに殴られるか？」

憲兵がにやりと冷たい笑みを浮かべ、竹やりを振り上げる。私は汗ばんだ手に力を込めて、覆いかぶさろうとする母さんの身体を振り払った。

「やめて。母ちゃんは、何も悪くないです。殴るなら私を……」

「ほう、親を守るか。娘としていい心掛けだな」

声と同時にまた衝撃がやってくる。わざと何度も、同じところを殴ってくる。これじゃあ牛や馬と同じ扱いだ。薄く笑いながら殴ってくる憲兵が憎くて、痛ければ痛いほど憎しみもふくらんで、でも抵抗できない。

百合香さん。あなたは本当にいい時代に生まれたね。こんな残忍な人たちがいない、竹やりの訓練もない、空襲もない。そんな平和な未来が少し、懐かしくなる。

「非国民一家に配給の切符をやって、生かしてやってるだけでもありがたく思え！」

そんなことを言われながらもずっと殴られて、実際はほんの数分だったはずの屈辱と苦痛の時間は、何時間にも何十時間にも長く引き延ばされて感じられた。


痛みで歩くことすらままならず、母さんに肩を貸してもらい、親子寄りかかるようにして帰ってきた私たちに、父さんが驚いた顔を向けた。

「どうしたんじゃ千寿、そんな、顔を泥だらけにして……」

「実は、憲兵がちょっと……」

母さんから一部始終を聞いた父さんは、仕事道具を放り投げて立ちあがった。机の上には解体された時計が転がっている。

「嫁入り前の娘になんて扱いじゃ!!　今すぐ文句を言いに行ってやる!!」

「父ちゃんの馬鹿!!」

言いながら景色が歪んでいて、泣いているのだと知った。ぶよぶよになった部屋の中に父さんと母さんが見える。溢れる言葉を止められない。

「父ちゃんが戦争に反対しとるから、うちらまで非国民扱いされて、いじめられるんじゃ!!　私がこんな目に遭ったのは、父ちゃんのせいよ!!」

「千寿……」

「父ちゃんなんか、大嫌い‼」

ふらつく身体を無理やり動かし、寝室に入る。畳の上に寝転がるとようやく少しだけ心が落ちついて、鼻をくすぐるいぐさの匂いがありがたかった。

こんなひどい目に遭っているのは、私だけじゃない。三千代は学校で仲間はずれにされ、辰雄は高下の息子の隆太からしょっちゅういじめられている。

私だけがつらいわけではないし、弟や妹のためにも姉としてしゃんとしていなきゃって、頭ではわかってるけど。わからず屋なのは、心のほうだ。殴られた背中が痛くて、心はもっと痛くて、背中の血は止まっても心の血はだらだらと流れ続けている。

「千寿。入るで」

襖が開いて、母さんが部屋に入ってくる。手に薬の瓶を持っていた。服を脱ぎ、自分では届かない背中の傷に、赤チンを塗ってもらう。

「許してやってな。父ちゃんのこと」

母さんが言う。父さんのこと、正直今は考えたくもない。私を見る父さんの傷ついた顔を思いだすと、心臓をキリキリ締めつける思いがするんだもの。

「みんなが右を向いているときに、自分だけ左を向くのはとても勇気のいることなんで。だから、父ちゃんはすごいんよ」

「――……」

「父ちゃんは立派な人なんだから、千寿も父ちゃんに恥じない人になんなきゃね」

「なんで？　どうしてこんな痛いこと、つらいこと、我慢しなきゃいけんの？」

母さんの手が止まる。涙を流さず、声も上げず、心だけがまだ血を溢れさせている。

「私、いじめられたくない。三千代も辰雄もかわいそう。父ちゃんのせいで」

「千寿……」

母さんがそっと背中から私を抱く。傷口が痛まないよう、ふんわりと優しい力で。

母さんの身体からはなぜか、甘くていい匂いがした。

「父ちゃんは、つらくて仕方ないんよ。うちら家族が、自分のせいでしんどい思いをして」

「だったら……！」

「それでもね、母さんは父ちゃんは間違ってないと思う。間違ってるのは、みんなのほうじゃ。天皇をありがたがり、お国のために散ってこいと家族を戦地に送りだし、あんなくだらない竹やりの訓練なんかしとる、みんななんじゃ」

母さんの髪の毛がそっと、私の頬を撫でる。急に幼い頃を思いだして、目頭が熱くなった。まだ戦争が始まっていない時代の幸せな記憶は、あまりにも遠い。

「みんなが一斉におかしな考えを持って、おかしなことをしてしまうこともあるんよ。正しいかそうでないかは、より多くの人がどの考えを支持しているかで決まってしまう。だけど、いやだからこそ、少数派の意見を持ち続ける人は必要なんじゃ」

「それがどうして、父ちゃんなの？　他の人でもよかったじゃない。私はいじめられたくないし、殴られたくない」

母さんの手が震えていた。言いたいことはすごくよくわかる。でも今の私はそれに納得して、素直にはいと言えるほどの心の余裕がない。

せめてちゃんと愛情を持っていることを伝えたくて、たとえ考えが合わなくても素直で従順な娘でなくても、母さんが好きだってわかってほしくて。

ささくれと皺だらけの荒れた手に、自分の手をそっと重ねた。

日が落ちる頃、寝室の窓を叩く音がした。ゲイリーが立っている。いつもの藍色の着物に細長い痩せた身体を包み、金髪を夕風になびかせていた。この前見たときより、ちょっと短い。

「髪、自分で切ったんやろ？　うまいんね」

「三時間かかったけどね」

裏庭の木のところでふたり、背中を薄っぺらい塀に預けて話をする。ゲイリーの髪に触れると、やわらかくて気持ちよかった。不意にその手を握られ、ドキリとする。

「母さんから聞いた。竹やり訓練のときのこと」

そう、あの場に静子さんもいた。他の多くの人たち同様、ただ立ち尽くしていた。

「怪我は大丈夫？」

「大丈夫なわけ……ないよ」

「つらいときは、無理に笑わなくていいんだよ」

ゲイリーのやさしさが本当に嬉しくて、握りあう手のあたたかさが心の襞に染みていく。

愛する人がいてよかった。愛してくれる人がいてよかった。

「ねぇ。ゲイリーは、どちらの味方なん？　日本か、アメリカか」

アメリカ人の父親と日本人の母親を持つゲイリーにとって、答えづらい質問だとわかって聞いていた。ゲイリーはうーん、とため息をついた。長い睫毛が縁どる目の先で、トンボが連なって西の空を目指している。細長い羽が茜色に色づいていた。

「どっちか、決めなきゃダメかな。どちらでもない、ていう答えは、ダメ？」

だいぶ長いこと経って、ゲイリーはそう言った。

「どっちが味方かって、どちらが正しいかってことに言い換えられるだろ？」

「そうじゃけど……」

「何が正しいかは人によって違うものだよ、千寿。ある人にとってはAが正しくても、別のある人にとってはBが正しい。正しさって、そういうものなんだ」

ゲイリーのすっと通った鼻筋のあたりを、じっと見つめていた。ひとつ年上なだけなのに、ゲイリーは私より遥かに多くのことを考えていて、立派だと思った。

「絶対に正しいことなんてないのに、人はすぐ争いを始める。互いに、自分の正しさを押しつけようとする。それが大きくなれば、戦争になる」

それは、未来の世界で昨日、私が学んだことだ。

押しつけないで、と言った莉子。莉子の涙に、私は百合香さんの親友を深く傷つけてしまったことを知って、ひどく悲しくなった。

昭和に生きる私には昭和の、平成生まれの莉子には莉子の、それぞれ違う正しさがある。自分の意見を押しつけるんじゃなくて、莉子がどうしてそう思っているのか、ちゃんと聞いてあげればよかったのに。

「ある人が、自分はこれこれ、こう思う。そう、自分の考えを選択して、行動するのは別にいい。でもそれを、自分以外の人すべてもそうするべきだ、となってしまったら、それはもう戦争の種を振りまいて歩いてるようなもんだよ」

「戦争の種……」

「今の日本人はみんな、戦争が正しいって考えで動いている。無理もない、国の状況がみんなにそうさせているんだから」

七十年後と変わらない夕焼けの鮮やかさに、あの平和な世界を思いだしていた。

平和だった。便利なものと美味しいご飯と、たくさんの幸せがあった。百合香さんの家族も、沙有美や莉子も、暮らしに不自由していなかったし。

「みんなが、戦争が正しくないことだって思えばいいのにね。僕は日本にもアメリカにも、どちらも味方できないよ。ただ、戦争なんて早くやめてくれって、思う。戦争が長く続けば続くほど、僕らが洋菓子の店を持つ夢から遠ざかるんだからさ」

夕陽の中で微笑みかけられて、動きだした甘い感情が照れ臭い。

私は、なんて素晴らしい人を好きになったんだろう。

ゲイリーは、こんな時代で希望を持っている。幸せになることを、諦めないでいる。

その希望を戦争が潰さないでほしいと、痛いほど強く願った。

私と百合香さんは再び、夢の中で出会う。前とは違う寝間着は色使いは少々おとなしいものの、相変わらず腕も胸もとも脚も出しすぎで、見ているほうが恥ずかしい。

びっくりした、というか戸惑っている顔が、私を見ていた。私のほうは何となく覚悟はできていた。きっとまたこうなるんじゃないかと思っていた。

聞きたいことが山ほどあって、口を開こうとする。でも言葉は声になる前に、白く強い閃光（せんこう）と全身を打ちのめす衝撃にかすれて消えてしまう。

待って、百合香さん、消えないで。私たち、話さなきゃ。ちゃんと話しあって協力しなければ、こんなこと、乗り越えられるわけないいんだから——……。

＊　＊　＊

違う天井の下で目覚めるのは、これで二回目だ。ちゅんちゅん、とスズメの鳴く声が聞こえている以外は、静かな世界だった。カーテンと窓の間の隙間から、きりりと尖った夏の日差しが入りこんできて、床に陰影を作っている。

百合香さんや沙有美たちが「スマホ」と呼んでいた機械で時間と日付を確認した。二〇一五年七月九日。予想どおり、一日おきだ。

昭和二十年の七月六日から、平成二十七年の七月七日へ。起きたら昭和二十年の七月八日にいて、そして今平成二十七年の七月九日にいる。

一日おきに身体が入れ替わる。これが私と百合香さんに起きている現象なんだ。自分の身に起きていなきゃ、とうてい信じられない。

まだ百合香さんのお父さんもお母さんも、きょうだいも起きていなくて、家の中はしんとしていた。階段を下り、やたらとやわらかく、座るだけで身体が少し沈む椅子に腰かけ、リモコンというものを手に取る。この機械の操作の仕方は、この前百合香さんの家族たちがやっていたので、なんとなく覚えていた。

一番上の赤いでっぱりを押すと、プチッと小さく音がして「テレビ」なる機械に画像が映しだされる。未来の活動写真は色がついていて、本物のように綺麗だ。

『続いてはエンタメ情報!!　八月六日、広島への原爆投下から七十年を迎える日に、ハローテレビでは特別ドラマを放送します――』

「アナウンサー」と言われる人の声に、私は身を乗りだす。

広島への原爆投下から七十年？　七十年前といえばちょうど、私がやってきた過去の時代じゃない。原爆投下って何のこと……？

どーん、とお腹の底まで響き渡るような大きな音とともに、爆発の映像がテレビに映しだされる。家々の瓦が粉々になって吹き飛び、電柱がなぎ倒され、空に黒い不気味なキノコ形の雲が昇る。アナウンサーがはきはきとした声で解説する。

『ドラマでは徹底した時代考証の末、当時の生活を再現！　原爆の被害についても入念な調査の上、昭和二十年八月六日の世界をリアリティたっぷりに演出することに成功しました。それでは主演の助川雪子(すけがわゆきこ)さんのインタビューをご覧ください』

私や百合香さんより少し年上くらいだろうか、綺麗な女の人の腰から上が画面に大写しになる。私のいた時代の服装を再現したんだろう、後ろでまとめたひっつめ髪にもんぺ姿。でも綺麗に化粧をしていて、どうしても作り物の感じがぬぐえない。それで、先ほどのひどい映像も作り物なのだと悟る。

『戦争、そして原爆を主題にしたドラマに挑むということで、大変なプレッシャーもありました。実際にあったことですし……』

助川ナントカという女優の話が、途中から耳をすり抜けてしまう。

実際にあったこと。確かにこの人は言った。

つまり、それは、さっきの大爆発が、昭和二十年の広島で実際にあったということなんだろうか。あんな恐ろしいことが、現実に……？

寝ぼけた顔の百合香さんの父親がリビングに入ってきて声をかけるまで、私はテレビから視線をはがせなかった。

テレビは私に、昭和二十年八月六日、広島で起こった真実を語り続けた。

入れ替わるふたり

一瞬だけ見た千寿さんの唇がぱくぱくと動いていて、あたしに何か伝えようとしている、それが何か聞きとろうと一生懸命になっているうちに何度も衝撃が身体を駆け抜けていって、汗臭い布団の中で目を開けた。

木目の天井に紙が貼られた窓、栄養不足のせいか、顔色の悪い辰雄と三千代。一昨日と同じ。ここは昭和二十年の広島、栗栖千寿さんの家だ。

もう、いくらバカなあたしにだってわかる。一日おきに身体が入れ替わるんだ、千寿さんと。七十年もの時を超えて、戦時中に意識が飛ばされてしまう。その間千寿さんのほうは、あたしに代わって未来にやってくる——。

布団の上に身を起こした途端、ズキンと背骨を突き抜ける痛みに顔が歪んだ。どうやら背中にひどい傷をこしらえているらしい。昨日の千寿さんの身に、いったい何があったんだろう？

とりあえず寝間着から千寿さんの服に着替える。昭和生まれの子のくせに、栄養状態が悪いくせに、なぜかあたしより胸があることに気づいてため息が出そうになる。

あたし、いったいどうすればいいんだろう？　今日、またあの過酷な一日を繰り返さなきゃいけないんだ。

どうせ広島に原爆は落とされ、日本は戦争に負ける。未来を知っているあたしは、他の女の子たちに混じって、日本のために頑張るなんて馬鹿馬鹿しくて仕方ない。

はっとして、壁に貼ってあるカレンダーに飛びつく。こんなに心臓がドキドキと痛くて胸が破裂しそうな思いをするのは、生まれて初めてだった。指で日付をなぞり、あたし、千寿さん、あたし、千寿さん……と数えていく。

来月のカレンダーの八月六日のところで、指が止まった。

なんてこと。

このまま一日ごとに入れ替わっていくと、昭和二十年八月六日、この時代にいるのは千寿さんじゃなくて、あたしだ。

「千寿。千寿……！」

名前を呼ばれ、はっとする。まだ慣れない銃を操る手が、いつのまにか止まっていた。あたしの思考は今この時を離れ、別のところをさまよっていた。

無理もない。どうしたって、考えてしまう。自分があと一か月もしないうちに死んじゃうって知ったら。

「手、止まっとるよ。また兵隊さんに怒られるで」

「う、うん」

菜穂子に向かってうなずき、作業の手を動かす。そうだこれは銃を操る作業、ただでさえ爆撃の標的にされてる工場で働いている上、一歩間違えれば大爆発を引き起こすんだ。背中の傷がまだ痛むけれど、銃が爆発したらこんなものじゃないだろう。

さまよいそうになる思考を叱りつけ、目の前の作業に集中しようとする。でも、延々と繰り返す単純労働なので、いつのまにか手は自動操縦のロボットみたいに動きだし、脳は別の働きを始めてしまう。しばらくしてまた、菜穂子に注意された。

昨日、あのあと図書室で原爆のことについて閉館時間ぎりぎりまで調べた。原爆で確かに広島は木っ端みじんになったものの、みんなが死んだわけじゃないってことはわかった。放射能のせいでいろいろな病気になったり、火傷の痕がひどいケロイドになって精神的にしんどい思いをしたりしても、今なお生き続けている人もいるんだ。

菜穂子は生き残っただろうか。あたしと同い年なんだから、今は十七歳。七十年後は八十七歳。ひょっとしたら、生きているかもしれない。菜穂子だけじゃない。千寿さんは、千寿さん一家は、ゲイリーは。みんなはどうなったんだろう？　みんなが生き残ったかどうか、平成二十七年の世界で調べることはできないんだろうか。

一日じゅうそんなことばかり考えていたら頭がすごく疲れて、当然身体も疲れて、帰りは一回目の挺身隊を経験した一昨日の倍ぐらいの疲労感で、菜穂子とおしゃべりをする余裕もあまりないくらいだった。

「じゃあまた明日のう、千寿」

畳屋さんの前で一昨日と同じように別れたとき、菜穂子は何か言いたげな顔をしていた。菜穂子は気づいているのかもしれない。栗栖千寿が、栗栖千寿じゃないってこと。幼馴染みで大親友なんだから、様子がおかしいと思うこともあるだろう。まさか、未来の女の子と入れ替わってるとは思いつかないだろうけれど。

「千寿!!」

一昨日と同じ光景。家とのわずかな隙間から、ゲイリーが小さく、でも鋭い声であたしを、いや千寿のことを呼ぶ。ぼろっちい着物も、背が高くて腕も脚もすらりと長いゲイリーが着ると、なんだかサマになってるんだからイケメンの力はすごい。

「昨日は、偉そうなことを言っちゃってごめんね」

裏庭の端っこ、金木犀の木の幹に隠れるようにしてふたり、肩を並べて語りあっていた。夏の空はまだ明るく、ゲイリーの金髪の向こうにくっきりとさせた雲が気持ちよさそうに浮かんでいる。

「昨日……って?」

「何？ まさか、覚えてないの？」

ゲイリーの不信感いっぱいの目に見つめられ、慌ててぶんぶん、首を振る。

あたしと千寿さんの周りの人から見たら、ふたりは一日ごとに記憶が飛んでいるんだ。説明したってわかってもらえないんだし、何も起こってないふりをしないと。

「お、覚えてるよ、もちろん!!」

「ふぅん……？　なら、いいけど」

無理やり納得したような言葉にやれやれと言いたくなる。まったく、なんでこんなややこしい現象が起こっちゃうんだろう？　誰かと入れ替わっちゃうだけでも大変なことなのに、七十年もの時間をまたいでいる。

「早く終わってほしいな。戦争が」

憲兵に聞かれたら怒鳴られるか殴られるか、最悪捕まってしまうようなことをゲイリーはぽつりと口にする。言っちゃいけないことだからみんな言わないけれど、きっとこの時代の人たちのかなり多くの人が、同じことを思っていたんじゃないだろうか。たった二日経験しただけのあたしでも、戦争は本当にいやなものだと心から思ってるし。食べ物も自由も面白いことも楽しいことも、この時代には無さすぎる。

「そうだね……」

遠くの空で雲がゆっくりと風に流されていく。ゲイリーは長い指の手であたしの手をやわらかく握った。この手に千寿さんは、どれだけ救われただろう。

だから、この人を。どうかこの人だけでも。助けることはできないだろうか……？

昨日、図書室で原爆が広島と長崎に叩きつけた惨い歴史を知ったあと、家に帰ってから教科書を調べ、歴史を学び直した。昭和二十年八月六日に広島、九日に長崎、原爆投下。その後八月十五日に日本は無条件降伏を受け入れ、戦争に負けた。

あの夏から何十回、何百回と広島と長崎の人たちが思ったように、あたしもどうして日本はもっと早く戦争をやめなかったのかと歴史を恨んだ。日本を戦争に導いた、一部の大人たちを恨んだ。なんせ、このまま入れ替わり現象が続いたら、あたしが昭和二十年八月六日の広島にいる。文字どおり他人事じゃない。

でもいくら未来を知り、歴史を知っているあたしが過去にやってきたところで、どうにもならない。いち小市民の力で戦争をやめさせることなんて絶対無理なんだから。

「戦争が終わったら、ふたりで東京へ行くんだよ。僕らで洋菓子店を始める」

「うん……」

「結婚、するんだよ？　僕たち」

宝石のように美しいグレーの瞳に覗きこまれ、戸惑いながらもうなずいていた。

この言い方からして、すでにふたりの間で戦争が終わったら東京へ行くこと、洋菓子店を始めること、結婚することは、約束されているんだろう。

キスひとつしないでいきなり結婚、しかもこの歳で！　なんて未来から来たあたしにとっちゃありえないけれど、千寿さんの時代ではそれがあたりまえ。だったら今現在、千寿さんの身体に入ってるいるあたしはおとなしくうなずくだけだ。

そして少し、ゲイリーが語る未来を想像してみた。こんなに素敵な男の子とふたり、結婚して洋菓子店を始める。その頃にはちゃんと戦争も終わっていて、平和な世の中でゲイリーが作るお菓子は大ヒットする……。

原爆で何もかも失くしちゃうっていうのに、あたしはちょっとだけ、そんなお花畑な未来を、幸せしかない未来を、思い描いていた。

「これ、婚約指輪。いつかちゃんとしたの、渡すからさ。とりあえず受け取って」

そう言って、草で編んだ指輪を左手の薬指にはめてくれる。名前は知らないけれど小さな白い花が咲いていて、それがちょうどアクセントになって、かわいらしかった。ゲイリー手作りの指輪は火薬の臭いが染みついた指に、ぴったりと合った。

「ありがとう。ゲイリーは本当に器用だね」

「作るの、すごく楽しかった。千寿のためなら、千寿の幸せのためなら、僕にできることはすべてするよ」

その言葉はあたしではなく千寿さんに向けられたものだと知っていて、それでも胸が熱くなる。

弘道も、たまにはこれぐらいストレートな愛情表現をしてくれたらいいのにな。もっとも平成二十七年に戻ったところで、もう一度弘道と笑いあえるかどうか自体、疑問だけど。あたし、すっかり弘道に嫌われちゃったみたいだし。

戦争も挺身隊もいやだけど、愛した人に心から愛されている千寿さんが、ちょっとだけ羨ましかった。

壁の時計の長針が十一のところを過ぎ、秒針がかちかちと小さな音を立てている。辰雄と三千代のやすらかな寝息が、秒針が動く音にかぶさって聞こえていた。

あたしは布団の上に身を起こし、居間の本棚にあった雑誌を取ってきて、広げていた。最後のページに小さく昭和十二年とある。今から八年も前、まだ日本が戦争の悲惨さを知らない、平和な時代に発行されたものだ。婦人向けのファッション誌らしく、『モガスタイル』なんて特集が組まれている。モガって、モダン・ガールの略らしい。映画の中でしか見たことのない大きな帽子や水玉を散らしたワンピース、未来人の目から見ても確かに「モダンでおしゃれ」な服がたくさん載っていた。

千寿さんも、もう少し早く生まれていれば、モガになれたのかもしれないな……。

戦争に青春を奪われ、十七歳で原爆に遭うなんて悲惨すぎる。たとえ即死を免れたとしても、原爆に遭った人たちがどれだけひどい目を見たか、あたしは知ってしまった。食べ物のない時代が長く続き、たくさんの人が原爆症やケロイドで苦しんだ。ちょっと身体の具合が悪ければ原爆症かと怯え、子どもができても喜ぶ前に、原爆の影響が出ていないか心配しないといけない……何も悪くない人たちが、だ。ただあの日、あのとき、広島にいただけなのに。

顔を上げてまた、時計を見る。一分しか進んでない。あたしはまた雑誌に目を落とす。外に漏れないよう、一番小さいロウソクに火を点けて使っているから、あまり早く読み進められない。ただでさえこの時代の文章は、知らない漢字がたくさんあって難しかった。

なんでそこまでして夜更かししているのかっていうと、寝たくないからだ。

いつも入れ替わりは、寝ている間に起こっている。ということは、もしかしたら寝なければ入れ替わりを止めることができるのかもしれない。あたしが昭和にいるこの状態、入れ替わってる状態で入れ替わりが止まってしまっても、それはそれで困るんだけど、そしたら明日はちゃんと寝ればいいわけで。

何とかなる、という根拠のない前向きな確信とともに、あたしは時間が過ぎていくのを待った。このまま何も起こらず、明日の朝が来ることに期待していた。

長針と短針が、てっぺんでぴったり重なる。

まだ仕事をしているであろう、父さんの仕事場のほうから、家にある一番大きな古い壁時計がぼーん、ぼーんと日にちをまたぐ音が聞こえてくる。音はなぜかだんだん大きくなり、景色がぐにゃりと歪む。壁が、天井が、襖が、寝ている辰雄と三千代の姿が、靄をかけたように遠くなった。

やがてすべてが消え、いつもの不思議な夢の中にあたしは放りこまれていた。上も下も右も左もない、天井もなければ床もない、夢でないとありえない世界。

目の前に、あたしがいる。正確には、あたしの中に入った千寿さんがいる。

千寿さんが手を伸ばし、あたしも千寿さんに手を差し伸べる。ふたりの手のひらの間から、真っ白い光がふくらみ、はじける。

ポップコーンになってフライパンの上で踊っているみたい。身体が、意識が、何度も何度も激しくシェイクされる。

＊　＊　＊

平成二十七年七月十日の朝。あたしはベッドの中で茫然と目を見開いていた。遠くで鳥の声や車がバイクが行きかう音がして、カーテンと窓枠の間から強烈な夏の日差しが差しこんでいる。弘道にゲーセンで取ってもらったぬいぐるみが、こちらを見て微笑んでいた。あたしの苦しみなんて何も知らない、無邪気な顔で。

強烈な腹立たしさが襲ってきて、立ちあがってぬいぐるみを取り床に叩きつけていた。だけど、ぽん、と軽い音しかしなかった。さらに足で蹴とばそうとして、やめた。

こんなの、ただの八つ当たりで何の解決にもならない。自分が虚しくなるだけ。

スマホに表示されている時刻は、今日がまぎれもなく七月十日だと告げている。寝ないことなんて、何の意味もなかった。おそらく、そのとき意識があるかどうかは関係なく、夜中の十二時になると入れ替わりが起こるんだ。止める方法はない。

残された時間は少なすぎた。あたしは自分が死ぬ昭和二十年八月六日に向かって、避けようのない運命に向かって、ただ歩いていくだけだ。

そう悟ったらもう涙すら出なくて、でもいつもどおり学校には行かないといけなくて、着替えをしたり髪の毛をコテで巻いたり、何十回、何百回とこの時代であたしがやっていた作業を呆けた頭でなんとかこなした。

「どうしたの一百合香、元気なくない？　やっぱ、弘道くんと喧嘩したんでしょ？」

学校についたらついたで沙有美にそんなことを言われ、本当のことなんて言えるわけもなく首を横に振った。莉子が持ってきたいちごチョコレート味のお菓子を、沙有美があたしの口に無理やり押しこんでくる。

「まぁま、これでも食べて元気出しなって！　遠慮しない、遠慮しない」

「ちょっとー、それ、うちが持ってきたんだよ？　それうちのセリフ！」

お菓子ひとつでもわいわい盛りあがれてしまう沙有美と莉子が、恨めしくなる。あたしだってほんの数日前までは、この子たちと同じ。何も考えずに毎日適当に、でも楽しく生きていたのに。

　あたし、何か悪いことした？　バチが当たるようなことした？　全然、覚えない。仮に神様がいたとして、これは何かの罰なんだろうか。そしてなんでこんなややこしい罰を、神様はあたしに下すんだろうか……？

　授業なんてろくに頭に入ってこなくて、答えの出ない考えをひたすらこねくり回している間に、時間はのろのろと過ぎていった。自分がもうすぐ死ぬってわかっちゃったら、きっと誰だってこんなふうになるだろう。勉強なんて、もはや意味をなさない。受験戦争に放りこまれる前に、本物の戦争であたしは死ぬ。

　机の上に顎をのせ、ノートをぺらぺらとめくっていた。数学の授業中で、黒板には長い計算式が何かの暗号みたいに並んでいる。みんな夢中でノートを取っているけれど、真面目に勉強する意味をなくしたあたしにそんなことをする気力はない。

　ぺらぺら、ぺらぺら。何も書いてないページをめくる。特に意味はない。どこまでいっても空白のページから、何かを探そうとしているわけでもない。

　ぎっしり並んでる文字を前に、手が止まった。

　横書きの数学のノートに行を無視した縦書きをしているので、一瞬、わけがわからなかった。でも縦に読めばちゃんと、意味をなしている。

「あぁ!?」

突然大声を出して立ちあがってしまうあたしに、クラスじゅうの視線が集まる。沙有美と莉子は口をあんぐりさせてこっちを見ていて、先生が怪訝な顔を向けていた。

「どうした、柴本。何か意見か?」

「あ、え、あの、えーと。何でもありません……」

誤魔化して席に座るけど、心臓がバクバクと荒れ狂っていた。

初めて見る栗栖千寿さんの文字に、昔の人らしい達筆に、胸が震える。このどうしようもない絶望的な、わけのわからない状況に初めて光が差した気がした。

『柴本百合香さん、初めまして。

私は栗栖千寿。昭和三年に生まれて、広島で育ちました。

家族は父と母と兄と弟と妹。兄は戦争に行っていますが、父は足が悪いので、行っていません。ただでさえそんな状況なのに、父が戦争に反対する言動を取っているせいで、一家は近所から村八分気味にされ、いじめられています。

何の関係もないあなたにまで、いやな思いをさせてしまってごめんなさい。

さて、どうやら私たちの身体は七十年の時を経て、一日ごとに入れ替わっているようですね。信じられないけれど、仕方ありません。当面は私は百合香さんの日は百合香さんとして、百合香さんは私の日は千寿として、生活していきましょう。

必要な情報は、この帳面でやりとりすることにしたらいいと思います。百合香さんの時代は、綺麗な紙があっていいですね。

そして、あなたにひとつ聞きたいことがあります。

日本は本当に、戦争で負けたのですか？

原子爆弾という恐ろしいものが、本当に広島と長崎に落とされたのですか？

本でも調べたけれど、正直まだ信じたくないのです。あなたの口から、真実を教えてください』

信じたくなくて

高校の図書室は広くて本の種類も豊富すぎて、国民学校の図書室とは全然違う。壁にどの本がどの棚に置いてあるか図が描いてあったけれど、目が回りそう。

受付の中にいた「図書係」の腕章を腕につけた女の子に戦争や原爆に関する本はどこにありますかと尋ねると、思いっきり訝しげな顔をされてぶっきらぼうに教えてくれた。なんでそんな態度をされるのか、怒りよりも純粋な疑問のほうが強い。

紙の匂いがぷんと漂い、ページをめくる音だけがときどき、静けさの底で鳴る図書室の中、私は「広島の原爆」と表題がついた分厚い写真集にひたすら見入った。朝、来月放送される物語の映像を少し見たけれど、あれは所詮、作り物。

川岸に折り重なるように倒れた死体、指先から皮膚を垂れ下げて歩く幽霊みたいな人間の姿、めくれあがった肌の向こうに肉が見えている火傷の痕……町は黒焦げになり瓦礫が飛び散り、菜穂子の家の畳屋の看板が真っぷたつに割れて転がっているのを見つけたときは、比喩じゃなく本当に息が止まった。

「あの。あと十分で、閉館時間なんですけど」

さっき私にぶっきらぼうな対応をした図書係の女の子が近づいてきて言う。大きな黒縁眼鏡が目立つ気難しそうな顔は、沙有美や莉子たちみたいに化粧っ気はなく、スカートも他の女の子みたいに短くしていない。

「なぁ、あんた。この本に書かれてることは、本当なんか⁉　本当に、広島がこんなことになったんか⁉」

眼鏡の向こうの目が訝しむのを通り越して、軽蔑に歪む。私の顔を何かついてるみたいにまじまじと見つめたあと、本を指さした。

「あなた、馬鹿ですか。本に書かれてることが嘘なわけないでしょう」

「嘘じゃ……そんな、広島がこんな……」

「昭和二十年、西暦だと一九四五年の八月六日に広島、その三日後の九日に長崎。原爆が投下されて、十五日に戦争が終わりました。こんなの、小学生だって知ってますよ？　あなた、よくそんなことも知らないでうちの高校受かりましたよね？　てか、昨日もその本読んでたじゃないですか」

最後のひと言で、この女の子が私に向ける訝しげな視線のわけにようやく気づいた。昨日この身体に入っていた百合香さんも、ここでこの本を読んでいたんだ。

女の子が去って行ったあと、茫然としている私の背後から誰かが近づいてくる。めちゃくちゃになった広島の写真の上に、人影がぼんやりと重なった。

「弘道くん……どうしたん？」

「お前がここにいるって、白崎に聞いたんだ。図書室に行くって言われて、あいつら心配してたぞ。本なんか読んでるの見たことないのに、いったいどうしたんだって」

白崎というのは沙有美の苗字。百合香さんが元々どんなふうに毎日を過ごしていたのか、まだよくわからないけれど、たしかに今までと違うことばかりいきなりやりだしたら、周囲の人は変に思うだろう。気をつけなきゃ。弘道くんにかける言葉も見つからず、というか一昨日あんなひどい別れ方をしてしまったあとなので、まっすぐ目を見られない。昨日、百合香さんは弘道くんと何か話したんだろうか？　ふたりの状態がどうなっているかわからない以上、うかつなことも言えず黙りこんでいると、弘道くんがひとつ席を空けて椅子に座った。ギィ、と椅子と床がこすれる音がする。

「それ。原爆の本か？」

こくんとうなずく。弘道くんが机の上の本を自分のほうにやって、ページをめくった。

「小学校のとき、戦争のことを調べて班ごとに発表しろって課題があってさ。そんとき見たよ、俺、この本」

「……そう」

「小学生にはだいぶショックな内容だよな。まぁ、今見てもキツいけど。死体の写真とか、思いっきりグロいのも出てるし」

弘道くんが私を見て、驚いた顔をする。だって、私は泣いていたから。

信じたくなかった、日本が戦争に負けたなんて。広島がこんなことになったなんて。

ゲイリーも菜穂子も私たち家族も、きっと死んでしまったなんて。

「どうして……いくら戦争だからって、こんなひどいことができるのけ?」

「お前……泣いてんのかよ」

「そりゃ、泣くよ。悔しいもん。うちが大事だったものを、全部奪われて——……」

言ってしまってから今の発言はきっとまたおかしいと思われるだろうな、と気づいたけれど、弘道くんはさっきの女の子のような訝しげな顔はしなかった。

「しょうがないだろ」

泣き続ける私に、弘道くんが言った。

「しょうがないだろ、ここまでされないと、日本は戦争をやめなかったんだから」

「でも……!! でも、いくらなんでも、ここまですることない……!!」

「あのなぁ、日本もいろんな国を侵略して、たくさんの人を殺してきたんだぞ」

「ひどい!! なんで同じ日本人なんに、そんなことが言えるんか!?」

泣きながら睨みつけると、今度こそ弘道くんは驚いた顔をした。

「お前、ちょっとおかしいよ。どうなっちゃったんだよ? 何か、うちのばーちゃんと話してるみたいだ。まるで戦時中の人だぞ、お前」

まるで戦時中の人だなんて核心を突くことを言われて、返す言葉が出てこなかった。

「もういいよ。俺、帰るわ」

立ちあがった弘道くんは、速足で図書室を出ていった。あっという間に目の前から消えてしまう背中は、もう私のもとに戻ってくることはないような気がした。

無理もない。平成を生きるこの子たちにとっては、私たちの苦しみなんてとうに過去になった負の遺産でしかないんだ。

「あの。もう、閉館時間です」

ぼんやり机に座っていると、図書委員の女の子が仏頂面で告げた。早く出ていけ、と今にも言いだしそうな唇は、白い皮がむけていた。

百合香さんの母親が百合香さんのひいおじいさん、すなわち自分のおじいさんを見舞うため広島に行っているので、百合香さんが夕食を作らないといけなかった。朝はパンを焼いてスウプの粉末をお湯で溶き（最初に見たときは何の魔法かと思った）、まともに調理したものといえば卵焼きぐらいだったけど、夜はそれなりの物を作らないといけない。白いつるんとした冷蔵庫を開け、ひんやりした空気の中で眠る食材たちと、にらめっこする。肉は白くて軽いお皿に載せられて「ラップ」という薄い膜が被されているし、野菜はみんな洗った状態で仕舞われていた。牛乳は紙の箱の中に入っていて、味噌も豆腐もみんな立派な箱に詰められている。未来の世界はとにかく便利で、食材も持ち運びがしやすいよう工夫されていた。

ちょっと迷ったあと、七十年前の世界で母さんとよく作っていたすいとんを作ることにした。水道の下の収納部分にはちゃんと小麦粉の袋が入ってたし、この時代には味噌も醤油も当然のように揃っているので、しっかり味つけができる。「炊飯器」の使い方はよくわからなかったので、居間で宿題をやっていたあやめを呼び、お姉ちゃんのこと手伝って、と不自然にならないように頼んだ。あやめは素直にお米をとぎ、ぴ、ぴと炊飯器を手慣れたふうに操る。信じられないことに、たったこれだけでつやつやのご飯が炊けた。白米だけのご飯が美味しすぎて、お代わりしてしまう。

「姉ちゃんさー、なんで真夏にこんな熱いもの作るんだよ。普通、素麺(そうめん)とかだろ」

具がいっぱい入って味もついている立派なすいとんなのに、蓮斗には不満らしい。

「何よ、気に入らんなら食わんでええんからね!? その分、姉ちゃんが食べるし」

「ふん、そんなことしたら余計に太るぞ! ただでさえ最近食いすぎだし」

何もかもあってあたりまえの時代で、みんな食べられることに対するありがたさが足りなすぎる。仕方がないことなんだろうけれど、納得いかない。食事を終えたあとは、片づけをしてくれるというお父さんに食器洗いを任せ、部屋にこもった。

百合香さんの部屋着を着て百合香さんのベッドに仰向けになり、つるぴかの綺麗な天井を眺めていると、少しだけ落ちついた。まだ信じたくないけれど、悔しくてたまらないけれど、ようやく、冷静に考えられるようになっていた。

全部、無駄だったんだ。挺身隊でのきつい仕事も、竹やりの訓練も、空腹に耐えたのも、兄さんが出征したのも、楽しいことを我慢したのも。あの時代にみんなで頑張ってきたこと、すべてが無駄になるんだ。

きっと、みんな死んでしまう。父さんも母さんも辰雄も三千代も、菜穂子も、ゲイリーも。そして私自身さえも。あんな焼け野原でどうやって生き残ろうというんだろう？　昭和二十年八月六日、広島は地獄になるのに……。

はっとして、ベッドから跳ね起きた。壁に貼ってあるカレンダーに走り、日付を確認する。並んだ数字に指を滑らせ、一日ずつ口の中で読み上げる。今日が私。明日が百合香さん。明後日が私で、しあさってが百合香さん。

八月六日のところで指が止まった。

このまま一日ごとに入れ替わりが続くと、八月六日、昭和二十年の広島にいるのは百合香さんだ。私じゃなくて百合香さん。

ほっとしてへなへなと床に座り込んでしまい、次の瞬間には激しい自己嫌悪、むしろ憎悪に近いものが湧きあがってきて、思いきり自分の頬を叩いていた。

あの日、広島にいるのが私じゃないからほっとするなんて、ひどい身勝手だ。本当ならこの平和な時代で自由に過ごせるはずの百合香さんが、私の代わりに死んでしまうかもしれないのに。

百合香さんだけじゃない。大切な人たちみんなを失う運命は、このままじゃ変わらないんだ。ただ、私だけがキノコ雲の下で猛火に焼かれる広島を逃れ、この時代で安穏とした一日を過ごせるというだけで。ほっとするなんて、最低だ。

自分で殴った頬の痛みがあとからやってきて、じんじん痛む部分に手のひらを当てる。手のひらの温もりが余計に痛みをひどくするので、外の風に当たろうと窓を開けた。さすがにこの時間になると昼間よりもずっと空気は冷えていて、街灯りが裾のほうをぼんやりと照らす夜空に、半月に少し足りない月が浮かんでいた。

昭和も平成も、月の白さは同じだ。ただそれだけのことにすごく勇気づけられた。

私たちに入れ替わりが起きていようがいまいが日本は戦争を始め、戦争に負け、広島に原爆は落ちる。そのことは変わらないんだろうけれど、何かせずにはいられなかった。そうじゃなかったら、私がわざわざこの時代にやってきた意味がない。

伝言を残そう、と思った。幸い、この時代には戦時中には貴重だった紙がたくさんあるし、両親がちゃんと学校に行かせてくれたお陰で、私はひととおりの読み書きができる。百合香さんのリュックサックの中から帳面を取りだし、迷った末、数学にした。明日数学の授業があるから、きっと百合香さんが気づいてくれるだろう。

書いては消しゴムで消し、また書き直してはまた消し、言葉が思いつかず悩んで。そんな作業をずっと繰り返した。すごくよく知っているのに全然知らない百合香さんに宛てる伝言。とても不思議なことをやっている。

書き終わった頃にはもう、時計の針が十二時に近づいていた。たいして長い文章を書いたわけじゃないのに、何度も消したり書き直したりしていたから、すごく時間がかかってしまった。心地よい疲労感がペンを握る右手にあった。この伝言を百合香さんが読んでくれたらいいな。そして私にも伝言を返してくれたらいいな。

会って話したこともないけれど、この奇妙な体験をともにしているのは百合香さんで、今の私にとって世界で一番の理解者は、百合香さんだ。

お風呂に入らなくてはと思ったけど、それよりも疲れと睡魔のほうが強すぎて、ベッドの上にごろんと身を横たえる。戦争に負けると日本は占領され、男は金玉を取られ女は犯されると聞いていた。でも実際、今のこの国は占領なんてされてない。独立国としてちゃんと機能しているし、安全で平和だ。そりゃ、テレビの娯楽番組を観てヘラヘラ笑う蓮斗を見ると、若い人がこんなんで大丈夫なのかと思ってしまうし、みんながモノを粗末にしてあたりまえという顔をしてるのは、ひどく腹立たしいけれど。

でも、それはここに平和がある証拠なんだ。戦争がどんなものかよく知っている私は、何よりも平和であることこそ大事だと思える。

だったら、私と百合香さんが、戦時中の女の子と平和な時代の女の子が、入れ替わる意味って何だろう。神さんは何のために、こんなことを起こしているんだろう。

意識が眠りに吸いこまれる直前、どーんと深い穴に放り投げられた。また、いつもの奇妙な世界にいる。上も下も右も左もない空間にぽっかり浮かんで、目の前には私が、正確に言うと私の中に入った百合香さんが浮かんでいて。

また入れ替わるんだなぁ、とぼんやり思う。願うことは、ひとつだけだ。百合香さん、伝言を読んで。そして私たち、助けあおう。手を取りあおう。

でも、ふたつの手は握りあう前に真っ白い光に阻まれ、衝撃がやってくる。

＊　＊　＊

昭和二十年七月十日火曜日。起きた途端にまた、背中が痛む。昨日、百合香さんもこの痛みを味わったんだ。あの子には本当に、何にも関係ないことなのに。申し訳ない気持ちのまま着替え、台所に母さんを手伝いに行く。

「なんじゃ、姉ちゃん食欲ねぇのけ？」

朝食の席、この時代の弟には未来の弟と真反対なことを言われる。メニューは夕べ食べたのと同じすいとん、ただし団子は生煮えで具は雑草と芋の茎だけで、味がない。

「うん……辰雄、姉ちゃんの分も食べてええよ」

「ええんか⁉」

ものすごい勢いですいとんをかきこむ辰雄を複雑な顔で見つめたあと、母さんは心配そうに私に言った。

「千寿。あんた、どこか具合でも悪いんか？」

身体は栄養失調で痩せすぎの栗栖千寿でも、舌はしっかり未来のご飯の美味しさを覚えている。たった二日でも贅沢病というのは厄介で、美味しくないものをただ飢えをしのぐために口にする気にはなれなかった。

大丈夫だからと誤魔化し、箸を置く。

自分のせいだから仕方ないし、誰にも文句を言えないんだけれど、午前中、挺身隊の作業の間、ずっとお腹が鳴っていて、周りに聞こえていないかとそればかりが気になって仕方なかった。ときどき見回りに来る兵隊さんにお腹が鳴る音なんて聞かれたら、たるんでいる証拠だと怒られてしまうし、だいいち嫁入り前の娘のお腹の音なんて人様に聞かせていいものじゃない。空腹で倒れる寸前だったので、お昼ご飯は残さず食べられた。いくら、白米がひと粒も入っていない食事でも。

「あーあ。今日も『まけ』かぁ」

お昼を食べたあとはいつものように三人でこっくりさんをやる。菜穂子が残念そうに言って、はーぁと深いため息を漏らした。そのとおり、日本は戦争に負けるよ。それもただ負けるんじゃなくて、原爆なんてひどいものを落とされて、運よく生き残った人たちだってその後何十年も苦しむんよ。そんなことは、言えるわけがない。

「なぁ、たまには別の質問もしてみるというのはどう？」

菜穂子の友だちの透子が言う。こっくりさんをやるとき以外はあまり話すことはないけれど、菜穂子とは仲がいい。

「何、透子？　何か聞きたいことあるん？」

「んー、えっとね。こっくりさんこっくりさん、うちはお金持ちの人のところにお嫁に行けますか？」

しばらくの沈黙のあと十銭玉が動き、「む」「り」と告げる。菜穂子が腹を抱えて笑い出し、透子が本気で落ちこんでいた。

「菜穂子、なんで笑うんよ！　うちがお嫁に行けんのがそんなにおかしいん!?」

「別に、お嫁に行けんなんてこっくりさんは言っとらんよ、お金持ちの人のところにお嫁に行くのは無理って言っとるんよ。いくら美人やからって、高望みはいかんで」

菜穂子につられて私もちょっと笑ってしまって、昨日の朝からずっと続いている重たい気持ちが少しだけほぐれた。

私、幸せなんだ。みんな、毎日きつい労働を強いられて、恋をする暇も結婚する相手もいない。そんな中、好きな人がいて、その人に好きと言われて、結婚の約束までしたんだから。ゲイリーがいるだけで、じゅうぶん幸せだと思わなければ。

菜穂子と歩く挺身隊からの帰り道、敵機が空を飛んでいくのを見た。空襲警報は鳴らないし、Ｂ29ではないらしい。おそらくただの偵察機。

それでも近い未来、広島をあんな灰色の街に変えてしまう国の飛行機だと思うだけで憎しみが湧きあがってきて、日本の空を好き勝手に舞う飛行機を睨みつけていた。

「千寿、知っとる？　広島からはアメリカにたくさん移民しとって、広島にも大事な外国人が住んどるって」

「……そうなん？」

菜穂子が深くうなずいた。自分があと一か月もしないうちにあんなひどい目に遭うなんて、思ってもいない顔だった。

菜穂子も透子もそうだけど、私の周りにいる人たちは、逞しい。挺身隊の仕事なんて好きなわけないのに、食べられなくてお腹が減っているはずなのに、平和な時代に育った百合香さんから見たら灰色の青春だろうに、不満や不安を表に出さない。今まではそれがあたりまえと思っていたけれど、七十年後の未来を経験してきた今では、そのあたりまえが貴いことなのだとわかる。

「呉はだいぶやられたけれど、広島と京都は安全なんよ。京都にも、大きな神社や寺がたくさんあるからのう」

「……そんなの、単なる噂やん」

つい低い声を出していて、私に向けられる菜穂子の目が見開かれる。

「今、日本は戦争をしとるんやで？　わかっとるん、菜穂子。いつ東京や呉みたいに、広島がやられたっておかしくないんやで？　根拠のない噂に惑わされたらいかんよ、今は何が起こっても変じゃないときなんじゃ」

「……どうしちゃったんよ、千寿」

その言い方で、菜穂子が私の言葉を信じていないのだとわかる。

「何か最近おかしいよ、千寿」

「そんな。私はいつもどおりやって」

「いや、変。ときどき、千寿じゃない人と話してるみたいに思うときがあるんよ」

「……何、それ。変なんは、菜穂子のほうじゃ」

それきりふたりとも黙ってしまい、畳屋さんの前で気まずいまま別れた。

もし未来の女の子と入れ替わっていることを話したら、菜穂子なら信じてくれる？　まだ大人になりきっていない、やわらかい心を持った若い人なら、こんな馬鹿げた話でも受け入れてくれる？　いや、無理だろう。仮に私が菜穂子だとしたら、何の冗談よと笑い飛ばしてしまう。

いったい、どうしたらこの時代の人たちを守れるだろう。未来を知っているということは言えない。でも、来月の六日、広島にいないようにしないといけない。どう言えば、みんな逃げてくれる？　私の言うことを聞いてくれる？

「千寿!!」

いつもの場所にゲイリーがいた。夕暮れどきらしい涼しい風が吹いて、金色の髪が夢のように波打つ。オニヤンマが一匹、孤を描きながら屋根を目指して飛んでいった。

「ねぇ、スイートポテトって知ってる？」

着物の袂(たもと)から新聞紙に包まれた塊をふたつ取りだし、ひとつを私にくれる。黄色い菓子は口に入れると鼻まで甘い香りが突き抜けて、どこか懐かしい味がした。

「これ、芋？」

「そう、サツマイモね。配給ので作ったんだけど、クリーミーにするのがなかなか大変でさ。道具もなければ材料もないし」

「……もしかして」

私の声の不穏な響きに気づいたのか、ゲイリーの視線が固まる。愛する人のことをまっすぐ見られないまま、私は続ける。

「もしかして、ゲイリーは知ってるん？　本当のこと」

「……何、本当のことって」

「とぼけんといてよ。こんな甘い菓子なんかで、誤魔化されたくない……!!」

スイートポテトを握る手が震えていた。やめろ、と自分に向かって言って、でも溢れる言葉を抑えられない。こんな言い方、するつもりじゃなかったのに。もっとちゃんと大人っぽく、冷静に話すつもりだった。

「ゲイリーのお父さんは、武器商人じゃろ?」

「そうだけど……」

「だったら知っとるはずじゃ! 日本の力じゃ、勝てっこないことぐらい。いずれ戦争に負けるって――」

言いながら泣きそうになって、涙をすする。ここで泣いたら、本当に負けてしまう気がした。自分でもおかしい理屈だと思うけど、降伏したときが本当の負けではない。泣いたり卑屈になったり、希望を捨てたり夢を諦めたり。そうなったときが本当の負けなんだ。この時代を生きる日本人として、本当の意味で負けるわけにはいかない。

「知ってて、どうして何も言ってくれなかったんよ? 本当のこと話してくれんのよ」

ゲイリーは今まで見たことのない顔をしていて、それが私には恐ろしかった。ゲイリーの心に私の言葉はどう響いているんだろう。

「結婚だとか東京行くとか、甘い夢ばっかり語らんで、本当のこと言って欲しかった」

「千寿……」

「本当の意味で、日本人の私に向き合って欲しかったよ」

「千寿、どうしちゃったんだよ？」

ゲイリーの手に肩を握られた。華奢な指には似合わない強い力で、これが男の人の力なのだと思うと少し怖くなった。今までで一番、ゲイリーが外国の人に見える。

「最近の君、おかしいよ？　なんだか、人が変わったみたいだ」

「……誤魔化さんでよ」

顔を背けてそう言うのが精一杯だった。

人が変わったみたいだ、というひと言に打ちひしがれていた。ゲイリーはちゃんと気づいているんだ。私の中身が、前と違ってしまうことに。

でも今、私は正真正銘の栗栖千寿として昭和二十年の広島にいる。そんな私に投げられた言葉はとても冷たくて、心をたちまち凍えさせてしまう。

ゲイリーの手が肩から離れた。

「確かに、僕は知っていたよ。今やっている戦争は、日本が圧倒的に不利だって」

「だったら……!!」

「でも、それを君に言ったところで何になる？　君はそんなわけない、日本は絶対に勝つ、って怒るはずだ。そして僕らの関係は壊れる。わからない？　僕がそんなこと言ったって日本がいきなり強くなるわけじゃないし、千寿の気持ちは晴れないんだよ」

あまりにも的確な言葉が、胸を刺す。下を向いた私に、ゲイリーはさらに続ける。

「千寿の前では、笑っていたかった。なるべくふたり、明るい気持ちで過ごしたかった。それが、堂々と外を歩くことすらできない僕が、唯一できることだから」

何もわかっていなかったのは私のほうだった。ゲイリーはゲイリーなりに一生懸命だったのに、そのことに気づいてあげられなかった。

「中途半端な僕と違って、君は正真正銘の日本人なんだから、まっすぐ日本を愛して日本を信じる権利がある。そんな人に、僕は何も言えないよ」

「それは……」

そのあとに続ける言葉が見つからず、声は途切れた。せめてもの意志表示のようにゲイリーの着物の裾を握ったけど、その手もすぐ離してしまった。

日本人でもアメリカ人でもない。敵でも味方でもない。そんな立場で私に接することが、どれだけつらかっただろう。

「また明日、ね」

「……うん。また明日」

なるべく明るい口調になるように気をつけたつもりだったけど、ゲイリーがいつもみたいに軽やかに手を振ってくれることはなく、私は逃げるように家に帰った。

勝手口で父さんと鉢合わせする。

「あれ……母ちゃんは」

「畑じゃ」

「父ちゃん、これからどこか行くん？」

「これを届けに行く。銀山町のほうじゃ」

父さんの手には修理したものだろう、時計が入っているらしき箱が握られている。

「うちが行くよ。父ちゃんの足じゃ、普通の人の倍かかるわ」

「じゃあ、頼む。ありがとな」

「あの、父ちゃん」

そう声をかけたのが、ずいぶん久しぶりのことのような気がした。

「父ちゃん、ごめん。私が間違ってた。父ちゃんは正しい。戦争は、いけん」

「千寿……」

「でも！　でも、ゲイリーのことは諦めんけのう。私はゲイリーが大好きじゃ、駆け落ちでもなんでもしちゃる」

最後のほうは捨て台詞みたくなって、恥ずかしくなって走って外へ飛びだした。

今度未来に行ったら、百合香さんにゲイリーのことや父さんのことを伝えよう。どう書けばいいのか、きっとまた、何時間も悩んでしまうんだろうけど。

それはそれで、すごく幸せなことのような気がする。

百合香さんは、迷子になった子どもみたいな顔をしていた。私は届くことはないとわかって、一生懸命手を伸ばす。

大丈夫だよ。だって、あなたはひとりじゃないんだもの。私があなたの味方をするから、だからきっと、きっと、大丈夫。お願い、そんな顔しないで。

やがていつもの白い光が炸裂し、衝撃がやってくる。痛くはない、苦しくもない。でも、限りなくあの世に近いところにいる気がした。

地球上のどこでもない不思議な場所で、私たちは今日も入れ替わる。

＊　＊　＊

スマホのアラームが鳴る前に目覚めた。時計が八時十五分を指していて慌てて飛び起きた。今日は土曜日だ。学校も会社も休みのせいか、家の中は静かで物音が一切ない。この時代は週に二日も休みがあるのがいい。戦時中は月月火水木金金で、週七日働いてみんなお国のために尽くしていたんだから。

机の上、数学の帳面は早く見て、と待ちかまえるようにページを開いた状態で置いてあった。百合香さんの文字は丸くかわいらしく、決してうまい字ではないけれど好ましかった。

『栗栖千寿さん、初めまして。私は柴本百合香、平成十年の日本に生まれました。高校というところに通っています。

高校では成績がつけられ、それによってどこの大学へ行けるか決まります。千寿さんの時代には大学に行く人は少なかったと思うけれど、今では比較的お金のある家庭では子どもを大学まで行かすのはあたりまえです。

いい高校へ行っていい大学へ行って、いい会社に就職していい人と結婚して。それが、特に才能もない、夢や目標もない私みたいな普通の若者にとっては、ベストな生き方だってことにこの時代はなっているので、とりあえず千寿さんも私のふりをして、高校に通ってください。

きっと千寿さんが一番戸惑うのは、高校の勉強のことだと思います。でもテストは終わってますから、宿題を弘道に教えてもらえれば大丈夫。

弘道は私の彼氏、千寿さんの時代でいうところの恋人、です。千寿さんは弘道のこと気に入らないかもしれないけれど、仲よくしてもらえれば助かります。

弘道に宿題さえ教えてもらっていれば、勉強のことはなんとかなります。でもそれよりは、見た目のほうが問題。

うちの高校は校則が比較的緩くて、スカートもみんなぎりぎりまで短くしてるし化粧もあたりまえ。化粧をする子としない子が六対四ぐらいの割合です。なので、あたしになった千寿さんがすっぴんで、髪も整えないで学校へ行くと、みんなはそのうちおかしいと思うでしょう。

机の上に雑誌を置いておくので、最低限の化粧の仕方、すなわち眉の整え方、マスカラの塗り方、リップグロスの塗り方を覚えてください。

髪は本当は巻いたりしたいんですが、難しいので、ドライヤーを使ってブローしてもらえると嬉しいです。

そして、千寿さんに聞かれたあの質問。

本当です。日本は、戦争に負けました。広島と長崎に、爆弾が落ちました。あなたの世代からしたら、信じられない考え方だと思うけれど、私たち平成生まれの子どもたちは学校で、戦争はいけないことだと習っています。とても恐ろしいこと、絶対に繰り返してはならないことだと。

千寿さんはどう思っているかわからないけれど、私もそう思います。

千寿さん、気づいていますか？

このままでいくと、昭和二十年の八月六日、広島にいるのは私なんです。

私はいったい、どうすればいいのでしょう……』

逃れられない運命なら

沙有美はコーラ、莉子はコーヒーを頼み、あたしはバニラ味のシェイク。レジの前でのジャンケンはあたしがグーで沙有美と莉子がパー。罰ゲームとして、Lサイズのポテトをおごらされる。カリカリとした歯触りときつい塩味のポテトがいつもより美味しく感じられるのは、七十年前で粗末な食事を食べてきたから。食欲では沙有美も莉子も負けてなくて、赤い箱の中のポテトはあっという間になくなっていく。

「やっぱさー、京都と東京じゃいくらなんでもキツいよね？　遠恋なんて。会いに行くにも金かかりすぎるし」

話題は今日も、沙有美と先輩の恋愛問題。正直すごく、どうでもいい。一日ごとに戦争を経験しているせいか、現状のすべてが、どうでもよく感じられてしまう。

「そんなに遠恋がイヤなら、やめるしかないじゃん。でも勿体(もったい)ない。先輩、いい人なのに」

「いい人だよぉー遊ぶときは帰り、いつも家の前まで送ってくれるし、メッセージは二時間ごとだし、誕生日のおめでとうスタンプも0時かっきりだし」

「そんないい人、本当に離しちゃっていいのー？」

「いい人だからこそ、フラれたくないんじゃん」

あたしはふたりのやりとりをつまらない深夜番組でも見るように眺めていた。

ようやく千寿さんとコンタクトを取る手段が見つかったけれど、さてこれからどうすればいいだろう。ノート越しに会話できるようになったからって、昭和二十年の八月六日、広島にいるあたしの運命はおそらく、変わらない。そして、千寿さんの家族やゲイリーや菜穂子が被爆する運命も、変えられない。

でもあたしが何とかみんなを助けたいと思っているのと同じで、その場にいない千寿さんだってみんなが助かればいいって、切に願ってるはずだ。だったらあたしはあたしで、自分にできることをやるべきじゃないのか。

とりあえず今あたしがすべきなのは、千寿さんの伝言に返信すること。あんなふうにそのものズバリ、書かれてしまうと返事に困る。

「おーい。もしもし。百合香。百合香さーん？」

沙有美が目の前で手を振っていて、あたしはポテトを唇にくわえたまま、固まった。

ふたりが呆れた顔をこっちに向けている。

「んもー、どうしちゃったのよ百合香。またボケッとして」

「ご、ごめん」

「別に謝んなくていいけどさぁ？　ちょっと変だよ。うちらと話してても心ここにあらずだし、授業中にいきなり大声上げて立ちあがるし、すっぴんで学校来るし……」

「え、あぁ!?　すっぴん!?」

莉子がポテトをもふもふ噛みくだき、ゴクンと飲み下してからうなずく。

「すっぴんだったよ、昨日とか。何、まさかそれも覚えてないの!?　重症だね」

「う、うわぁ……マジか……」

ショックが大きすぎて、テーブルの上にべたーっと頬を押しつける。

確かに、昭和からやってきた千寿さんは未来の化粧品の使い方なんてわからないだろうし、というかあの時代の女の子はそもそも化粧なんてしないのか。

メイクは中二からしてる。最近ではすっかりマスカラの塗り方だってうまくなったし、髪を巻くのだってかなりスピーディーにできるほうだと思う。そんなあたしがすっぴんで登校されるのはちょっと、いやかなり、まずい。

「あーれー。弘道くんじゃん!?」

沙有美が明るい声で言って手を振るので、振り返ると弘道と、弘道といつも一緒にいる男子ふたりがいた。背が高いほうが安瀬(やすせ)で、ふわふわの天然パーマが古村(こむら)。

昨日、千寿さんは弘道と何か話しただろうか。今のあたしたちがどんな状態なのか全然わからないし、アプリにもずっとメッセージがないので、ひどく気まずい。ふたり、一瞬視線を合わせ、そらしてしまう。

そんなあたしたちのことを知ってか知らずか、沙有美がこんなことを言いだした。

「せっかくだからさー、六人で座ろうよ？　ちょうど三：三じゃん？」

広い席に移動すると、あたしの隣には当然のように弘道が来る。向きあう位置じゃなくて、隣でよかった。視線の行先に困らなくてすむ。

弘道といつも一緒にいる安瀬と古村とは、一年のとき同じクラスだった。放課後や休みの日にも何度か六人で遊んだ仲で、クラスが違ってからは以前ほど一緒にはいなくなったけれど、こうして会えば話は弾む。

「マジでー、安瀬が医者!?　いっがーい」

「白崎お前、声でけーよ」

安瀬が恥ずかしそうに、チキンナゲットを口に放りこむ。

「だって安瀬、医者ってキャラじゃないじゃん？」

沙有美と莉子が笑い転げている。あたしもつられて少しだけ、口もとが緩む。今なら弘道と何もなかったように話せる気がした。

「ねぇ……元気？」

「まぁ普通。いつもどおりだけど」

「……そか」

弘道は仏頂面でコーラをすすっている。沙有美があたしたちを仲直りさせようとしているのか、話題を変えた。

「ねー、あんたたち最近デートしてんの？」

「まぁ、してなくは……ないけど。弘道ん家行ったりとか」

「いけないねー。それ、倦怠期だねー。スカイツリーでも登っちゃいなよ」

「沙有美、知らないの？　あれ、上まで行くのに、いくらかかると思ってんのよ」

「俺、塾行くわ」

弘道が立ちあがる。その声の冷たさにせっかく調子を取り戻しかけていた心が、たちまち元気をなくしてしぼんでいった。

やっぱり弘道、怒ってる。何でだかわからないけど、まだあたしは許されてない。

「えーお前、サボるんじゃなかったのかよ」

残念そうな古村を見ることもなく、弘道は素早く立ちあがりカバンを肩にかけた。

「いや、気が変わった。勉強するわ」

本当は止めたかった。待って、って言いたかった。そして何があったのか、何で怒っているのか、ちゃんと聞きたかった。あたしに非があるなら素直に謝りたかった。

「弘道くーん。夏休み始まったらまた六人でどっか行こー？」

階段を下りていく弘道の背中に莉子が呼びかけるけど、それも無視。ここまで徹底的に怒りを示されると、もうどうしていいのかわからない。

俯いたあたしの隣に安瀬が座る。ついさっきまで、弘道がいたところだ。

「いいの？　追いかけなくて」

「そんな……追いかけたって、何言えばいいか」

「謝りゃいいじゃん。柴本だって、後悔してんだろ？　正直、俺は男だから弘道の味方だよ。彼女にキスして拒否られて殴られたら、俺だってキレるし凹むって」

つい安瀬の顔を凝視していた。聞き返したかったけどやめた。また変に思われる。

あたしの代わりに沙有美がぎゃーと反応する。

「うっわ百合香、それはひどい！　いくらなんでもそれはないよ!!」

とにかく、安瀬のおかげで、ようやく状況が飲みこめた。

千寿さんの立場になればそうしたくなるのもわかる気がする。きっと初めてだったんだろうし、だいいち他に好きな人がいるんだし、結婚するまでそういうことをしちゃいけない時代の人なんだし。

その一方で、弘道の気持ちだってわかる。無理やりとかじゃない、恋人同士なんだもの。初めてのキスというわけでもなく、いきなり冷淡すぎる態度を取られたらわけがわからないだろうし、男のプライドってやつズタボロだろうし、そりゃ腹も立つ。

「悪ィな、こんなこと聞いちゃって。でも弘道すげー落ちこんでたからさ」

安瀬がフォローのように言って、あたしはぶんぶん、首を振る。

「ありがとう。あたし、弘道追いかけてくる。まだ遠くには行ってないだろうし」

「おー、ガンバレ！　なんか青春だねー！」

「百合香、ファイト!!」

みんなが手をピースの形にして見送ってくれる。あたしもピースと笑顔を返し、リュックサックを背負って走りだした。

ピース、すなわち平和。あたしは戦争のない、平和なこの世の中が大好き。友だちや彼氏と笑ったり泣いたり、ときには喧嘩したり、そんなどうでもいいくだらないことを思いっきりできる、この素晴らしい世の中が好き。

改めて、死にたくないって思った。このまま入れ替わりが続いて昭和二十年八月六日の広島にいても、なんとしてでも生き残りたかった。

そして、何とかして入れ替わりを止めるんだ。どうやったらいいかわからないけど、とにかくやるんだ。あたしはこの世界で、柴本百合香として、みんなとの生活を大事にしていきたいから。

ファストフードを出ると行きかう人ごみの向こう、ちょうど駅の改札に入っていく弘道の姿が見えた。定期券をタッチしてしまう前に、急いで叫んだ。

「弘道!!　待って!!」

弘道が驚いた顔をこちらに向け、後ろから来た人にぶつかってしまう。慌てて謝った弘道が、あたしのほうに近づいてくる。

「なんだよ、お前。止めるなら店ん中で止めろよ」

「ごめん、弘道。もうあんなこと絶対しないから、あたしのこと許して!!」

声が大きすぎて、隣を通り過ぎていくサラリーマン風の男の人がこちらをじっと見ていた。弘道がはっとした顔になり、それから慌ててあたしを見る。

「なんだよ。俺はもう、てっきりお前に嫌われてるのかと……」

「そんな。嫌いになんかなってない!! あたしは今でも、弘道が好きなの!!」

雑踏の中、ふたりだけが世界から切りとられて異次元で向きあっているような気がした。自然と涙が溢れてきて、弘道の顔がぼやける。

「弘道が好き。大好きだよ、あたし、弘道のこと……」

「やめろよ、おい。みんな見てるって……」

弘道がおずおずとした手つきであたしの手を握ってきたから、あたしはまっすぐその胸に飛びこんでいた。弘道はしばらくどうしていいのか迷ってたみたいだけど、やがてぎゅっと抱きしめてくれた。

久しぶりに嗅ぐ弘道の匂い。懐かしくてあたたかくて、やさしい気持ちになれる。

あたしはこの人が好き。なんて幸せなんだろう、人を好きになれるって。誰かを夢中で愛せることそのものが、本当に幸せなんだ。

たっぷり二分ぐらい――人目を気にしながら抱きあうのはそれぐらいが限界だった――互いの体温を確かめあったあと、あたしと弘道はいつもの喫茶店に来ていた。見慣れた顔の店員さんが歓迎の笑みを向けてくれて、そのことがちょっと誇らしかった。

「予備校サボるんなら。家、行かなくていいの？」

「いや、今日はよしとくよ。俺もさ、結構反省してんだよ。今まで百合香の気持ち考えないで、自分の欲望ばっか押しつけてたのかなって」

「そんなことない！」

やっと弘道の頬が緩んだ。泣いたり抱きついたり、あまりにも幼稚で強引な仲直りの仕方だったけど、結果的にはそれでよかったんだと思う。きっといつか大人になって振り返ったら、恥ずかしくて愛しい思い出だ。

いつか大人になったら――そう、いつかあたしはちゃんと大人になる。原爆から生き残り、この身体に戻って、柴本百合香として生きていく。そんなこと、どうやったらできるのかわからないけど、やるって決めたんだから、やるんだ。

「これ、返すね」

取り出した屋上の鍵を見て、弘道が軽く目を見開いた。

「ずっと持ってたのか？　これ」

「うん。いざとなったらこれを返すからって用事を作って、弘道を呼びだして仲直りしようって、考えたこともあった」

「百合香はそういうとこかわいいよな。普通に仲直りしたいって言えばいいのに、言えない。かわいくないところが、逆にかわいい」

「それ、褒めてないよ」

いつもコーヒーと、フードメニューは頼むとしても百円のミニ小倉トーストだけだけど、今日は仲直りの記念に奮発してかき氷をオーダーした。といっても、ひとりひとつずつ食べられるほどの予算はないから、宇治抹茶を真ん中に置いてふたりで仲よく分けて食べた。大人びた甘さの抹茶と風に揺れる風鈴の音が心地よく、それに弘道と仲直りできた安心感で、心がほぐれていく。

「ね、弘道」

「ん?」

「戦争って、どう思う?」

弘道のスプーンを握る手が一瞬止まったあと、何か口にしようとしてやめたみたいに氷の塊を飲み込んだ。

「お前……なんでそんなこと聞くんだよ」

「なんでって。ほら今、テレビで話題になってるじゃない?　新しい法律のこと」

テレビでも新聞でもネットニュースでも毎日取り上げられているから、今日本にいる人でこの問題のことを知らない人はいないだろう。駅前での演説は都心だけでなく、この街でもときどき行われている。

今までは平和を呼びかける人たちを、なんかやたらアツくてウザいなって、それくらいにしか思ってなかった。でも戦争を少しでも体験してきたあたしには、そのアツくなる気持ちがわかる。

戦争は絶対に繰り返してはならないこと。一面焦土と化した広島の写真は、今も瞼の裏に焼きついている。あれがこれから再び現実になっちゃうなんて、絶対ダメだ。

「そりゃ、よくないことだとは思うよ」

弘道がスプーンを置いた。眉根に寄った皺で、弘道がこの話題を歓迎していないのだとようやく気づく。

「でも俺は、法律が改正されるからって、それですぐ戦争が起こるって思う奴らがバカに見えて仕方ないんだよな」

「そこまで言うことないじゃない。それほど、みんな関心を持ってるんだから」

「わかるけどさ。日本で戦争なんてそうそう、起こんないだろ」

「でも……でも、戦争は、地球上からなくなったわけじゃないじゃない？　テロは？　内線が続く国で飢えている人たちだっているよ？　同じ空の下で今現実に起こっているのに、あたしたち、今まで無関心すぎたんじゃない？」

「――俺。やっぱ、塾行くわ」

え、と発した声が、ただの空気になって唇をすり抜けていく。弘道はもうあたしのことを見てはいなかった。必死で拾い集めて貼りあわせてやっと直したものが、再び壊れていくのを感じる。

「なんか、俺、そういうの無理。最近のお前と話してたくない。昨日も今日も、なんなんだよ、いきなり真面目になって、立派なこと言いだして。意味わかんねー」

「何それ。すごい大事なことじゃやない!!」

「もういいよ」

弘道が財布を出して、テーブルの上に乱暴に千円札を出した。反射的におつり……と言おうとしたら黙って手で遮られる。ひと言の挨拶も目くばせすらもなく、弘道は喫茶店を出ていった。

何でこうなっちゃうの？　何がいけなかったの？

ひとり、かき氷が溶けていくのを呆けて見つめているあたしの耳に、鉄製の風鈴の音が不規則に聞こえていた。

スーパーでコロッケとメンチカツを買い、付けあわせに千切りにしたキャベツを添えただけの夕食は、蓮斗にすこぶる不評だった。姉ちゃん手抜きしすぎ、せめて味噌汁くらい作れよと言われ、じゃあ食べるなと冷たく言い返してしまう。弘道とうまくいかないせいでギスギスした心が、家族の前でも苛ついた態度を取らせる。

それでも、明日はやってくる。

明日またあたしは千寿さんに、千寿さんはあたしになる。

夕食とお風呂を終え数学のノートに正直な千寿さんへの気持ちを書き連ねていると、少し冷静になれた。弘道とのことをちゃんと説明することすらできなかったけど、今自分がやるべき一番重要な問題に、真正面から取り組まなければと思った。

眠れないので、十二時までスマホをいじって入れ替わりの時を待った。ひたすら原爆関連のサイトを見まくり、当時の体験記や被害状況を調べた。あの日、広島にいた人全員が死んだわけじゃない。その後何十年も生き抜いた人たちもいる。生き残らなければ、あたしにも千寿さんにも、未来はない。

生きるんだ。生きて、生きて生きて生きて、あたしはあたしなりに大人になって、千寿さんはゲイリーと結婚する。

スマホの時計が0時0分を告げた瞬間、視界がぐにゃりと歪んで意識が巨大な穴の底へと吸いこまれていく。上も下も右も左もない、もうすっかり馴れてしまったその世界で、あたしは千寿さんを見つける。今日もふたりとも、手を差し伸べていた。指が触れる直前で光がはじけ、衝撃がやってくる。あぁ、内臓が全部ひっくり返りそう。

あたしは、千寿さんと戦うって決めた。勝ち負けじゃない。生き抜くことが目的。

これが、あたしと千寿さんの戦争だ。


セミの合唱がいよいよ激しくなり、真昼を照らす太陽の日差しが一段と強烈になって、季節がまたひとつ進んだ。七月も半ばを過ぎ、いよいよ本格的な夏の幕開けだ。たらいの中の洗濯ものを洗いながら、照りつける日差しに目を細め、額に浮いた汗を拭う。洗濯機も掃除機もないこの時代の家事は重労働すぎるし、この時期となるとこんな早朝でさえも、かなりの暑さだ。

あたしは少しずつ、戦時中の生活に馴れていった。ギシギシとかいう怪しげな雑草が入った雑炊にも、挺身隊での仕事にも、不便を強いられてばかりの生活にも。

一日おきのノートでのやりとりは続いていた。お互い、少しずつ自分のことを語りだす。そして戦争という抗いようもない、大きな敵への思いも。


『千寿さん、二十一世紀の東京の夏はどうですか。七十年前の夏より蒸し暑く厳しいでしょう。年々、温暖化といって、地球全体で温度が上がっているんです。

あたしの友だちと仲よくできているみたいで、嬉しいです。沙有美も莉子もなんだかんだいいつつ、いい子です。あたしも千寿さんになって菜穂子さんという新しい友だちができて、嬉しいです』

『菜穂子とは幼馴染みで親友なのです。小さい頃から、一緒に遊んで育ちました。菜穂子も私も、もし生きていれば今、八十七歳ですね。生きていればの話だけど。あの日、広島でどれくらいの人が死んだのか、正確には数えられていないみたい。原爆から助かる方法、私の大切な人がどうなったか調べる方法、まだ研究中です』

『本当に、なんとかして調べないといけませんよね。原爆で生き残った人の多くはあの日、防空壕や地下室にいた人、塀がたまたま光を遮って、原爆の熱線が防がれた人たちみたいです。

当時の状況を調べていると、恐ろしい写真がどんどん出てきて。

正直、今でもあの日に放りこまれると思うだけで震えが止まらなくなる。あたし、怖くて仕方がないんです。

戦争というのはいやなものですね』

『戦争には私もうんざりです。日本中が爆撃でやられて、広島と長崎にはピカ。

それだけたくさんの命を犠牲にしても負けてしまうなんて、今でも悔しいです。百合香さん、元に戻れたあかつきには、どうか同じことを絶対に繰り返さないと、みんなに堂々と言える大人になってください。

戦争は二度と起こってはいけないのです』――

「やーい。非国民一家ー」

塀を飛び越え、石が飛んでくる。高下のところの隆太の声だ。反射的によけたので身体には当たらなかったけど、家の外壁に当たってゴンといやな音がした。

石を拾い、塀の向こうへ無言で投げ返す。ぎゃっ、と子どもの声がした。どうやら命中してしまったらしい。

「非国民の栗栖一家！　覚えとけよ!!」

泣きながら怒っている声が遠ざかっていく。これは高下のババァにうちの子に何してくれるんだと突っかかられても、文句は言えないな。

でも、それくらいが何だ。

日々逞しく、強くなっていくのを感じる。あたしは意外と順応性か高いタイプなのかもしれない。

挺身隊から帰ったあと、いつもの場所でゲイリーが新聞紙にくるまれた包みを差しだす。中にはハートや星や花、ファンシーな形の香ばしいクッキーが入っていた。

「ゲイリーのクッキー、めちゃくちゃ美味しい。これ、絶対売れるよ」

「本当!?」

褒められてテンションが上がったゲイリーに両手を握られ、ドキンとする。あたしのものより白い、ほんのり赤みがかった手の感触にときめいていた。

この人が好きなのはあたしじゃなくて千寿さん。千寿さんの婚約者のこと、そんなふうに思っちゃいけない。

理性がブレーキをかけるけれど、昭和二十年にやってくるたび、ゲイリーとの逢(あ)い引きが楽しみになっていた。認めるしかない。あたしはゲイリーに惹(ひ)かれつつある……。

「絶対、いい店にしよう。あぁもう、早く戦争なんて終わればいいのに。そしたら東京に、ふたりで店、持つんだ」

「あたし、不器用だよ。きっとお菓子なんて作れない」

「僕が教えるから大丈夫さ！　千寿なら必ずできるよ」

ゲイリーの力強い言葉に胸が熱くなる。グレーの瞳はこんなひどい時代でも、ちゃんと未来を信じていた。そのことに心から救われた。

千寿さんが羨ましい。こんな素敵な人を愛して、愛されることができて。あたしなんて、あれからずっと弘道としゃべってないんだ。千寿さんのほうからは特に弘道に関して言ってくることはなく、気まずい状態が続いている。楽しみにしていた一周年の記念日は、勇気を出してあたしからメッセージを入れたけど、既読スルーされてしまった。

戦争に比べれば失恋くらいなんでもないことのはずなのに、このまま自然消滅してしまうのかと思って泣きたくなったっけ。

家に帰ると、父さんは仕事の手を休めないままあたしに言った。ごつごつとした指が短く、関節の太い指は千寿さんとまったく似ていないけれど、不自由な足を補うように器用で、よく働く。

「ゲイリーと会ってきたんか」

父さんは正確に、あたしの行動を把握している。数秒の沈黙のあと、俯いて答える。

「会ってきた」

「どうしても、ゲイリーが好きなんか。父ちゃんがこんなに反対しとるのに」

「好きだよ。どうしても」

その気持ちがもはや千寿さんとしての台詞なのか、あたしの心から出ているものなのか、わからない。このままずっとこの時代にいて、千寿さんとして過ごして、ゲイリーと一緒にいられたらそれはそれで素敵かも、なんて思ったことも何度かある。

「じゃあ、父ちゃんはもう反対せんよ」

「……え」

「好きにしたらええ」

ぶっきらぼうな口調はきっと照れているから。突き放した言い方に逆に愛情を感じた。千寿さん。あなたこんなに、いろんな人から愛されているんだね。

「……ありがとう」

あたしもぶっきらぼうに返して、奥の寝室に飛びこむ。嬉しいような苦しいような切ないような、複雑な気持ちが喉の奥でぐるぐるしていた。


暑いのと、いろいろな思いが頭の中を交錯するのとで寝れなくて、暗闇に慣れた目で天井に吊るされた蚊帳(かや)をじっと眺めていた。辰雄と三千代は今日も、あたしの隣でぐっすり眠っている。子ども特有の無邪気な寝顔を、素直にかわいいと思った。

ゲイリーだけじゃない。あたしはすでに、この時代で千寿さんを取り巻くすべての人たちに、愛着を持ってしまっている。無骨な父さん、逞しい昭和の女の人って感じの母さん、やんちゃな辰雄に、やさしい三千代。明るい菜穂子と、そしてゲイリー。

すべてが原爆で失われてしまうなんて、あってはならないことだ。

あの日、広島にいた人すべてを救うなんてできるわけない。でもせめて、千寿さんの周りの大切な人たちだけは、守れないだろうか。

いつもと変わらない平和な朝、空襲警報も去ったあとでこれから防空壕に入ってください、って言うのも不自然すぎるし。ましてやあたしは未来から来ました、これから新型爆弾が落とされるので逃げてください、なんて言ったって誰が信じてくれる？

結論の出ない悩みを頭の中でこねくり回したまま、時刻は0時に近づいていた。

ごんごん、乱暴な響きで勝手口のドアが叩かれる。切羽詰まった叩き方で、家の中全体に音が響いていた。布団から身体を起こし廊下に出ると、父さんと母さんも部屋から出て来たところだった。

「まったく、こんな時間に誰かね？」

「ゲイリーやろ。そうでなきゃ、静子さんか。こんな時間に何の用事じゃ……？」

父さんの口調に不安が込められていて、悪い予感がしてあたしは勝手口に走る。ドアを開けると今にも泣きだしそうなゲイリーと目が合った。

「どうしたの、こんな時間に」

「母さんが。母さんが、いきなり血を……」

ゲイリーが言い終わらないうちに下駄をつっかけた母さんが飛びだしていた。その後を父さんが追い、あたしとゲイリーが続く。

開け放たれたドアからゲイリーの家に入る。いつも裏庭で逢い引きしていたから、ここに来るのは初めてだ。造りは我が家と同じ、ほぼ純和風だけど、静子さんが使うんであろう洋風のドレッサーやアメリカから持ちこんできたような猫足のテーブルと椅子とかが、親子にアメリカでの暮らしがあった過去を想起させる。

静子さんの寝室に足を踏み入れた途端、想像以上の血の量にがく然とした。白い布団の上がバラの花びらを飛び散らせたように真っ赤になり、畳の上まで血しぶきが飛んでいた。なおも静子さんは吐こうとするので、その背中を母さんが支えている。

「これ、結核じゃねぇのけ」

「結核……」

父さんが言って、言葉に詰まった。二十一世紀でもときどきテレビCMが流されていて、その恐ろしさを伝えるからあたしでも知ってる。平成生まれのあたしからしたら昔の映画で病弱なヒロインがかかる病気、っていうイメージしかないけれど。

「とにかく早く、医者に診せるんじゃ」

「医者って。この時間はとっくに寝とるじゃろ」

「馬鹿もん、それを起こして連れてくればええ」

「ねぇ、母さんはどうなっちゃったの!?　まさかこのまま……!?」

いつもと違う、すっかり戸惑ったゲイリーの口調にあたしまで心臓を氷の手で鷲掴(わしづか)

みにされた思いになる。

「いったい母さんに何が起きてるの!? 何なの、これ」

「ゲイリー、少し落ちつけ。お前は男じゃろ!」

父さんに怒鳴られ、ゲイリーの背筋がぴっと伸びた。

と、景色がぐにゃりと曲がってあたしは畳の上に崩れ落ちる。母さんが、父さんが、ゲイリーが一斉にあたしを見た。みんなの声が、顔が、どんどん遠くなる。

最悪のタイミングだ。こんなときに入れ替わりが起きてしまうなんて……。

「どうしたの!? 何なの、千寿までいったい……」

「大丈夫か千寿!? 返事をせい」

「千寿!!」

唇を動かそうとするけど声は喉を素通りしていき、まもなくブラックアウトが訪れる。次の瞬間はいつもの夢の中で、目の前にはあたしの姿をした千寿さんがいた。

千寿さん、早く向こうに戻ってあげて。こんな、倒れてる場合じゃないんだから。あなたの愛する人のお母さんを、ちゃんと助けてあげて……!

叫びは言葉にならず、白い光にかき消された。

＊　＊　＊

目覚めると、頭の片側が割れるように痛かった。起き上がる気力もなくて目をつぶるけど、眠れない。仕方なく身体を起こし、スマホで日付を確認する。

七月十八日土曜日、今日から夏休み。日付はちゃんと、一日飛んでいる。入れ替わりは今回も「正常に」起こったらしい。ということはつまり、あたしに代わって千寿さんが昭和二十年の七月十八日に行ったわけで。

あの後、静子さんはどうなったんだろう。あれだけ血を吐いてたんだから、そのまま亡くなっちゃってても不思議じゃない。そしたらゲイリーはどうするのか。たった十八で、日本に存在することすら許されない身で、どうやって生きていくつもりだろう。

それに、家族の前で入れ替わりが起こってぶっ倒れちゃって、また変に思われないだろうか。最近ようやくあたし、戦時中の世の中にも馴れて、この入れ替わり現象にも馴れて、他人から怪しまれることもなくなってきたのに。起きた千寿さんには昨夜静子さんが倒れた記憶がないんだから、話が噛み合わなくなってしまう……。

グズグズ考えても仕方ない。リビングへ行って薬箱から頭痛薬を拝借しよう。

その前に机の上のノートをチェックする。最近、毎晩あたしたちは百合香の身体で伝言をしたためたあと、そのページを開いて机の上に置いていた。互いに、嵐の海の中、小さな島にまっすぐ立つ木に必死でしがみつくような気持ちで、文章を書いた。

ちょっとしたきっかけで不安に飲みこまれそうになって、この先のことを考えるとつい絶望したくなる状況下で、同じ経験をしている仲間の言葉が何よりも支えになっていた。

ノートを手に取ると、下にビラが置いてあった。『新法案に断固反対！　平和な日本を守る若者の会』とある。筆で書いたような力強い文字の下、つらつらと活動内容が書かれ、写真が添えられていた。どうも新しい法律に対する抗議を行っているグループみたいだけど、なんでこんなものを千寿さんが持っているんだろう？

その日の伝言を見て、あたしは思わず固まってしまった。

『百合香さん、こんにちは。今日は改まって、お願いがふたつあります。

ひとつは、このビラに書いてある若者のグループで活動してもらうこと。今日、私はこの団体の代表者である寺島瑠璃（てらしまるり）さんに出会い、戦争に反対し平和を維持するための活動に参加したいと、心から思ったのです。

戦争がどんなものか、平成生まれの百合香さんも実際に経験してきたわけですから、きっと私の気持ちをわかってくれると信じています。

もうひとつは、広島のひいおじいちゃんがいよいよ危ないとのことなので、お母さんと妹について広島に行ってきてください。

そして、私が、私の大切な人たちが。
原爆で生き残ったかどうか、調べて欲しいのです』

本当の日本人

　空調が壊れているらしく、蒸し風呂のようになった体育館に全校生徒が集められ、何百人もの若い身体が吐きだす息で、空気はむんと濁っていた。壇上で話す生徒指導の先生も、何となくだるそうな顔をしている。

『当校は創立当初から自由と責任を理念として掲げています。どうか自由の意味を、はき違えないように。夏休みだからといって、ハメを外しすぎてはいけません――』

　頭のいい子たちばかり集めた学校だから、一応みんなちゃんと立って先生の話を聞いてはいる。百合香さんの身体は丈夫だから貧血こそ起こらないけれど、汗をかきすぎて喉が干上がっていた。

　隣の組の列の中から、弘道くんの姿を探す。あの図書室の日以来、一度もしゃべっていない後ろ姿がやけに遠く見えた。

　嫁入り前の女の子に接吻したり押し倒したり、けしからん男だけど、百合香さんが好きになった人なんだ。弘道くんには弘道くんで、きっといいところがあるはず。だから私のせいで別れることになんてなってほしくないけれど、かといってどうしたらこの関係を修復できるのかわからない。毎日帳面でやりとりを続けているものの、百合香さんは弘道くんに関してはひと言も言ってこない。

「ねー百合香ってばー。明日から夏休みだってのに、何て顔してんのよー？」

通知表を渡されて教室を出てから、いつもの三人での帰り道、沙有美がいちごミルクジュースの四角い箱をストローでちゅうちゅう、吸いつつ言う。

「さては、まだ気にしてるなー？　この前の０点」

「う、うん……」

莉子がいたずらっ子の目で言い、本当の気持ちはしまっておいてコクリとうなずく。

仕方なかった。私が百合香さんになる日で、抜き打ち試験で何の準備もできず、弘道くんの助けも得られなくて。百合香さんは元々割と勉強を頑張ってたほうだから先生も変に思ったらしく、先生に呼びだされて何か悩みでもあるのかと問い詰められたけど。悩みなんてどころの話じゃないこの現象のことは、当然言えなかった。

沙有美と莉子は私の０点を見て、笑ってた。小試験は通知表に影響しないので、笑い飛ばすこともできるらしい。

この時代の若者ってヘラヘラしてて苛つくことも多いけれど、こんなに難しい勉強を頑張っている点はほんと、尊敬に値する。

「あーあ。帰るの憂鬱だわー。親に通知表見せると思うと」

出来のいい兄がいて、親からの期待が大きすぎて、勉強のこととなるととかく鬱気味になる莉子がため息をつきながら言った。

「そんなさー。もう出ちゃった成績のこと気にしてもしゃーないやん？　あたしはお兄ちゃんじゃない、親のロボットじゃないって、はっきり言ってやりゃあいいのよ」

「それができないんだから悩んでるんでしょーが！」

「よっし、わかった。じゃあ今日はこれから渋谷繰りだすぞ！　渋谷!!」

　いつも学校の近くの駅前で遊んでいたので、渋谷まで出るのは初めて。テレビでその混沌(こんとん)とした街の様子を観たことがあるだけ。正直、こんなひどく暑い日にあんな人ごみの中に飛びこむのは乗り気じゃなかったけど、ひとりだけ反対もできない。

井の頭(いがしら)線に乗って駅で四つ目、終点。平日の昼間なのに予想以上の人ごみを目の当(ま)たりにして、恐ろしい気さえする。

『どうか、自分には関係のないことだなんて思わないでください。国がしていることに、ちゃんと関心を持ってください。今こそ、私たちのような若者が立ちあがらなければならないんです――』

　ハチ公前広場のほうから聞こえてくる声に、つい聞き入っていた。機械を通しているらしく、音の輪郭がぼやけている。人ごみの間をまっすぐ歩きだす沙有美と莉子の後ろで私は思わず、ひとり拡声器を握る女の子に見入っていた。

「百合香ー。どうしたのよー？」

莉子の不満そうな声も気にならない。きっと大学生ぐらいだろう、私や百合香さんより少し年上。真っ黒い髪を耳のところでふたつに結んでいる。

『今日本は、平和憲法をかなぐり捨て、再び戦争の時代に突入しようとしています。私は戦争の悲惨さ、壮絶さを見聞きして、この国を再びそんな恐ろしい所にしてしまうことを、絶対に許してはいけないと感じました。どうか、おじいさんおばあさんに、あの頃の話をしてもらってください。そして戦争はいけないと心から思ってください。ひとりひとりに、平和を願う心を持ってもらいたいのです――』

「百合香！　ちょっとどこ行くのよ百合香！」

「少しだけ！　少しだけ、ここで待っとって!?」

止めようとするふたりを置いて、私は走りだしていた。

ここに二十一世紀の人たちが忘れてしまった、本当の日本人の姿がある。

先ほどの女の子を、幾人かの男女が取り囲んでいた。みんな、あの女の子と同世代くらい。行きかう人にビラを配っている。よろしくお願いしますと頭を下げているのに、一瞥すらくれず通り過ぎていく人ばかりだ。

何ともいたたまれない気持ちになった私の前にも、ビラが差しだされる。

「あの、これ、よかったら……」

相手が私を見て、顔を固まらせた。

「あ」

私も気づいて、口が大きく開いてしまう。

この子、この前図書室で図書係をやっていた不愛想な子だ。制服姿のまま、ビラを配っている。何日もこんなことをしているんだろう、首筋が真っ黒に日焼けしていた。

「どうぞ……」

それでも彼女は、ビラを押しやった。私は小さくお辞儀して、それを受け取る。

「百合香！　まったくもう、何やってんのよ!!」

追いかけて来た沙有美たちに両側を挟まれ、私は無理やり店へ連れていかれた。

建物の中は鮮やかな花柄のおそろしく丈の短いアッパッパや、南国風の柄が施されたシャツ。わざと穴を開けたズボンに、ビーズをたくさんはめこんだ華やかな首飾りなど、美しいもので溢れていた。沙有美と莉子は買い物を楽しんでいたけれど、私はそんなふたりにも、この時代を彩る洋服の世界にも、まったく興味を持てなかった。

頭をよぎるのは、さっきの女の子の言葉。

ずっと探して、探して、探し疲れて。諦めかけたときにやっと、探し物が出てきたような。そんな気分だった。

買い物を終えたあと、センター街という商店街でお茶を飲んだけれど、沙有美たちの話なんて上の空。私はもらったビラを取りだして、じっと眺めていた。『日本を絶対に戦争する国にしない』『若者の力で平和の実現を』『政治に興味を持とう』――すべての言葉が魅力的だった。

「ねー。百合香ってば。なんでそんなもん見てんのよー？」

「あ、ちょっ……」

沙有美にビラを取りあげられる。莉子がビラを見つめながら言った。

「こういうのってさ、なんて言うんだっけ？　右翼？　左翼？」

「どっちにしろさ、あんなんついていけないよ。こんな真夏に、ぎゃあぎゃあ駅前で叫んでさ。見てるこっちの体温上がるわ、マジ無駄な熱意！　いい迷惑だよねー」

思わずふたりを睨みつけていた。

「ちょ、なんなのよ百合香。その目」

睨まれたことに気づいた莉子が目を伏せ、代わりに沙有美が親友の味方をする。

「百合香さぁ、あんなのに関わらないでよ!?　関わったら、絶交だから」

「絶交って……何でよ!!」

衝動に任せ立ちあがり、テーブルを両手で思いきり叩いていた。隣でしゃべってた二十代前半ぐらいの男性ふたり組が、驚いた目でこっちを見ている。

「何でって、こんな怪しくてハタ迷惑な行為、あたしらには理解不能だもん！」

「そういえば、百合香にビラ渡してた人って、うちの高校の制服着てなかった!?」

としている。

「えっ、莉子、何それ、マジ⁉　うわー、うちの高校ヤバくね⁉」

いよいよ怒りが洪水のように押し寄せてきて、私の心の理性という堤防を越えようとしている。

この子たちは、何もわかってない。戦争の悲惨さ。あの時代に流れた幾千もの涙。むしろ知ろうともせず、与えられているものに感謝もせず、食べ物もモノも平気で粗末にして、それがあたりまえな顔をして生きている。

変なのは、あなたたちのほうだ――。

「何なんだろうね？　ああいうことやるモチベーションって」

「さぁ？　欲求不満なんじゃないのー？　なんか、ビラ配ってんの、いかにもモテなさそうな人ばっかだったじゃん！　性のエネルギーをああやって発散してんだよ」

「ウケるー。莉子ってばもう」

「……絶交はこっちじゃ!!」

何も考えないまま、叫んでいた。今度は隣の人たちだけじゃなくて、店内にいたすべての人が私たちを見る。

「おどれら頭がおかしいんじゃ、狂っとるんじゃ!!　何物にも感謝せんでこんな幸せな時代を生きて、不満ばっか作りだして!!　贅沢病もここまで来ると末期症状じゃ!!」

「な、何なのよその変な言葉……」

「変な言葉じゃのうて、広島の言葉じゃ！　私はあの人たちの活動に参加する。おどれらみたいな友だち、友だちじゃのうけ！　頑張ってるあの人たちを友だちにするんじゃ!!」

「何バカ言ってんの」

沙有美のひとことが冷たすぎて、その口調にようやく冷静になって、取り返しのつかないことをしてしまったんだと気づいたけれど、もう引き返すわけにもいかず、私はリュックサックを背負い店を飛びだした。冷房が効いている店の中と違って、外は相変わらず、地獄のような暑さだった。すれ違う顔すべてが、阿呆に思えた。

安っぽい娯楽に浸って享楽的に生きている阿呆。

せっかく恵まれた国に育ったのに夢を持つこともない阿呆。

仕事があることに感謝もせず職場の愚痴ばっかり垂れ流す阿呆。

家族がいる幸せを感じることなく金がない金がないと繰り返す阿呆。

みんな阿呆だ。どうしてこの平和で恵まれた時代に生まれたことに、感謝しない？

「あ、あなた、さっきの……」

演説はすでに終わり、若者たちのグループは荷物をまとめて撤収しようとしているところだった。演説をしていた女の子が私に気づいて歩み寄り、その後ろで私にビラをくれた図書委員の少女がびっくり顔をしている。

「あの。私に、あなたたちの活動を、手伝わせてください。お願いします!!」

拡声器に負けないような声を張りあげ、頭を下げた。

最初は妙な服にしか思えなかった「きゃみそーる」と「しょーとぱんつ」の部屋着に着替え、百合香さんの部屋のベッドに横になる。ぶーん、とエアコンの機械が小さく唸(うな)っていて、階下からは蓮斗とあやめの話し声が聞こえる。百合香さんの母親が夕食の支度をする音もしていた。数日前、いったんひいおじいちゃんが持ち直したということで、今は東京に戻って仕事にも復帰している。

私はもうすっかり操作にも慣れたスマホ——十代の性能のいい頭は銃を作る仕事なんかじゃなく、こういうことのためにあるのだと思う——をいじり、さっきからどんどん送られてくる、瑠璃さんの仲間たちからの挨拶に返信する作業に没頭していた。

「高校生で私たちの活動に参加しくれる人っていうのは、これでふたり目ね」

あの後、私を渋谷駅近くの「ふぁみれす」まで案内してくれた瑠璃さんは、にっこりとそう言った。さっきまで拡声器片手に演説をしていた女の子だ。大学生なのに化粧っけのない、もぎたての桃みたいにつるんとした顔が好ましい。もうひとり、私の隣にあの図書委員の少女が座った。名前は夏音(なつね)ちゃん。最年少メンバーで、年上の大学生たちから「なっちゃん」と呼ばれ、かわいがられているようだ。

「今ね、日本はとても危険な時代に入ろうとしているの。本当の戦争を知らない世代が、大人になっている。そういう人たちが悪意もなく『戦争をしてでも日本の領土を取り返すべきだ』なんてＳＮＳに書いたりする。領土問題については難しいところがあるし、日本人としてのプライドや愛国心は必要なものだけど、気軽に『戦争』という言葉を使ってしまえる、その感覚が問題なのよ」

「そういうのって、実際に戦争を体験してきた人たちに、失礼ですよね」

そう言うと瑠璃さんが大きくうなずいた。私の隣に座った夏音ちゃんが、首を動かさずにじっとこちらの動きを窺っている。どうも新参者の私に対して、ものすごい警戒心を抱いているらしい。

「だからね、私たちの活動は若い人にこそ知ってほしいの。今はネットや、渋谷や池袋、若者が多い街で活動をしている。来月の広島の平和記念公園での式典の日も、向こうの大学生のグループと協力して、演説会をやろうと思っていて」

「それ。ぜひ、私も連れてってください。お願いします」

頭を下げて、上げると、私の熱意に驚いたのか、瑠璃さんが目を見開いていた。

「今の時代の若者は、平和ボケしてると思います。自分たちがいかに幸せで恵まれてるか、そのへんの感覚がマヒしてる。若い人に向かって訴えること、すごく必要です」

「つい最近まで広島と長崎に原爆が落とされたことも知らなかったくせに、よくそんな偉そうなことが言えますね？」

夏音ちゃんがいきなり割りこんできた。テーブルの上の空気が硬直する。

どうしよう。瑠璃さんに平和ボケしてる若者そのものだって思われたら……。

すると、瑠璃さんが思いきり笑いだすので、狐につままれた気分になった。

「いいよ、いい。それで、全然いい。今までがどうかなんて、関係ないよ。大切なのはこれからなんだから。そんなことよりも、私は百合香さんの行動力がすごいと思う」

そう言われると照れ臭くて、隣の夏音ちゃんが明らかに不快そうに顔を歪めているのに気づいても、エヘッと笑えてしまった。

家に帰って部屋着に着替えて、こうしてだらだらと天井を眺めていると、正直、後悔もある。私は百合香さんにひどいことをしてしまった。元は百合香さんの身体、百合香さんの人生なのに、私のせいで百合香さんの望まないことをさせてしまうなんて。それに、友だちだって失ってしまったし。

一方、百合香さんなら私のやりたいことを理解してくれる、という思いもあった。百合香さんはもう、「平和ボケしてる若者」じゃない。ちゃんと戦争を体験して、その恐ろしさ、理不尽さを身をもって知っているんだもの。

帳面にも繰り返し書いた。戦争はいやだと。戦争はいけないと。二度と繰り返してはならないことだと。私たちの思いはきっと、ひとつになる。

「百合香ー。ご飯よー」

階下から百合香さんの母親が私を呼ぶ。豊富な食材と便利な調理機器、そしてやさしいお母さん。百合香さんは羨ましいほど多くの物を持っている。特に食に関しては。

今日の献立は冷やし中華。細切りの加工肉が特に美味しく、きゅうりの歯ごたえも素晴らしい。毎度のことながら夢中でかきこんでいると、あやめが箸を置く。

「あやめ。これ、無理」

「えー？　なんで、冷やし中華、前は好きだったじゃない」

「この前のは、ゴマの味がした。これ、なんか酸っぱいよ」

小さな唇を尖らせるあやめに、お母さんがにっこり笑ってみせる。

「食べられないならしょうがないわね。カップラーメンならあるけどそれにする？」

「うん、あやめ、それがいいー」

「ちょっと、待たんかそれ」

思わず言っていた。完全な広島弁のアクセントになってしまったせいか、お母さんもあやめも、蓮斗もお父さんも驚いた顔をしている。

なんかもう、私、駄目だ。この時代に合わせていくのに疲れた。自分を抑えつけるのに疲れた。百合香さんのふりをするのに疲れた。

私にだって私の意志があるのに、なんでいつもそれを曲げなきゃいけないの？

「お母さん、あやめに甘すぎじゃろ。食べれないなら、食べなきゃええ。それで腹をすかして後悔するんは、自分のせいじゃ」

「姉ちゃん、何なのその言葉」

「おどれは黙っとれ!!」

蓮斗がびく、と身体を震わせる。怒鳴っただけであやめは涙目になった。泣けば何とでもなると思ってる、子どもの甘えが今は腹立たしい。

「食べ物を粗末にするな。出されたもんに文句を言うな。食べられることに感謝せえ」

「お、お姉ちゃん、ひどい……」

「ひどかないわ！　あんたら、子どもを甘やかしすぎなんじゃ！」

「ど、どうしたんだ百合香。いったい、急に……」

百合香さんのお父さんの戸惑い顔を睨みつけていた。

「おどれも男なら、一家長としての自覚を持たんか！　おどれがヘラヘラしとるから、子どもがこんな甘ったれに育ち、奥さんも子どもに厳しくできんのじゃ!!　まったく近頃の男はどいつもこいつも、吐き気がするわ!!」

「姉ちゃん。熱でもあんの？」

おずおずと聞いた蓮斗を睨みつけ、冷やし中華の器と箸を持って立ちあがる。

「おどれらの顔なんざ見たくもないわ。部屋で食う！」

階段を駆けあがり百合香さんの部屋に飛びこんで、お皿を机の上に置いてから後ろ手で扉を閉めた。一気に冷静になり、後悔と罪悪感でドッと力が抜ける。

勉強机でひとり、残りの冷やし中華を食べながら、ぼろぼろと涙が溢れた。

今のはいくらなんでもやりすぎだ。

絶対、変に思われた……あんな言い方じゃあ、百合香さんの頭が変になったと思われただけ。言いたいこと、きっと何ひとつ伝わらない。もっと冷静に、百合香さんの言葉で百合香さんとして、伝えればよかったのに。

食べ終わった後のお皿を台所まで下げに行くのは、また家族の顔を見なきゃいけないので憂鬱で、ベッドにぐたりと横になっていた。泣いて気力を使ったせいで、頭がぼんやりとする。とんとん。遠慮がちに扉を叩く音がぼやけた頭を鮮明にする。扉を開けると、お母さんが立っていた。

「大丈夫？　百合香……」

「さっきは、ごめんなさい」

素直に言った。お母さんが首を横に振る。

「確かに、百合香の言うとおりだと思ってね。あやめにあのあとカップラーメン、作ってやらなかったのよ。あやめ、美味しくない、美味しくないって泣きながらも、なんとか全部、冷やし中華食べられてね。みんなで偉いねって、褒めてあげたの。食べられること自体がありがたいんだし、食べ物は大事にしないといけないわよね」

うん、うんって何度もうなずいた。うなずきながらまた涙が出てきたら、お母さんが抱きしめてくれる。百合香さんのお母さんなのに、自分の母さんに抱かれているようで、傷ついた心がじわじわと癒やされていくのを感じた。

「さっきね、電話がかかってきたの。ひいおじいちゃん、また危ないみたい」

「そうなんだ……」

人が死ぬというのは、なかなか大変なことだ。持ち直したり、悪くなったり。

「今回はできるだけ人を集めたいって、おばあちゃんが言っててね。東京の会社の人たちとかにも声をかけてて」

百合香さんのひいおじいちゃんは、戦後東京で会社を起こしたすごい人らしい。

「家族も、ちゃんと集めないといけないから。お父さんは仕事だし、蓮斗はサッカー部の合宿があるし。お母さんとあやめと百合香だけでも、行こうかなって、広島へ」

「いつ行くの？」

「明日よ。ごめんね、急な話で」

私は黙って首を振った。

それに、広島行きの機会ができたんだ。東京で調べていてもわからないことが、わかるかもしれない。

帳面に伝言をしたためベッドに入り、意識は思いのほか早く、途切れた。

今日も目の前に、百合香さんが現れる。私の姿で。違う心で。

お互い何度も試みたように、手を差し伸べた。百合香さんも手を伸ばして、それでも強い白い光に引き裂かれてしまう。

爆弾の中を舞っているような衝撃の中、ゲイリーのことを思った。

ゲイリーに生き抜いてほしい。原爆が落ちるその日、たまたまどこか家じゃない、市街地から遠い場所にいて助かったとか。そういう奇跡が起こってほしい。

そう願うことは無駄なんだろうか。無駄だとしても、私は祈る。

ゲイリーと私がともに生き延びる道に、たどりつけることを。

＊　＊　＊

目が覚めてすぐ、天井がいつもと違うことに気づいた。百合香さんの部屋の天井でもなく、私の部屋の天井でもない。

布団の上に身体を起こすと、古ぼけた本棚が目に入った。表題がみんな、英語のものばかりで私には読めない。畳の上に広げて置いてあるのもあって、ケーキの絵が表紙に描かれている。

「起きた？」

襖を開けてゲイリーが現れて、そしてようやくここは住み馴れた栗栖家ではなく、ゲイリーの家なのだと悟る。そしてここはおそらく、ゲイリーの寝室……て。ちょっと待って。これはまさか……!?

「ゲイリー……」

「大丈夫だよ。寝てる間の君に何もしてないから」

私の心を読んだように、ゲイリーが無邪気に笑う。その笑顔を素直に信じた。でも、そうじゃなかったらこれって、いったいどんな状況なんだろう？

「ゲイリー。なんで私、今、ここにおるん？」

ゲイリーの表情が固まって、ああまた、やってしまったかと頭を抱えたくなる。これ以上、私と百合香さんの周りの人に不自然だと思われたくないのに。

「そうか、全然覚えてないんだね。突然だったものね……千寿は夕べ、うちで倒れたんだよ。母さんが結核みたいでものすごい量の血を吐いて、千寿は千寿で気絶しちゃうから、大変だった」

気絶したというのはおそらくそのとき、入れ替わりが起こったんだろう。

寝てる寝ていないにかかわらず、夜中の十二時ぴったりに私たちの身体は入れ替わる。

「うちは大丈夫。でも、ゲイリーの母さんは⁉　お医者さん、呼んだん⁉」

「それは母さんがいやがったから、無理だった。家の中に他人を上げるのは、まずいって。僕の存在がバレちゃうからさ」

ゲイリーが悲しげに顔を伏せ、この人が隠れ暮らしていることを改めて実感する。

「まったく、日本人とアメリカ人、ふたつの血を持っていいことなんて、ひとつもないよ。母さんは医者は呼ぶなって息も絶え絶えになりながら、必死で訴えて……千寿のお母さんが看病してくれたから、何とか今朝、自分の足で病院に行ったけどね」

「よかった……」

「よくないよ。ひょっとしたら、夕べお医者さんを呼んでおけば助かって、今日診せても手遅れ。そういう可能性もあるのに」

「自分を責めたらいけんよ」

力なく振られる首。金色の髪も今日は心なしか、いつもより艶がない。

「僕は普通に生まれたかった。日本人かアメリカ人か、はっきりしないなんて、いやだよ。普通に日本人に生まれて、日本人として千寿と出会いたかったのに」

「私は今のゲイリーでいい。ううん、今のゲイリーがええよ。ゲイリーが大好き」

「……ありがとう」

そう言って笑う笑顔に力はない。

ひとりにしてほしいと言うゲイリーと別れ、家に帰ると、妙にあたりが静まり返っていて不気味なほどだった。仕事場で父さんが時計をいじっている気配も、母さんが掃除や料理に走り回っている気配もない。三千代は学校に行っている時刻だからいいとしても、辰雄が遊ぶ声が聞こえてこないのはおかしい。

みんな、居間に集まっていた。誰も、何もしゃべらず。じっと畳を見つめていた。

「おう、千寿。もう、ようなったんか」

父さんが疲れきった顔でこっちを見た。たった一日見ない間に、ずいぶん老けこんでしまった表情に、唖然(あぜん)とした。

「私は大丈夫……ていうか、何？　どうしたん……？」

目の前で母さんがすすり泣いているのを見て、胸を石で押しつぶされたような気がした。その隣で辰雄も三千代も、声も出さずに涙を溢れさせていた。

母さんの手の中に袋で包まれた箱があった。その意味が瞬間的にわかってしまって、でも言葉にしたら思ったことが現実になってしまいそうで、怖くて言えなかった。

「進(すすむ)は、死んだよ」

父さんが低い声で、兄の戦死を告げた。

広島へ

全国的に小中高で夏休みが始まった最初の土曜日だからか、駅も新幹線の中もごった返していた。冷房が効いていて暑くはないけれど、荷物を抱えた人たちが放つ二酸化炭素が、車内の空気をふくらませている。車両の真ん中あたりの席に座った私とあやめとお母さん。あやめはさっきまで持ってきたうさぎの人形に服を着せて遊んでいたけれど、今は遊び疲れたのか眠ってしまい、お母さんも船を漕(こ)いでいた。

私は朝からずっと、スマホをいじっていた。活動に協力することになった柴本百合香には、瑠璃さんたちから絶え間なくメッセージが送られてきたし、それに今日になってまた沙有美と莉子からブロックされたと気づき、どうしたらいいのか頭を抱えていた。直感だけど、今度はこの前みたいにすんなり仲直り、とはいかない気がした。弘道とはあの日以来ずっと、アプリでのメッセージのやりとりすらない。急に孤独になったあたしに、瑠璃さんが一緒に来ようよ、わたしたちと新しい縁を結ぼうよ、と言っているように思えた。

正直、瑠璃さんたちの活動にはちょっと首を捻(ひね)ってしまう。新しい法律のことに関してはあたしだって戦争を体験してきた身だから、思うところはたくさんある。でも、平和維持活動をする人たちを応援するのと、自ら活動に参加するのとでは、意味がまったく違う。もちろん、千寿さんは七十年前を直接知っている人だから、こういうことに首を突っこみたい気持ちは痛いほどわかるけれど。

広島駅につき、人ごみの中をかき分けて灼熱地獄の外に出ると、親戚が迎えに来ていた。東京でひいおじいちゃんが創設した会社の経営を受け継いだ勝大伯父さんだ。

「おぉ、百合香はすっかり綺麗なお姉さんになったなぁ。今高一か？　高二？」

「高二です」

「もう進路は決めてるのか？」

「まぁ、とりあえず。大学には行きますけど……」

あたしには、夢がない。周りの友だちも同じだから、今までそのことに対して特にコンプレックスは感じなかったけど、あたしはいったい何になりたいのか。この世界で何がしたいのか。改めて問われると困ってしまう。

「ま、まだまだ若いからなぁ。なんならうちの会社に就職するか？」

「えと、それは。おいおい考えます」

広島の街を走る車の窓から、七十年前とは何もかも変わってしまった街を眺め、少し寂しくなる。原爆ですべてが焼き尽くされてしまった街に、あの頃を思いださせる物はひとつもない。すでにあの時代に、原爆が落とされる前の元気だった広島の街に、愛着を持ち始めているあたしには悲しい光景だった。

唯一、原爆ドーム。あの頃は産業奨励館だった建物の前を通り過ぎるときだけ、懐かしさと、広島のシンボルだったあのモダンな建物が無残な姿になってしまった悲しさで、胸がキリキリ痛んだ。

広島駅から車で四十分ほど、広島市郊外にあるひいおじいちゃんとおばあちゃんが暮らす家にようやくたどりついた。築二十年以上経っているけれど、何度もリフォームしているし、園芸に凝っているおばあちゃんが玄関や庭を花で彩っているので、古さを感じさせない。表札の前であたしは足を止める。

「これ……何？　池野と、早川って」

「あら、何？　百合香、おばあちゃんとひいおじいちゃんの苗字も知らないの？」

「おばあちゃんの名前はわかるよ、池野八重子。でもひいおじいちゃんって……」

あたしは、千寿さんの隣に住んでいたゲイリー一家のことを思い出していた。ゲイリーのお母さんの名前は早川静子。

「ひいおじいちゃんの名前が早川なのよ。早川英男。ひいおじいちゃんのお母さん、すなわち百合香のひいひいおばあちゃんが早川だからね」

そう言ってお母さんがあやめの手を引き、ツタが絡まるデザインの鉄製の門を開ける。ギィー、と古い鉄がこすれる音が響いた。

まさかの思いを振り払う。いくらなんでも偶然だ。早川なんてよくある苗字だし。だいたい万が一、あたしが考えているとおりなら、それは大変なことだ……それに、ひいおじいちゃんの名前、普通に英男じゃない？　ハーフでもないし。

「おぉ、あやめも百合香も大きくなったなぁ」

「百合香ちゃん、すっかりきれいになったわねぇ」

リビングに行くと集まった親戚たちに声をかけられ、ちょっと疲れてしまう。親戚といっても、普段は会うことのない顔ばかりだ。

「百合香ー、あやめー。まずは仏壇で手を合わせていらっしゃい」

お母さんの声が助け船になった。

仏壇は小学校の頃に見たときよりもずっと、小さくなっていた。あたしの背が伸びたからなんだろうけど、それにしたってこんなに小さかったっけ。

あやめがリビングから運んできたオレンジジュースを無造作に畳に置くので、ちゃんとした所に置いとけと叱ると仏壇の上に置いた。なんだかすごくいけないことのような気がするが、まぁいいか。

「お母さーん、この人がひいおばあちゃんでしょ。で、こっちの人は誰？」

「こっちの人はひいひいおばあちゃんで、ひいおじいちゃんのお母さん。戦争が終わってすぐに亡くなったのよ……あぁ、花でよく見えないわね」

お母さんが花をどけようとし、あやめがオレンジジュースのコップに手を伸ばす。あやめの手が滑って、濃いオレンジ色の液体が畳を汚し、仏壇にまで飛沫が飛んだ。

「あっ！　どうしようー!!」

「はいはい、大丈夫よ、大丈夫。今、雑巾持ってくるからね」

涙目のあやめをお母さんが撫でている。その態度にムカムカした。

「お母さん、あやめに甘すぎ！　ちゃんと叱らないとダメじゃん」

「失敗してる本人は、じゅうぶん傷ついているのよ。あやめは何も、好きでコップをひっくり返したわけじゃないんだから、こういうときは元気づけてやらなきゃね」

正論なんだがどうも納得がいかず、向日葵の花に半分顔を隠しているひいおばあちゃんの遺影のあたりを、あたしはしばらく見つめていた。

親戚一同で車二台に分かれて駆けつけた病院で、あたしは変わり果てたひいおじいちゃんの姿にがく然とした。

目の前で病院のベッドに横たわっているのは思い出の中よりもずっと小さく、元々細かった身体がさらに痩せて、小枝みたいに頼りないひいおじいちゃんだった。枕もとの機械から何本ものチューブが伸び、かろうじて息をしているだけの身体が時折、ぴくぴくと生きていることを思いだしたような動きをした。

「むつ……み」

皺だらけの真っ白い唇が、ひいおばあちゃんの名前を呼ぶ。おばあちゃんとお母さんが両側から手を握り、消えかけた命を支えていた。お母さんの目がうっすら涙でふくらんでいた。怖いのか悲しいのか、お母さんにしがみつくあやめの目も潤んでいる。

「六美……」

「夢でおふくろに会っているのかな、親父」

勝大伯父さんがぽつりと言って、おばあちゃんが首を小さく動かした。病院独特の薬品のにおいを薄めた空気の中、しばらく誰も、何も、しゃべらなかった。

今初めて、人ひとりがいなくなってしまうという重い事実に直面した。ついさっきまで、生まれてから数回しか会っていない人のことなんて、半ば他人事だったのに。

「むつみ……ち……ず」

ひいおじいちゃんが再び唇を動かし、その響きにびくりとして、あたしはベッドの上の重病人を凝視していた。

痩せ細り、生死の境をさまよっているこの人の鼻のあたりに、懐かしさを感じた。

「ちず……」

今度ははっきりと聞こえて、あたしはたまらず病室を飛びだした。頭の中に浮かんだとんでもない仮定が、自分で考えたことなのに受け止められなくて、首をぶんぶん振って追い払おうとした。

いや、そんなわけない。千寿なんて、あの時代はよくある名前じゃないか。それに、ひいおじいちゃんはちっとも外国人っぽくもハーフでもない。名前も早川英男だ。

でも、と脳みその理性をつかさどる部分が言う。でも、あの鼻のあたりは確かに、あたしがよく知っている形をしているじゃない……？

「どうしたのよ、百合香」

お母さんが追いかけてきてあたしはひどい顔をしていたんだろう、心配げに言う。

「顔色、真っ青よ？　気分、悪いの？」

「しょうがないわよ、あんな重病人、いきなり見せられちゃあねぇ」

お母さんの後ろからついてきたおばあちゃんもそう言って、あたしはひと足先におばあちゃんが運転する車で池野および早川家に戻ることになった。

車の中でずっと外を見ていたけれど、流れていく景色が瞳を素通りしていく。自ら作りだした恐ろしい考えが頭の中をぐるぐるして、どうにかなっちゃいそうだった。

スマホを見ると瑠璃さんからたくさんメッセージが来ていて、少しだけ心が穏やかになった。瑠璃さんはすっかりあたしを、というか千寿さんを信用していた。

中学生の頃から遠い国で戦争や飢餓が起こっていることを知り、自分に何かできないかと考え続けていたこと。高校ではボランティア部で三年間活動したこと。大学でもボランティア活動を続けたこと。画面には瑠理さんの歴史がいくつも浮かんでいた。

あたしには瑠璃さんほどしっかりした思いはない。そりゃ、自分の目であの時代を見て体験してきたから、以前よりは戦争に反対する気持ちは強くなっている。でも、だからってあたしひとりに何ができるの？　瑠璃さんみたいに活動を広げたからって、どれだけのことができるの？　と、冷静に考えてしまう。

でも、瑠璃さんに協力したいと言ったのはあたしじゃなくて、千寿さんだ。

身体が入れ替わるからって、いいことなんて何ひとつない。戦時中の生活は不便だし、食生活はひどいものだし。ましてやあたしはこのままいくと、昭和二十年八月六日の広島で、原爆を落とされて死ぬ。千寿さんとふたりで、生き残る方法を模索してはいるものの、あれだけのことがあって無事でいられるとはとても思えない。だいいち生き残ったところで、この入れ替わりがいつ終わるかなんてわからない。

そんな状況でも、この不思議な縁で結ばれた友だちのために、何かしたいって思うことは間違いじゃないはずだ。あたしにできるのは、柴本百合香の姿になった千寿さんが、自分の思いを世の中に訴えられるようにしてあげること、それくらいだ。

リビングで少し休憩したあと、二階の仏間に上がる。庭仕事をしているおばあちゃんに気づかれないよう、しのび足で。仏間には夏の夕方の薔薇（ばら）色の光が差しこみ、仏壇の金細工が夢みたいに輝いていた。一歩一歩を確かめるようにして仏壇に近づく。

怖がるのをやめて、ちゃんと答えを知りたかった。あたしが思い浮かべていた仮説が正しいか、答えあわせをしたかった。ひいおじいちゃんが名前を呼んだ千寿さんは本当にあの千寿さんなのか。

それでもいざ仏壇の前に来ると尻込みしてしまい、向日葵をどけて写真に半分隠れたひいひいおばあちゃんの顔を見るのを躊躇する。心臓がばくばく、いやな音を立てていた。向日葵に伸ばそうとした手を、代わりに仏壇下部の引き出しに持っていく。

あの夏、小さなあたしを怒ったひいおじいちゃん。人のものを勝手に見るな、と。寡黙だったひいおじいちゃんが唯一あたしに感情をぶつけてきたあのとき。あたしはいったい、何をしたんだろう？

深呼吸して、一気に引き出しを開けた。するする、と木板がこすれる音がした。

中身は小さなきんちゃく袋だった。煮しめた雑巾みたいな色の布、糸のように細っこい紐が口を結んでいる。赤い糸で星型の刺繍がしてあった。

「お守り……？」

すっと襖を引く音がして、全身の細胞が動きを止める。求めた答えが今与えられる、その瞬間をあたしは待った。

覚悟なんて、一ミリもできていないままに。

変わらない現実

四つ年上の兄さんと、三千代と辰雄を連れて宮島(みやじま)に行ったのは、一昨年の夏だった。海で遊んでいたらお弁当を入れていた鞄(かばん)を鹿に持っていかれて、棒を振り回して追いかけていった兄さん。真剣に怒ってるのがなぜかおかしくて、笑ってしまった。三千代と辰雄も笑ってた。なんとか取り返したお弁当は中身がひっくり返っていて、それすらもなぜかおかしくて、きょうだい四人でげらげら笑い転げた。

小さい頃一緒にお風呂に入って、なんで私にはちんちんがないの？　と聞いたら困った顔をしてそのうち千寿にも生えてくるよ、って言われたのを十歳くらいまで本気で信じていたこと。男の子たちに嫌いな蛇を振りかざされいじめられたって話をしたら、その男の子たちを呼びだして、本気で殴りかかっていったのを慌てて止めたこと。出征の前の日、これからは千寿がきょうだいで一番年上だから長女として家を守るんだぞと力強く言って、千人針をありがとうと笑顔で受けとってくれたこと。

死んで初めて気づいた。私はこんなにも兄さんのことが大好きなんだ。

「こんなんじゃから、わしは戦争が嫌いなんじゃ」

父さんが震える声で言った。涙を必死でこらえる男の声だった。

「いつかこんな日が来ると、わかっとった。いつか進をどうにかして軍隊から取り戻してやると、わしゃあ真面目に思っとったんじゃ。こうなる前に」

うわあぁ、とついに三千代が声を上げ、隣で辰雄も泣いた。父さんと母さんは黙っている。私は母さんのごつごつと骨が浮いた背中を撫でていた。

信じられない。信じたくない。兄さんが死んだなんて。

きっと戦死の知らせなんて嘘だ。渡されたこんな小さな箱だって、中に入ってるのは骨なんかじゃなくただの石ころだ。兄さんはまだどこかで生きている。そう、強引に考えようとする私の中で、栗栖一家の長女としての私が言う。

現実から目をそらすな。兄さんは死んだんだ。今、私はぐずぐず泣いたり喚いたりするんじゃなく、家族を励ますべきなんじゃないの……？

少なくとも私がそうすることを、きっと兄さんは望んでいる。

葬式といってもこのご時世で、毎日近所の誰かに戦死の知らせが届くような日々だったから、うちの葬式もごく簡単に、内々ですませることになった。近所のお寺さんに行ってお坊さんを呼び、お経をあげてもらう。

「あんちゃん、痛かったじゃろな。怖かったじゃろな……」

いつもはあまり涙を見せない辰雄が、今日はずっと泣いていた。

「やーい、非国民一家。なんじゃ。今日はやけに、辛気臭いのう」

お坊さんを見送ったあと、背中に冷やかしの声がかけられた。

手下ふたりを従えた隆太が、涙目の辰雄を見て気分よさそうに言う。

「ほう、今日は泣いとるんか。非国民一家も涙を流すことがあるんじゃのう」

「うちは非国民じゃのうて！　あんちゃんは戦争に行って、立派に死んだんじゃ!!」

「辰雄!!」

父さんが辰雄の頭に思いきり拳固を振り下ろした。顔を真っ赤にした父さんから鬼のような気配が漂っているのを感じた隆太たちが、すっと後ずさる。

蜘蛛の子を散らすように逃げる悪ガキたちを次々と捕まえ、父さんはそれぞれに拳固を振り下ろした。まったく手加減のない、ズコッ、と水がめを落としたような音に私まで怯んでしまう。泣き喚く隆太たちを前に父さんは叫びだした。家の前を行きかう人たちがいつのまにか人垣を作って、好奇心を隠さない目で私たちを見ている。

「立派じゃと!?　わしはそんなことのために進を育てたんじゃない。戦争で戦って死ぬのがどんなに阿呆くさいか、おどれらわからんのか!!」

「あんた、そんなことを大声で言うとったら……」

母さんのひと言でようやく冷静になった父さんは、不自由な足を引きずりながら、ゆっくり家の中に入っていった。隆太たちの涙声が遠ざかっていく。

「かかし男め！　許さんぞ!!」

家に入ったあと、父さんが辰雄を抱き寄せて言った。

「さっきは殴って悪かったな、辰雄。お前に罪はないんじゃ。悪いのは大人じゃ。お前ら若いもんに、戦争で死ぬことが素晴らしいと思い込ませてる、大人なんじゃ。そしてそんな大人からお前らを守ってやることができん、父ちゃんなんじゃ」

「父ちゃん……」

「辰雄、悔しいのぅ。今、この日本に立派な大人は、誰ひとりとしておらんよ」

「そんなことない」

みんなが一斉に私を見た。父さんの疲れた目。母さんの赤く腫れた目。辰雄のまだ濡れたままの目。三千代の怯えた目。

「そんなことないよ、少なくとも私は、父ちゃんのこと尊敬しちょる。私にとって、父ちゃんは誰よりも立派な大人よ。正しいと思ったことを真っすぐ正しいと言える。今の日本にそんな勇気を持った大人は、たくさんはおらんよ。父ちゃんのこと、誇りに思っちょる」

「うちも」

三千代が言った。誇り、の意味なんてまだわかってないだろうけれど、心の深い部分できっと理解してくれているんだと思った。

「うちも、父ちゃんが大好き」

「わしもじゃ」

「私もよ、あんた」

「みんな……」

父さんの目がぶわっと涙にふくらんだ。

「みんな、ありがとうな。わしも、お前らが何よりの誇りじゃ」

これでいい？　兄さん。泣き笑いの顔で、もうどこにもいない人に問いかける。それで改めて兄さんが死んだ事実を思い知って、津波のような悲しみが胸に襲ってきた。


みんながみんな、元気よく、意識して明るく振る舞っていた。父さんは仕事場にこもり、辰雄はお気に入りの軍艦で遊び、三千代は私と母さんの手伝いをした。

「みんな、喜ぶんよ。今日は進を天にお送りする特別な日じゃけ」

食事のあとに母さんが桃を出してきて、辰雄と三千代がひゃあ、と叫び声を上げた。

「こんなご時世にどうしたん？　八百屋も全然物がないじゃろうに」

「闇市で買ってきたんよ」

「いくらしたん!?」

「気にせんでええんよ。今日は特別じゃ」

確かに闇市ではお金さえ出せば米も砂糖も何でも買えるけれど、おそろしいほどお金がいる。でも、今だけはつらいことを忘れて、みんな笑っていたいんだ。

そのとき、銃を発砲したような音がして、五人ともびくりと身体を震わせた。表の戸を叩く音はそれくらい乱暴で強烈だった。

「まったく、こんなときになんじゃろうねえ。お客さんならしゃあないけど」

億劫そうに母さんが立ちあがり、表の戸を開けた。次の瞬間、ひゃっと悲鳴が起こる。

「な、なんなんじゃあんたらは！　人の家に勝手に上がりよって！」

「栗栖寅吉の家はここだな？」

憲兵が三人、どかどかと中に入ってきた。三千代と辰雄が互いを抱きしめあい、父さんは畳の上に座ったまま。

私はただ、ぽかんとしていた。

「来るんだ。栗栖寅吉」

「うちの人が何をしたっていうんじゃ！」

憲兵が母さんを突き飛ばし、何日も満足な食事を取っていない身体があっさりと畳の上に転がされる。私は反射的に母さんのもとに走った。

「母ちゃんに手を出すな！　おどれら今すぐうちから出ていけ!!」

「あぁすぐ出ていく。すべては、お前の父親次第だがな」

憲兵が獲物に向ける鷹の瞳で父さんを睨みつける。父さんはゆっくり、不自由な足をひいて立ちあがった。辰雄と三千代が涙目になって父さんにしがみつく。

「なんで!? なんで父ちゃんが行かなあかんのけ!?」

「父ちゃん、いやじゃ! うちらを残して行かんといてや!!」

「ごめんよ、お前ら」

父さんが辰雄と三千代をその腕でぎゅっと抱きしめる。涙まじりの声がした。

「すぐ戻ってくるけのう。母さんと千寿の手伝いを、しっかりするんじゃぞ」

「いやじゃ!! 父ちゃん!! いやじゃあーっ!!」

憲兵に腕を引かれて歩きだす父さんに飛びついた辰雄を、別の憲兵が殴って引きはがす。ぎゃっ、と悲鳴を上げた辰雄を母さんが抱きとめた。

「あんたら、こんな小さな子どもにまで何するんじゃ!!」

「黙れ、非国民が」

氷のような声が背骨を凍らせる。父さんがのろのろと歩いていく。そんな絶望的な状況の中、私の頭はぐるぐる急回転していた。

父さんはどこに連れていかれるのだろう。呉かどこか。広島市内じゃない場所なら、原爆を免れることができるのではないか。

「非国民はおどれらじゃ! うちん人を奪って、小さな子どもを殴って!!」

泣きながら叫ぶ母さんの肩を抱く手が痛かった。けれど、結果的にこれで、父さんだけでも助かるかもしれない。

兄さんは戦死、父さんは私たちから引きはがされ、悲しみと不安で胸が押しつぶされそうだったけど、気力を使いすぎたからか、眠気はすぐに訪れた。いつもの夢の中で、百合香さんに会う。

今日の百合香さんはなぜか不安げな顔をしていた。私に言いたいことがあるのに、それを言だせない。そんな顔。お化粧なんかしなくてもじゅうぶん綺麗な二重の目が、涙に潤んでいる。どうしたの、と聞こうとしても声は真っ白い光に吸いこまれ、その白く細長い指に、私の指が触れることはない。

＊　＊　＊

すー、と隣で寝ているあやめの気持ちいい寝息を聞きながら、布団の上に身体を起こした。平成二十七年に来てから、床に敷かれた布団の上で目覚めるのは初めてだ。

八畳くらいの和室に私とあやめと、お母さんが寝ている。ふたりともまだよく眠っているので、起こさないように気をつけながら窓に寄り、そっとカーテンをめくると、真夏の光線が隣の家の屋根を反射して、銀色の光が眩しい。

ここが、七十年後の広島。待ち望んでいた場所にようやく帰ってこられた思いがあたたかく心に広がり、同時にあまりにも変わりすぎた景色に寂しさがふくれあがる。

原爆で全部焼けたんだから仕方ないとはいえ、これじゃあ東京と変わらない。

枕もとを確認すると、今日も数学の帳面がページを広げて置いてある。毎日たくさん文字を書くせいか、心なしか、最初の頃より字がうまくなっている。

『千寿さん、おはようございます。平成の広島は、あなたの目にどう映っているでしょうか。

ここは広島市内でも爆心地からはだいぶ離れていて、原爆の被害は少なかった場所です。といっても、すっかり七十年前とは変わってしまって、古い建物は皆取り壊されました。

瑠璃さんと、アプリでお話ししました。とても素敵な方ですね。千寿さんの思い、瑠璃さんの思い、しっかり受け止めて、あたしも頑張ろうと思います。

さて、昨日は移動とお見舞いで疲れましたが、今日は一日、自由行動が許されています。お母さんには高校の自由研究で、広島の原爆のことを調べることになったから、と言っておきました。まんざら、嘘ではないですね。

今日一日、自由に使って、千寿さんの家族があの日、あのあと、どうなったか。気がすむまで調べてみてください。参考までに、平和祈念公園への地図を載せておきます』

次のページに、セロハンテープで紙が貼りつけてあった。印刷した文字と絵が並び、平和祈念公園への行き方を示している。

昭和二十年八月六日、あの日、広島で何があったか。この場所に資料館があることは、私もすでに知っていた。百合香さんに言われずとも、ここへ行くつもりでいた。

それにしても違和感を覚える。夢で見た百合香さんの複雑な顔と、この文章が相容れない。百合香さんは本当に言いたいことを言えていないんじゃないだろうか――？

広島平和記念資料館は二棟の巨大な建物を二階の廊下でつないでいて、七月の午前中の光の中、窓硝子が平和を願う人々の祈りの象徴のように輝いていた。天井が高い受付周辺はまだ早い時間なのにすごい人ごみだ。すぐ前に四十代ぐらいの夫婦だろう、男女ふたりがずっと大声でしゃべっていて、七十年前から持ってきたような古い広島弁が耳についた。

でも、いざ展示室まで来ると話し声がぴたりと止み、私の思考は目の前に現れた再現人形の姿に凍てつく。

八月の真昼間なのにキノコ雲で塞がれた空のため、あたりは真っ暗だった。黒い闇の中、家を、店を、電柱を、植物を、そして人間たちを焼き尽くす炎が不気味に赤く光っている。地獄にしか見えない街をさまようのは、爆風で衣服がはがされ髪の毛が焼け縮れ、火傷して剥けた皮膚を垂れ下げて幽霊のように歩く人たち。目はどこを見ているのかわからなかった。もしかしたらこの人は立ったまま死んでいるのかもしれない。

写真は本でもスマホでも目にしていたけれど、全部白黒で何が写っているのかよくわからないものばっかりだったから、こうして色がついて立体になったものを見ていると、受け取る感覚がまったく違う。

今日を平成二十七年で過ごすのが私でよかった。これから昭和二十年の八月六日に放りこまれてしまう百合香さんに、こんなものを見せたら余計に怖がらせてしまう。

その場で十数分以上打ちひしがれて過ごしたあと、焼けた煉瓦の壁に囲われ被爆した街を想起させる廊下を歩きながら、変わり果てた広島の街を見る。何度見ても、大丈夫になんてなることはない。無残に打ち砕かれた家も、顔が焼けて崩れてしまった人たちも、過去の現実を悲痛に訴えてくる。ここにある人形、写真、絵、すべてに確かな意志が宿っていた。

なんでこんな目に遭わなきゃいけないんだ。私が何をしたっていうんだ。いっそ殺してくれ。あぁ、死ぬ。死ぬ死ぬ死ぬ。もっとやりたいことがあったのに。もっと生きたかったのに。もっと幸せになりたかったのに。お願い、誰かこの子を助けて。この子だけでもどうか。勝つと言われて戦ってきたのに、なんでこんなことになるんだ。誰のせいで広島はこんなことになったんだ。もうやめてくれ、もうやめてくれ。痛い。苦しい。助けて。熱い。怖い。お父さん。お母さん。水を。水を水を。水を水を水を。

「大丈夫ですか――……？」

あまりにもたくさんの「意志」に襲われ、ついに足から力が抜けてその場に蹲ってしまった私に、三十歳を少し過ぎたくらいの女の人が声をかける。連れの友だちらしき人がすぐに係の人を連れてきて、私は六十歳頃と思われるおじさんに肩を貸してもらいながら、事務室まで歩いた。椅子に座らせてくれてペットボトルに入った水をいただく。あの日水、水と呻き苦しみながら亡くなっていった人のことを思うと、一瞬飲むのを躊躇した。でも冷たいものが食道を通っていく感触が、平常心を取り戻させてくれる。

「すいません……ご迷惑おかけしまして」

まだうまく力の入らない喉で言うと、係のおじさんが目もとに皺を寄せて笑った。

「大丈夫ですよ、こういうことは珍しくないんでねぇ。ショッキングですけどあえて見せるようにしているんですが、お嬢さんみたいな多感な年ごろの人にはどうしても刺激が強すぎるんですかねぇ。貧血を起こして倒れてしまう方もいて」

「正直、ちょっとびっくりしちゃって」

話していると心が落ちつき、お礼を言って歩きだしてから、ふと思いついて言った。

「あの。原爆で死んだ人の名前を調べる方法ってありますか？」

「え？」

首を傾げられて、慌てて言い訳をひねりだす。

「あの、えと、私のひいおじいちゃんの友だちが当時、広島にいて、消息がわからなくて……今もその友だちを探してるんですけど、病気で動けなくて、だから、私が……」

「それはそれは。そんなことがあったんですか」

同情の目をされ、思わず苦笑いする。罪のない嘘とはいえ、嘘は嘘だ。

「それなら、原爆死没者追悼平和祈念館のパソコンで調べるといいですよ」

「……パソコンで？」

「ええ、記録さえ残っていれば、名前を入れると遺影と一緒にその人の情報が出てくるんですよ。記録さえ残っていれば、ね。なんせこんな状況だったもんで、すべての人の生死を調べるというのは、とうてい不可能ですから」

「ありがとうございます」

嘘をついたぶん大きくお辞儀して、係のおじさんと別れた。

国立広島原爆死没者追悼平和祈念館は、資料館のすぐそばにあった。こちらは入場は無料。資料館と違って人気は少なくて、円形の坂を地下に向かって下っている間、百合香さんのサンダルがコツコツと固い音を響かせていた。

地下ドームのような丸い空間に、壁面には被爆後の街並みを、約十四万人の死没者と同数の木板を用いて描いている。中央の水盤は原爆投下時刻の八時十五分を示し、水を求めながら与えられず亡くなっていった人たちのため、水が捧げられていた。

おぞましい資料館とはまた別の、祈りのための静かな場所だった。ここには大量の無念の意志はなく、あの瞬間から時が止まった人たちを偲(しの)び、平和を願う思いだけがあった。ちょうど誰もいなかったので、水盤に向かって手を合わせる。

どうか、調べても私たち家族の名前が出てきませんように。みんな、生き残っていてくれますように。

パソコンのある場所に来ると、心臓がいやな鼓動を刻み始めた。壁のテレビ画面に表示される原爆死没者の遺影と名前を眺めている二十代半ばくらいの男女ふたり組はいたけれど、パソコンを使って死没者の名前を調べている人はいなかった。これを使う人は限られているんだろう。画面に向かいあって、指が止まった。深呼吸してなんとか気持ちを落ちつけようとしても、無駄だ。答えを出すのが、やっぱり怖い。

震える手を画面に伸ばす。まずは私から。

栗栖千寿、と打ちこむと一件出てきた。

国民学校時代だろう、今よりも少しだけ幼い私の写真がこっちを見ていた。どこを見ているのかわからないような目だった。

ため息の代わりにもう一度、深呼吸をした。

その後は単純作業を黙々とこなすように、次から次へと調べた。指はすらすら動いても、呼吸はほとんど止まっていた。みんな、パソコンの中にいた。栗栖寅吉も栗栖信代（のぶよ）も、栗栖三千代も栗栖辰雄も。

菜穂子や透子、ゲイリーたちのことも調べなくてはと思ったけど、その前に立っていられなくなった。すかさずテレビ画面を見ていた男女が歩み寄ってくる。大丈夫ですと何度も繰り返して、やっとの思いで立ちあがった。心臓はもう静かだったけれど、受けた衝撃が強すぎて脳みそが凍っていた。

最悪の結果だ。こんなこと、百合香さんにどう伝えられればいいんだろう。

パソコンで情報が出てきたので、全部わかってしまった。あの日、学校へ行っていた三千代は即死。家の中にいた父さんも母さんも辰雄も、家の下敷きになって火で焼かれた。挺身隊で爆心地から少し離れたところにいた私はその場では助かったけれど、二週間後にこの世を去る。それが、あの日、栗栖一家に起きたことのすべて。

すっかり意気消沈して、平和祈念公園を出て猛暑の広島をふらふら歩く。行きかう車から吐きだされる排気ガスも、何かの嫌味みたいによく晴れた空も、肩を出した服で笑いあいながら歩く大学生くらいの女の子たちも、みんなが遠く見えた。思いっきりゆっくり歩いているうちに、気がついたら全然知らない場所に来ていて、慌てた。駅はどっちだろう。どうやって帰ればいい？

とりあえず住所だけでも確かめないと、という思いで電柱やビルを見るが、住所を書いた板がなかなか見つからない。そうこうしているうちに、『被爆体験を語る会　九階にて開催中　入場無料』という立札が目に入った。年季の入った壁が灰色に汚れた、細長い建物だった。各階案内板には、九階は何かの会議室だと書かれている。

気がつくと建物の中に入り、エレベーターに乗っていた。冷房の入っていないエレベーターの中は熱気がこもっていて、重力にさからう力にちょっと気持ち悪くなったけれど、ここに何かあるよ、という直感みたいなものに導かれ、私の足は『被爆体験を語る会』に向いていた。

まだ、諦めたくなかったんだ。生き残った人たちの証言を聞いていれば、あの日生き残る方法がわかるかもしれない。わかったら、これこれこうしろと、百合香さんに伝えることができる。歴史を変えられる。

藁にもすがる思いでエレベーターを降り、くすんだ青い絨毯（じゅうたん）の床の上を歩いた。四十人ほどが入りそうな広めの会議室の中で、すでに会はスタートしていた。前に立って椅子に座り、マイクに向かって話しているのは九十歳近いおばあちゃんだった。背中が曲がり、髪の毛は白髪のほうが多く顔には茶色いシミがいっぱい浮き出ていたけれど、どことなく聞き覚えのある声は美しかった。

『私は、運がよかったです。たまたま、あの日船の上にいて、原爆投下時刻は爆心地から遠かった。でも私の友だちは、一瞬で家族をすべて奪われました』——

しばらく間があって、伏し目がちの目に涙が浮かぶ。

『千寿は——その友だちは、二週間は生きていました』

じっと白いテーブルの上を見つめていたから、びっくりしておばあちゃんを見た。

老いて皺だらけになった顔が、別の顔と重なる。

そんなわけないじゃない。そんな出来すぎた話がどこにあるか。だいたい千寿なんてよくある名前だし。

反射的に自分に言い聞かせてしまう私の目の前で、おばあちゃんは続ける。

『でも一週間経った頃から顔に黒い点ができて、血を吐くようになり、髪の毛が少しずつ抜けて——あの夏、八月二十日に、十七歳の若さで亡くなりました。友だちには婚約者がいて、婚約者と看護婦さんと、三人であの子を看とったときの苦しい思いは、今もまだ私の中にあります。私は親友を亡くし、父と母を亡くし、兄を亡くしました。大切な人を無情に奪っていく戦争など、二度と繰り返してはならんのです――』

無理をして標準語でしゃべっているようだったけど、確かにその美しい声は、老いてしわがれてはいても元の質感が残っていた。

嘘でしょ、と再び自分に言い聞かせる。おばあちゃんが頭を下げ、会場じゅうから力強い拍手の音が響く。会場の進行役の人がマイクを通して告げる。

『これにて、藤堂菜穂子さんの話を終わります。次の方は――』

「菜穂子!?」

つい、声を上げて立ちあがってしまった私に、一斉に注目が集まる。

八十七歳になった菜穂子と目が合った。たるんだまぶたの下に、小さい頃から毎日のように見て来た瞳がきらめいていた。

希望、の色の瞳だった。

言えない真実

「それはね、百合香のひいおじいちゃんの、初恋の人の形見なのよ」

仏間に入ってきたおばあちゃんが、あたしの手のひらの上、古ぼけたきんちゃんく袋を見つめる。おばあちゃんにそっとそれを渡すと、細い目がより細まった。

「千寿さんっていってね。病院でも、うわ言で呼んでたのよ。気づいてた？」

こくり、と小さく首を振る。内心の動揺を悟られたくなくて、必死だった。

「戦争のとき、隣に住んでたんですって。ひいおじいちゃんはハーフだから、大っぴらに外を歩けなくて、ひいひいおばあちゃんがひとりで住んでるってことにして。でもじきに見つかって、県北の三次ってとこ、外国人収容所に入れられたの。それで原爆で死なずに済んだんだけどね」

「知らなかった。ひいおじいちゃんが、ハーフだったなんて」

確かに昔の日本人にしては背が高いとは思ってたけど、その見えないグレーの瞳はサングラスの下に隠されてたし、ほとんど坊主頭にしてたから元が金髪だなんて気がつかなかった。

「ひいおじいちゃんには英男の他にもうひとつ名前があったの。ゲイリーっていう」

知ってる、とはもちろん言えない。素直に納得する前に、頭の中身がものすごい速度で回転していた。あたしに微笑み、お菓子をくれるゲイリーと、寡黙でちょっと怖いひいおじいちゃんは、まったく重ならない。

でもそう言われれば確かに、髪の毛がすっかり抜け落ちたって、痩せて骨と皮だけの身体になったって、鼻のあたりに漂う雰囲気は同じだ。

「初恋の人は、どうなったの……？」

怖かったけれど、それを聞けるくらいにはあたしの精神状態は回復していた。あの日、昭和二十年の八月六日の世界には、どれだけ運命に抗おうとしたってきっとあたしが放りこまれる。覚悟ができているって言ったら嘘になるが、ちゃんと聞かないといけなかった。

「八月六日に、他の家族は全員死んでしまったんだけど、その千寿さんだけは助かった。でも二週間後に、原爆症で死んでしまったんですって」

突きつけられた答えを目の前に、小さくうなずくしかない。

泣いても笑ってもどうせ、あたしは死ぬ。でも、入れ替わりはどうなるんだろう。栗栖千寿の身体が放射能に蝕まれ朽ちるまで、繰り返すんだろうか。それとも八月六日で入れ替わりは終わってしまって、あたしはずっと昭和の世界につなぎとめられて、死んでいくんだろうか。

「その千寿さんの担当の看護師さんが、六美さん。わたしのお母さんで、百合香のひいおばあちゃんよ。ひいおばあちゃんも、大変だったの。ひいおじいちゃんより七つ年上で、前の旦那さんが戦死して子どももいたんだけど、その子は栄養失調で幼くして死んでしまってね……」

仏壇の上で微笑む、あたしは一度も会ったことのないひいおばあちゃんの遺影を見る。たぶん亡くなるもう少し前に撮ったんだろう。色褪(あ)せた写真の中、鳩(はと)に囲まれ、しゃがんで笑ってた。鳩に餌でもあげていたのかもしれない。

「ひいおじいちゃん、千寿さんから心変わりした自分を、ずっと責めていたんでしょうね。自分だけが生き残って、新しく好きな人を見つけて所帯を持って幸せになって。死んだ千寿さんに申し訳ないって、思ってたのかもしれない。だからこそ千寿さんのことを忘れないように、ずっとこれを持っていたのかもしれない」

「千寿さんの話は、ひいおじいちゃんから聞いたの？」

「そんなこと、あの人が話すわけないでしょう」

お母さんに似た口もとを緩ませて、おばあちゃんが笑った。

「ひいおばあちゃんから聞いたのよ。初恋には叶(かな)わないわ、って笑って言ってた」

おばあちゃんの細長い指がお守り袋をやさしく撫でた。

あたしは仏壇の上の向日葵をどけ、ひいひいおばあちゃんの顔を確認した。よく知った早川静子さんが、やや緊張した面持ちでこちらを見つめていた。

＊　＊　＊

その後どんなふうに平成二十七年の世界を過ごして、どんなふうに眠りについて、どんなふうに入れ替わったのか、よく覚えていない。自動操縦の飛行機のパイロットって、こんな感じなんだろうか。身体は馴れたいつもの作業を淡々と繰り返すけど、頭は上の空。遠い空を淡々と飛んでいる。

「おい！　栗栖千寿!!　何をやってるんだ!!」

「ごめんなさい……」

うっかり手を滑らせて銃の部品を床にばらまいてしまったあたしに、厳しい叱責が飛ぶ。菜穂子や透子たちが拾うのを手伝ってくれるけど、ぼんやりがおさまらない。

昨日のことが、衝撃的すぎた。千寿さんに宛てた伝言には、あたしのひいおじいちゃんはゲイリーでした、なんて、書けなかった。

だって、あたしと千寿さんは何とかしてあの日を乗り越え、生き延びようと結託している。だけどもしも栗栖千寿が生き残ってゲイリーと結婚したら、六美さんとゲイリーは結婚しないわけで、おばあちゃんもお母さんもあたしも生まれない。

歴史がまるで、変わってしまう。

あたしたちが手を組んで栗栖千寿を生き残らせれば、平成の世に柴本百合香は存在しなくなるんだ。こんな重要なこと、そう簡単に言えるわけない。まずは、あたし自身がちゃんと答えを出さなきゃ。

オーケイ、栗栖千寿が生き残ると柴本百合香は生まれない。だとして、それをどうやって千寿さんに伝えたらいい？ そもそもあの日、八月六日にいるのはあたしで。となると、あたしが歴史を変えたその瞬間、平成二十七年にいて柴本百合香の身体に入っている千寿さんはどうなるの？

「千寿、今日は本当に変じゃねぇ。最近ずっと変じゃけど」

挺身隊の帰り道、菜穂子に言われて慌ててぶんぶん、首を振った。

「ご、ごめん！ その、兄さんのことがまだ……」

「そうか、しんどいよねぇ。うちも去年上の兄さんが戦死したけ、よくわかるよ」

つらいのはあたしだけじゃないと気づき、自分を叱りつける。

確かにあたしが抱えてる問題は大変なことだけど、この時代に生きる人たち、誰もが問題や苦しみや飢えや悲しみを背負っている。あたしひとり、特別なわけじゃない。

「千寿、おいで」

帰るといつものように、家と家の間からゲイリーが小声で手招きする。この人がひいおじいちゃんなんだ、と自分に言い聞かせてもどうしてもリアリティがない。そしていつものように、ゲイリーを前にしてあたしの心臓は嬉しさに飛び跳ねる。

真実を知っても、この気持ちは変わらない。千寿さんの婚約者だっていうのに。

「母さんさ、今夜から入院なんだ」

「入院……」

「焼夷弾に当たって死ぬのと、結核で死ぬのと。どっちが苦しくないだろうね」

いつも明るく微笑む睫毛の長い瞳が、今日は切なさを隠そうとしなかった。何も言えないでいると、ゲイリーがふわっと笑った。

「冗談だよ。母さんは、必ず元気になる。千寿もそんな顔してないでさ。元気出してよ、ほら、アイスクリーム」

「アイスクリーム……」

「というかむしろ、シャーベットに近いけどね」

闇で手に入れてきたんだろう、夏みかんの味がするシャーベットを舌の上でゆっくり溶かしていく。でも、このやさしさはみんな千寿さんのためのもので、ゲイリーの瞳に本物のあたしが映ることはないのだと思うと、切なくなる。

認めるしかない。あたしはゲイリーを好きになっていた。

「アメリカにいた頃は大変だったんだよ、最初は母さんが差別されてたんだ。石を投げつけられて。僕は見た目がこんなんだから最初はわかんなかったけれど、そのうちバレて。昨日までは友だちだった子が、今日は石投げてくるんだよ」

「ひどい」

「ひどいよね。でもそれが、戦争なんだ。幸い、僕は父さんが武器商人だから、コネを使って日本に逃げてこられたけどね」

目の前を、黒いアゲハ蝶が一羽、ひらひらと不安定な動きで横切っていく。異なる国と国の間でゆらゆらと頼りなく動くしかない、いかだのように。

あたしは時を超え、自然の摂理に逆らって、この時代で息をしている。それにどんな意味が隠されているのかいくら考えてもわからないけれど。とにかく、今は、生きたい。夕暮れが迫ったペールブルーの空もたくさんの蝉の声も、ゲイリーの肌を包む藍色の浴衣も。この世界を彩るすべてが、本当に美しいから。

「……でもさ、決めたんだ」

「何を？」

沈みゆく太陽を見つめるその瞳が、笑っていた。じきに無残に壊されてしまう広島の街で、ゲイリーはすくっと立ってる一本の大きな木みたいだった。

「何があっても、笑って生きようって」

「――ゲイリー。ちょっと、かがんで？」

「かがむ？　えっと、こうでいい？」

膝を折り曲げるとちょうど背の高いゲイリーの顔が、背伸びすれば届く位置に来ていて、あたしは白くやわらかい果実のような頬に口づけ、すぐ離した。

ゲイリーが目を丸くして、あたしを見た。

「じゃあね。また明日」

ぼんやり突っ立っているゲイリーに背を向け、なんだか急に恥ずかしくなって、足が自然と小走りになる。あたたかな感触がいつまでもそこに残っていて、唇に指を当てていた。今改めてゲイリーをものすごく愛しいと感じていた。

これが、あたしがゲイリーにしていい精一杯だ。きっと。


夕食の真っ最中、ウ――――、と緊迫した音が不穏に空気を震わせる。空襲警報だ。母さんが辰雄の、あたしが三千代の手を引き、庭に掘った防空壕に飛びこむ。小さなふたりがじっと身を寄せあう中、母さんが潜めた声で耳打ちした。

「日本全国、大きな街は全部焼かれて。呉だってだいぶ焼けたんに、広島だけは全然爆弾が落ちん。母さんね、今に広島は大変なことになる気がするんよ」

この人の勘の鋭さに、びっくりした。母さんはさらに続ける。

「なんでも、新型兵器ができたとかできないとかいう噂もあるし」

「そんなの、あくまで噂でしょ。気にして、いやな気分になることないよ」

　あたしは何を言っているんだろう。ここは母さんに賛成して、そうだ、危ないから逃げるべきだと避難を促すべきだろうに。

「千寿の言うとおり、噂だけで何も起きんとええんやけどね。……あ、警報解除になったわ」

　外へ出るとあたりはしんと夜の闇に包まれており、隣近所からも防空壕を出たり、ひそひそと話しあう声がする。辰雄が防空壕の中に貯蔵食として入れてあった芋を勝手に食べて、母さんに怒られていた。

　そんないつもの光景に、じんわり涙が浮かぶほど胸が熱くなった。


　今夜もあたしたちは夢の中で自分の無力さを思い知らされる。

　自分たちに課せられる運命を知ったところで、どうすることもできない歯がゆさ。

　あたしの顔をしている千寿さんが、何か言いたそうに口をぱくぱくさせていた。その動きを読みとる前に光がはじけ、意識が真っ白に燃やされていく。

　ねぇ、神様。あたしたち、いつまでこんなこと続けなきゃいけないんですか？

　いつになったら、終わるんですか？　それとも、終わることはないんですか？

　だとしたら、あなたがそんなひどいいたずらをする意味って、何なんですか……？

自分の身体に戻って目覚めるのは、千寿さんの身体で目覚めるより気分がいい。たぶん、ちゃんと栄養のあるものを食べているから寝起きでも頭が冴えているんだろう。

子どもの頃この家に来るたび、いつも寝かされていた和室だった。隣にはあやめ。その隣にはお母さん。ふたりとも、まだよく眠っている。一日ごとにあたしがあたしじゃなくなることなんて、ちっとも気づいていない安らかな寝顔を見ていると、つい涙腺が刺激される。最近、すっかり涙もろくなってしまった。

もし八月六日、広島で被爆したまま帰って来られなかったら。そしたらお母さんにもあやめにも、お父さんにも蓮斗にも沙有美にも莉子にも瑠璃さんにもそして弘道にも、二度と会えないんだ。あたしには、平成の世界に大切なものがありすぎる。

なんとかして、元に戻る方法を考えなくては。千寿さんが助かって、かつ、あたしがちゃんと平成二十七年に存在するために。でもそんな方法、どこにある……？

すっかり日課になってしまった、起きた直後のノートチェック。千寿さんの字はいつ見ても達筆で、さすが昔の人なんだなぁと思い知らされる。

『百合香さん、こんにちは。昨日は平和祈念公園への行き方を丁寧に教えてくれてありがとう。今日、さっそく行ってきました。資料館の展示は、私にはちょっとしんどかったです。百合香さんは行かないほうがいいかもしれません。

そして、これはまったく偶然なんですが、私、八十七歳になった菜穂子と出会いました。語り部として自らの被爆体験を語る菜穂子は、元気そうでした。

今日の午後二時、菜穂子と会うことになっています。場所は、平和祈念公園のすぐ近くにある喫茶店です。地図を帳面に貼りつけておきますね。

どうか、菜穂子からしっかり話を聞いてきてください。あの日どうやって生き残るか、手がかりになるかもしれません』

希望を持ったしっかりと筆圧の強い字を見ていると、千寿さんはまだ諦めていないんだ、と思う。あたしと同じようにあの日の歴史を知ってしまっても、おそらくそれが簡単に変わることではないとわかっていても。

こんな千寿さんに、あたしが抱えている秘密はとても打ち明けられない。

いったい、どうしたらいいの――？

答えなんてそう簡単に出るわけもないけど、のろのろと身体を起こす。一階の洗面所へ行こうと階段を降りる途中で、おばあちゃんが台所で何かしている音がした。

洗面所に入り、あたしは鏡に向かいあった。何も映らなかった。

正確には肩から下だけが映り、首から上がそっくり消えている。まるで頭部をもがれた人形のように……。

「きゃっ!!」

思わず声を上げて後ずさると、バスマットで足を滑らせて転んだ。どーん、と大きな音がして、台所にいたおばあちゃんが顔を覗かせた。お尻に鈍い痛みが走る。

「どうしたの百合香」

「ちょっと、転んだだけ」

気をつけてね、と呆れた顔で注意して、おばあちゃんは洗面所を出ていった。あたしは痛いお尻を押さえてそろそろと立ちあがり、再び鏡に向かいあう。

どこも、消えてない。目も鼻も耳も首も。両手を持ち上げ、耳をひっぱったり頬に当てたりしてみる。よし、たぶん大丈夫。

さすがに、そんなことありえない。鏡に顔が映らないなんて……。

洗顔フォームでいつもどおり顔を洗う。タオルで顔を拭き、目を開けると……下半身がそっくり消えていた。パジャマの裾の下がない。床がやたらと遠くに見える。

「ひっ……」

声は叫びにならなかった。また数歩、後ずさってから全身を確認した。両手。両脚。

顔。お腹。胸。全部ちゃんとついている。あたりまえだけど。

でもこれはつまり、そのあたりまえが揺らごうとしている、てこと……？

あたしが懸念しているとおり、歴史は変わってしまうんだろうか。ノートの中の千寿さんは、つらい事実を知っても親友と再会したことで、希望に燃えていた。なんとかあたしを、そして自分の身体を、生き残らせようとしている。

でもそうなるとやはり、あたしは生まれなくなってしまって。

だからこうして、身体が消えていくってことなんだろうか——……？

ひとかけらの希望

「あの。ここから先は関係者しか行けないんですが、何のご用ですか？」

語る会の控室を探していると、係員らしき三十代くらいの男性が声をかけてきた。

「えと、その……さっきの、藤堂菜穂子さんの話が気になって……死んだ菜穂子さんの親友、もしかしたら……私の知っている人なのかもしれないって……おばあちゃんから聞いた話と、ぴったり合うから。だから……」

「――なるほど。ちょっと、ここで待っていてもらえますか」

ちっともうまく話せてなかったけど熱意が通じたのか、納得した顔をしてもらえたので安堵する。たっぷり十分ぐらいかかったあと、男性が戻ってきた。

「藤堂菜穂子さんが、あなたとお話をしたいそうです。こちらへ」

ついに七十年後の菜穂子に会えると思うと、嬉しさと緊張がいっぺんに込み上げてきた。廊下を歩き菜穂子のもとに向かいながら、百合香さんの心臓がバクバク鳴る。

おばあちゃんになった菜穂子は、さっき被爆体験を語ったふたりの女の人と一緒にいた。私を見て、ゆっくりと腰を上げる。

「あなたが……？」

今にもその腕に飛びこんでいきたい衝動を抑えた。よく頑張ったね。よく生きていてくれたね。きっと今まで大変だったんだよね。とっても大変だったんだよね。乗り越えてくれてありがとう。そしてまた私の前に現れてくれてありがとう——。

皺だらけの顔がふわりと笑って、より皺くちゃになる。菜穂子がゆっくり私に手を差し伸べた。

「うちの前に現れてくれて、ありがとうな——……」

まさに今、思っていたことを言われて、涙が溢れてきた。そんな私の背中を菜穂子はずっと撫でていてくれて、その手から放たれる体温は、七十年前と変わらなかった。

あやめと母さんが布団にもぐり、百合香さんのおばあちゃんも寝てしまったあと、宿題をやるという名目で書斎にこもり、百合香さんへの伝言を帳面にしたためる。

百合香さんに希望を持ってほしかった。生き延びることを諦めてほしくなかった。菜穂子に会えたのは偶然じゃなくて、こんな不可解で絶望的な状況に神さんがくれた希望の光のような気がした。いや、私たちの神さんはだいぶいたずら好きみたいだから、さらなるいたずらを仕掛けているだけなのかもしれないけど、それにしても。

自分の身体に戻った百合香さんが明日、菜穂子と話をすれば、昭和二十年の栗栖千寿がどんな目に遭ってどんなふうに亡くなったか、詳しく聞くことができる。今の私たちにとって情報は何よりも貴重だ。

「うわ、もうこんな時間……」

気がついたら時計の針が十二の数字に重なろうとしていた。私は急いで筆記用具を片づける。一度、栗栖千寿は七十年前で倒れている。意識があってもなくても入れ替わってしまうから、そのときに布団の中にいないのはまずい。横になってタオルケットをしっかりと身体に巻きつける。

菜穂子に会えた興奮で眠れない。じっと天井を睨んでいると、やがて景色が写真を折り曲げたようにぐにゃりと歪む。

何度か天と地がひっくり返ったあと、私はいつもの夢の中にいた。目の前には私の姿をした百合香さんがいて、今にも泣きそうな顔でこっちを見ていた。

そんな顔しないで。大丈夫だから。運命はちゃんと変えられるから。

言葉は声になる前に、強烈な白い閃光に吸いこまれてしまう。

薄れゆく意識の中、それでも私は百合香さんに向かって語りかける。

諦めたら駄目だ。戦争に負けても、幸せになることをみんなが諦めなかったから平成二十七年の平和な日本かあるように。

今の私たちにだって、諦めなければ未来は開けるはず。

＊　＊　＊

昭和二十年七月二十日金曜日の夕方。学校から帰ってきた三千代が辰雄と一緒に、一升瓶で玄米を精米する作業をしていた。配給される玄米はそのままだとあんまり美味しくないから、一升瓶に入れて上から棒で突いて白いお米にするのだ。

私は辰雄と三千代がときどき棒を持つ役と一升瓶を押さえる役を交代しているのを眺めながら、三千代の寝間着を縫う作業をしていた。百合香さんは私からしたら信じられないほど裁縫ができないので、縫物はすべて私がこっちに来る日にすませていた。

幸せだ。食べ物は足りないし生活は不便だし、しょっちゅう空襲警報が鳴る。百合香さんからしたらこの時代が幸せなんてありえないだろうけれど、私にはちゃんと私の居場所があって、そこに大切なものがたくさんあるんだ。

だから、諦めちゃいけない。

明日平成二十七年に行ったら、帳面の伝言に百合香さんにもっと原爆の状況について調べるよう、提案してみよう。ううん、私自身も調べるんだ。幸い、平成二十七年には七十年前には考えられないほどたくさんの情報がある。原爆を生き延びた人の体験談を読むこともできる。そういう情報から、希望を拾い集めよう。

表の扉が開き、母さんが帰ってきた。辰雄と三千代が飛びつくように走り寄る。

「母ちゃん、お帰り」

「父ちゃんはどうじゃった？　元気にしとったか!?」

母さんは今日、呉の収容所にいる父さんに面会に行っていた。疲れた顔が笑う。

「元気じゃったよ、父ちゃん。辰雄と三千代が元気でやってるかって、心配しとった」

「わしらは大丈夫だって言うてくれたか!?」

「もちろん。それに、早ければ来週には出てこられるって」

やったー、と辰雄と三千代が喜んでいるそばで、私は複雑な気持ちでいた。

やっぱり、原爆が落とされる八月六日には、パソコンで読んだ情報どおり、家に戻っていることになってしまう……。父さんだけはもしかしたらって、思ってたのに。

「千寿。ちょっと」

声を潜めて母さんが手招きし、台所の隅っこに連れていかれる。

「辰雄と三千代には言えんけど……父さん、ひどく拷問されとった。顔が腫れてて、腕も足も傷だらけで。たださえ足が悪いのに、憲兵は鬼じゃ」

怒りで声を震わせる母さんの手を、そっと握りしめる。

「早ければ来週には出てこれるっていうのも、嘘じゃ。そんなことは言われんかった」

「……辰雄と三千代を励ますために、ああ言ったん？」

「そうよ。本当のことなんてとても言えんもん」

言いながらぽろぽろ涙をこぼす。私はしっかりと肩幅のある背中を撫でた。

来週の帰宅が嘘なのは正直少し安心したけれど、他はちっとも嬉しくなかった。父さんをいじめる憲兵に、日本に、戦争に、恨みの気持ちが沸々と湧いてくる。

父さんや母さんを苦しめ、辰雄や三千代たちを飢えさせる戦争が、憎い。せめて、平成二十七年から食べ物を持ってきて辰雄たちにあげられたらいいのに。

「かあちゃーん！　瓶が倒れた！　米がこぼれた！　どうしようー」

半泣きの三千代の声を聞き、母さんが慌てて涙を拭いて、居間へ戻っていく。

台所にひとり残された私は、しばらく窓の外、日が落ちて桃色に色づいた広島の空を見ていた。この世界も未来の世界も、夕焼けの美しさは変わらない。そう思ったら一瞬だけ、声を上げて泣きたい気分になった。


灯火管制のせいで真っ暗な夜、空襲警報が地獄の獣の咆哮を思わせる響きで、空気を揺るがす。弟妹を叩き起こし、ふたりに防空頭巾をかぶせ、壕へ向かう。

「みんな、早く壕に入るんじゃ」

辰雄と三千代が小さくうなずき、母さんに肩を押され壕に入っていく。そのとき私の頭の中が引っくり返った。空が地面になり、地面が空になり、たちまち意識が薄れていく。

「どうした、千寿!!　しっかりせい!!」

私は大丈夫。ただ、今からちょっとの間、未来に行くだけ。また戻ってくる。

八月六日も、私が、いや、私と百合香さんが。必ず、あなたたちを助けるから……。

「千寿!!　返事をして!!」

母さんの涙声が、どんどん遠くなる。

私は一度、こちらで倒れている。これ以上、家族に心配をかけたくはなかったのに。

どこかで、十二時を告げる時計の音がしていた。

夜桜の記憶

原爆ドーム前で電車を降りたあと、ショーウインドウの前に立ち、あたしは何度も自分の姿を確認していた。スモークがかかった鏡のような硝子に薄く映るあたしには、手も足も顔も胴体も、全部がちゃんとある。あたりまえのことにすごくホッとして歩きだし、路上駐車をしている車のバックミラーに映る自分を見つけては、また立ち止まって顔や手をしげしげと見る。

ゲイリーがひいおじいちゃんだっていうのと同様、このこともとても千寿さんには言えない。でももし、千寿さんがあたしになった日に、身体が透けてしまったら？千寿さんがノートで何か言ってきたら、それにどう返せばいい？

平和祈念資料館の横を通り過ぎるときに、スマホをチェックすると菜穂子さんからメッセージが届いていた。すでに待ち合わせ場所の喫茶店にたどりついているという。こげ茶色をベースカラーにした大正モダン風の古めかしい喫茶店のドアを開けると、奥の席に菜穂子さんとその隣に女の人が座っている。ふたりが立ちあがり、あたしに向かって丁寧に頭を下げるので、あたしもしっかりとお辞儀した。

「今日はわざわざお時間取ってくださって、ありがとうございます」

「いえいえ、こちらこそありがとう」

「孫の藤堂美穂です。おばあちゃんの名前から、一字もらいました」

三十歳を少し過ぎたくらいだろうか、特に人目を引く感じではないけれど、色白で清潔感のある佇まいの女の人だった。一方、七十年後の菜穂子さんは、あの頃はきれいだった顔にいくつも茶色いシミが浮き出ている。

「改めて。藤堂菜穂子です。旧姓は、山岡菜穂子」

「柴本百合香です。ひいおじいちゃんの名前は、早川・ゲイリー・英男」

あたしと美穂さんが頼んだアイスコーヒーと、菜穂子さんのブレンドコーヒーが運ばれてきた。菜穂子さんはひと口コーヒーを飲んだあと、のんびりと言った。

「さて。何から話したらええもんかねえ」

「全部、知りたいです。菜穂子さんがあたしのひいおじいちゃんについて、そして亡くなった千寿さんについて、知ってること全部」

「ゲイリーはもう、口も聞けない状態なん？」

「はい、危篤で……」

「そうけ……」

菜穂子さんが長いため息をついた。

「あのとき、弟が国民学校の二年生でね。三年生からは学童疎開で田舎に避難したんじゃけど、弟はたったひとつ年が違うために、行けんでね……でも、父方の叔父が岡山にいるから、そこに縁故疎開できることになったんよ。あの日はその弟のために、挺身隊を休んで朝から宇品へ行っとった。岡山に行く前に、宇品で弟が好きな牡蠣をたくさん買ってきて、食べさせようとしたんじゃ。うちはピカの光を、船の上で見た」

千寿さんが『語る会』でどこまで聞いたか知らないけれど、あたしにはすべて初めて聞く話だった。菜穂子さんのコーヒーから白い湯気が立ちのぼっている。

「みんな、混乱しとったよ。日本が新型兵器を開発したからその実験じゃないかとか、いやアメリカが開発した新型爆弾が落とされたとか。船長さんも混乱して、とりあえず船は広島に戻ることになった。港へ戻って、街に入ったら……ひどいもんじゃったよ。映画で原爆のことを描いているものがときどきあるけれど、あんなもんと違うよ」

菜穂子さんの声が震え、じっとテーブルを見つめる目に涙が浮かぶ。

「顔が焼けただれて皮膚がべろんと見えて、真っ赤な肉を剥きだしにした人が水、水をくれってうちにすがってくるんよ。破裂した水道管があちこちにあったから、そこから水を汲んで飲ませたけれど、水を飲んだら安心したのか、それきり動かなくなった……あたり一面、お化けみたいな人間だらけじゃった。内臓が破れて腸が出ていて、それを引きずって歩く人。爆風で服が飛ばされて裸にガラスが突き刺さって、痛い痛いと悲鳴を上げる人。お母さーん、お父さーん、って誰もが誰かの名前を呼んどった。

空は真っ黒で地面からはあちこち火が吹きだして、そこはどう見ても地獄じゃった。あれから十年は夢見が悪くて、夜中に何度もあのときの夢を見て汗いっぱいかいて目が覚めたよ。今でもたまに、そういうことがあるのう……」

「千寿さんとは、どこで再会したんですか……?」

「みんな比治山のほうに避難しとったから、うちも比治山に行ったら千寿がいたんじゃ、うちの弟と一緒に。挺身隊の工場が爆心地から離れていたから、無事じゃったんよ。弟はピカの時、学校の門のすぐ近くにいて、頑丈な塀が光と爆風を防いでくれてたまたま助かったんじゃ。三人手を取り合って喜んだんじゃけど、すぐに他の家族が見つからないことが不安になった。うちは父ちゃんと母ちゃん、千寿は父ちゃんと母ちゃんと弟と妹。家と一緒に燃えてしまったんじゃないかって、三人で泣いたり、励ましたり、泣きながら励まし合ったり、そんなことをずっとしちょった」

喫茶店の店内に流れる優美な響きのバイオリンのBGMも、菜穂子さんのブレンドコーヒーから立ち上る湯気も、大正モダンな雰囲気のインテリアも、すべてが遠ざかって、菜穂子さんだけがそこにいるように思えた。

決して大昔の話じゃない。関係ないことでもない。七十年前のここ、広島で実際に起こったことなんだ。

「その日の夜になるとだいぶ火事もおさまったから、三人で家を見に行こうってことになって……ひどい有様じゃったよ。面影もなかった。一週間ぐらいしたあと、焼け跡を掘りだしたんじゃが、うちの家からはガイコツがふたつ、百合香さんの家からはガイコツが三つ見つかったよ。国民学校に行っとった三千代ちゃんだけがだいぶあとまで消息がわからなくて、うちらも希望を持っとったんじゃけど、一か月ぐらいして三千代ちゃんの同級生に出会ってね。その子が学校の瓦礫に押しつぶされて、火に巻かれて死んでいく三千代ちゃんを目の前で見とった」

そこでしばらく、間があった。七十年も前のことなのに、菜穂子さんは昨日のことのように語るから、胸が痛くなる。

「その後、三人で江波(えば)にいるうちの親戚を頼ったんじゃが、そんとき、原爆症で亡くなった人がいるとか、救援に行った兵隊さんが原爆症で倒れているとか、そんな情報が親戚のところまで広まっとってなぁ。ピカの毒にやられたもんを、うちに入れるわけにはいかんと言われた」

「ひどい……それで、三人はその後どうしたんですか……？」

「戦争に行っとる二番目のあんちゃんが帰ってくるかもしれんから、焼け跡にバラック小屋みたいなんを建てて住んだよ。瓦礫を集めてきて、ほんと、小屋って呼んでいいのかわからんようなもんじゃったけどね。それから九日して十五日になって、終戦。終戦から三日後、三次の収容所に入れられてたゲイリーが戻ってきよった。でもそんときは、千寿はもう虫の息でね……」

ずず、と菜穂子さんが涙をすすった。美穂さんが朝顔の花が描かれたハンカチを取りだし、菜穂子さんに差しだす。

「千寿は長崎に原爆が落とされた、九日頃から具合が悪くてね……最初は物を食べても吐くし、次には血を吐いて、その次は皮膚に黒い斑点ができて髪の毛がどんどん抜けよった……十五日を過ぎてからはこれで戦争が終わった、ゲイリーも戻ってくるって、弟とふたりで一生懸命千寿を励ましたんよ。看護婦の六美さん——百合香さんのひいおばあちゃんもすごく親切にしてくれよって……そんな中、やっとゲイリーが戻ってきた」

「じゃあ、千寿さんは最期のとき……ひいおじいちゃんと一緒にいられたんですね」

力強く菜穂子さんがうなずいた。

「それだけが、本当に救いじゃ。千寿は弱弱しい声で、ゲイリーの耳もとに何か言うとったよ。うちは聞いちゃいけん気がして、聞かないようにしとったけど……昭和二十年八月二十日の夜、ゲイリーとうちと六美さんに看とられて、千寿は死んだ」

「そのあとは……？」

戦後のことを聞くと、菜穂子さんは少しだけ明るい顔になる。

「六美さんが親戚に見捨てられたうちと弟と、母親が消息不明のゲイリーに、すごくよくしてくれてね。広島市の郊外にある自分の実家に呼んで、面倒を見てくれた。見ず知らずの他人やらハーフやらで、六美さんのきょうだいや親はあまりいい顔をせんかったけど、六美さんはいつもうちらの味方じゃった。しばらくして、ゲイリーのお母さんの静子さんとも病院で再会できよったしね。静子さんは当時結核で入院しとったんじゃけど、ピカのときたまたま地下室にいて助かったんじゃ。六美さんがゲイリーと静子さんと三人で東京に行ったのは、戦争の次の年よ。それからはもう百合香さんも知ってのとおり、ゲイリーは東京で成功して、大社長じゃ」

さっきまで涙に濡れていた菜穂子さんの声に、目に、力が宿る。

「百合香さんのひいおじいちゃんとひいおばあちゃんは、ひどい時代を生き抜いて幸せを掴んだ。だから百合香さんにも、ふたりに恥じない生き方をしてほしい」

「はい」

まだあたしの中でゲイリーとひいおじいちゃんはうまく同一人物として認識できていないけれど、病院のベッドの中、かろうじて息をしているひいおじいちゃんを思いだすと、菜穂子さんの言葉が身に染みた。

平和な世の中に生きるあたしたちからしたら、戦争の時代に生まれた人はひどくかわいそうに思えてしまう。でも、みんな、ただ「かわいそう」な人ってわけじゃない。それぞれにドラマがあり、思いがあり、夢や理想があった。確かにひどい時代だったけど、それを乗り越えて新たな時代を築く底力を、ひとりひとりが持っていた。かわいそうなんて上から目線の同情を投げるより、その力の素晴らしさに目を向けたい。

その日の夜の千寿さんへの伝言は、すごくすごく長くなった。

菜穂子さんに会ったこと。菜穂子さんが千寿さんと再会するまで。再会してからのこと。ゲイリーが収容所に入れられていたこと。ゲイリーと再会したこと。そして千寿さんが死んだこと。戦後の菜穂子さんたちの歩み……。

でも、本当に言いたいことは言えなかった。私たちが歴史を変えてしまったら柴本百合香が二十一世紀に存在しなくなるかもしれないことや、それを裏づけるようにあたしの身体がときどき消えていることなんて。

布団に潜っても、巡る思いは夢の中に放りこまれる直前まで途絶えない。もしあたしがちゃんと二十一世紀に生まれたいのなら、昭和二十年八月六日に広島にいるあたしは、原爆で死ぬしかない。その運命を受け入れて、歴史を曲げないで。

そもそも、そう簡単に歴史なんて変わるんだろうか？　八月六日、うまく避難できたとしても、そこから長く生きられる保証なんてない。今のところ考えている方法としては、一、防空壕に逃げる　二、地下室に逃げる　三、頑丈な塀の影に隠れる――

それぐらいしか思いついていない。きっと千寿さんもそんなところだろう。

じゃあ、あたしが原爆で死んだとして、入れ替わりはどうなるの？　あたしが死んで、千寿さんが二十一世紀で柴本百合香として生きていくの？　それも困る。

あたしだって、ちゃんとあたしの人生を生きたい。今まで通りの生活を送りたい。普通に高校へ行って普通に受験勉強して普通に大学に行って、普通に大人になりたい。

そんなことを考えている間に天井が歪み、意識がブラックアウトする。

夢の中の千寿さんは、今日もあたしに手を差し伸べてくる。あたしも手を差し出す。それが触れあうことはないとわかってはいても、もはやそれがふたりの間に交わされた、暗黙の取り決めみたいに。

白い光がはじけ、あたしの意識はものすごいスピードで時空を超える。

こんなこと、早く終わればいいのに。退屈だった日常が、今は何よりも愛しい。

＊　＊　＊

目覚めた途端、三千代のおかっぱ頭が目に入った。不安そうな瞳がこっちをじっと覗きこんでいる。壁の時計の秒針がちく、ちくと昭和二十年の時を刻んでいた。

「姉ちゃん、大丈夫……？」

「えと、三千代……これは、どういうこと……？」

いつもの寝室に布団があたしの分だけ敷かれていた。枕もとにいるのは三千代で、千寿さんの母親も辰雄も姿が見えない。というか、家全体からまるで人気が消えていて、ここにいるのは明らかに三千代とあたしだけだった。

「もしかして、覚えてないん……？」

不安げな顔に向かってためらいながらうなずき、身を起こす。

「姉ちゃん、夕べ空襲のとき倒れたんよ。みんなでどんだけ起こそうとしても起きんで……警報が終わったあと母ちゃんが医者を呼びに行ったけど、非国民一家に呼ぶ医者はないって高下に言われたって、泣いて怒りながら帰ってきよった」

「そう、だったんだ……」

当然あたしに記憶はないけれど、つまり昨日、深夜に空襲があり、そのときに〇時を迎えてしまい、入れ替わりが起こったらしい。

「お母さんと辰雄は？　家にいないの？」

三千代がいきなり涙をぽろぽろ溢れさせたので慌てた。

「三千代、何があったの!?　まさか、誰かが空襲で……」

「ううん、みんな無事。母ちゃんも辰雄も、菜穂子さんちも、みんな。でも……」

その後、幼い声がやっとのことで切れぎれの言葉を継ぎ、残酷な現実を突きつけた。

三千代を抱きしめて泣き止ませ、その手を引いて郊外の畑まで歩いた。今日も広島の街は暑く、蝉の声が鬱陶しい。だるい身体は気を抜いたら熱中症で卒倒しそうで、手のひらに伝わってくる三千代の弱弱しい力がかろうじてあたしを支えていた。

焼け焦げた畑の前に、母さんと辰雄が立っていた。火事場らしい焦げ臭さが熱気で増幅され、ムンと鼻を貫く。畑の周辺に立つ家も何軒かやられていて、焼け跡で何かを探している人たちの黒い影がむなしく動いていた。悄然としたその背中にかける言葉もなく、ましてや母さんにも辰雄にも何も言ってやれなかった。

わあ、と辰雄が泣き崩れた。泣きながら地面を叩き、行き場のない怒りを爆発させていた。母さんのほうはというと、真っ青になった唇をびくびく震わせていた。

「B29のやつ、うちの畑を焼いていきやがった」

「母さん……」

慰める言葉も見つからないまま、その肩に触れようとした瞬間、うー、と空が呻く。まもなく家々から人が飛びだしてきて、あたりは不穏な空気に満ちた。慌てて防空ずきんをかぶる人、子どもを抱えている人、なぜか湯のみを持ったままうろうろしている人。そんな中で背中を丸め泣く母さんとなすすべもなく立ち尽くすあたしたちに、おじさんとおじいさんの中間ぐらいの人が鋭い声を投げる。

「あんたら何しとるんじゃ！　早く壕に入るんじゃ!!」

　それでも突っ立っている母さんの手を引き、三千代と辰雄に背中を押してもらい、慌てて避難する。坂道のへり、崖のようになっている部分に掘られた壕に、次から次へと人が入っていった。あたしたちも飛びこもうとすると、母さんがすごい力で三人をなぎ払った。衝撃で辰雄と三千代が地面に崩れ、母さんは上を向いて叫びだした。

「戦争の馬鹿！　空襲の馬鹿!!　この馬鹿たれがーっ!!」

「母さん、やめて……!!」

「進を死なせて父ちゃんをあんな目に遭わせて、こんなひどいことをできるなんて、悪魔じゃ!!　悪魔はみんな死ねばええんじゃ!!」

「母さん!!」

　気がついたら手を振り上げていた。

　ぱん、と乾いた音が響き渡り、母さんが呆けた顔であたしを見ている。

　すぐに罪悪感が込みあげてきた。子どもが親を殴るなんて――。

「ごめんなさい、母さん……でも……でも、駄目だよ。今は辛抱するしかないんだよ……お願いだから早く壕に避難して。母さんまで爆弾に当たったら、残されたあたしたちはどうすればいいの？　兄さんが死んで父さんもいなくて、そんなときに……」

　涙で視界が歪む中、母さんの温もりがあたしを包む。

「ごめんな、ごめんな千寿。母ちゃんが阿呆じゃったな……」

鳴りやまないサイレンの中、あたしたちは壕に飛びこんだ。

とっくに知っていたことだけど。よくわかっていたことだけど。

戦争は、すべてを奪っていく。家族を、家を、豊かさを、若さを、青春を、食べ物を、家族を、命を、あたりまえのことがあたりまえにある幸せを。

「千寿。戦争が終わったら、あんたら若いもんは気をつけなきゃあかんよ。二度とこんなことが起こらん世の中にするんよ」

涙にかすれた声で母さんが言う。あたしも泣きながら、はっきりうなずいた。

長かった空襲警報がようやく鳴りやみ、四人で家路を目指した。誰も、何も、しゃべらなかった。母さんは疲れ果てた顔をしていて、辰雄はいつもの元気をなくし、三千代はずっと俯いている。兄さんが死んだことも父さんが連れていかれたことも畑がなくなったことも、あたしたちからすっかり気力を奪っていた。

「お前ら」

背中から低い声をかけられ、振り返る。憲兵がこっちを睨みつけていた。

「何の用ですか」

自然、反抗的な声を出していた。憲兵が一瞬眉をひそめたあと、硬く強い声で言う。

「最近、このあたりで外国人を見たという情報があってな。お前らは知らないか」

「知らないですよ」

　すぐにゲイリーのことだと察し、否定した。母さんも知らん、と短く言って、辰雄と三千代も首を振る。それでも憲兵の追及は厳しい。

「本当か。外国人のスパイだと知って、かくまっているんじゃないのか」

「なんであたしたちがそんなことしなきゃいけないいんですか!!」

「なんせお前たちは非国民一家だからな。何を考えてるかわからん」

　あたしは俯いた。こんな奴をじっと見ているより、下を向いたほうがまし。

「まぁ、とにかく、本当に知らないんだな。でも、見かけたらすぐ知らせるように」

　それだけ言って憲兵は去っていった。

　今頃ゲイリーは何をしてるんだろう。

　無性に会いたくなった。会って、抱きしめて、抱きしめられたかった。


　こつこつ、寝室の窓を外から叩く音がする。壁の時計は夜十一時を回っていた。

「こんばんは、千寿」

　夜風の中、浴衣の袂を翻して微笑むゲイリーの姿に、この前のキスを思いだして、つい態度がそっけなくなる。

「こんな時間に、何」

「ちょっと今、出てこられない？　千寿を連れていきたい場所があるんだ」

「連れていくって……これから？」

「昼間は僕、外に出られないもの」

ゲイリーはいつもどおりふんわり笑うから、変に意識していた自分が馬鹿らしくなる。

足音を立てないようにして廊下を歩き、静かに外に出る。待っていたゲイリーに手を引かれ、真っ暗な街を歩きだす。

「今日、憲兵に聞かれた。このへんで外国人を見かけたって情報があるって……」

言いながらゲイリーが収容所に連れていかれ、原爆を免れたことを思いだして黙りこむ。ゲイリーが連れていかれるのはいやだ。でもそれが結果的にゲイリーを救うことになるのなら、あたしが歴史を変えちゃいけない。

「大丈夫だよ、見つからなければ。この時間なら憲兵もほとんど歩いてないしね」

「ねぇ、どこまで歩くの？　だいぶ遠くまで来たけど……」

「もうちょっとだよ」

やがてあたりは市街地を抜け、枝ぶりの立派な木々と日光をいっぱいに浴びてすくすく育った雑草と、白いドクダミの花だらけになる。ここ、比治山には戦争の悲惨な現実を思い知らされるものはひとつもなく、ただ草木が風に揺れて葉がこすれる音と虫の音と植物たちの青臭い匂いだけがあった。

「うわぁ……」

思わず声を上げていた。

排気ガスやスモッグに汚されていないこの時代の空は、星の数が凄まじい。でも、この美しい空が真っ黒なキノコ雲に閉ざされてしまうことを、あたしは知ってる。

無数の星の輝きと、その真ん中で神々しくきらめいている満月に近づきつつある月と、ゲイリーの笑顔と。すべてが美しすぎて、感動していた。あたしにこれを見せるため、わさわざ夜中にやってきてくれたゲイリー。その優しさが嬉しい。たとえそれが千寿さんに向けられたものであっても。

「千寿、覚えてる？」

「覚えてるって、何を」

「何を、じゃないよ。春だって、ここに来たじゃないか、夜桜を見に。満月が桜を照らしてて、ぼうっと浮かび上がる花と君の横顔が、すごく綺麗だった」

そんなことがあったなんて、もちろん知らなかった。

千寿さんとゲイリーの秘密を突きつけられて、少し切なくなる。あたりまえだけど、千寿さんはあたしよりずっと、あたしの知らないゲイリーの姿を知っていて、ふたりには共有する思い出がたくさんあるんだ。

もともとゲイリーは千寿さんのものなのに。だいたいこの人は——未だに全然実感湧かないけれど——あたしのひいおじいちゃんなのに。

「……やっぱり、違うね」

ゲイリーの声が硬い響きをおびた。

「ここなら、本当のこと言ってくれると思ったから、連れて来たんだよ」

「……どういうこと?」

「もういいよ。隠さなくて」

ふわっと風が吹いて、いやな予感がふくれあがり、寝間着の袂を持ち上げる。

「君は、千寿じゃないね……?」

夏音ちゃん

いつも目覚まし時計が鳴る前に目覚めることが多かったけど、今日に限っては百合香さんの身体が疲れていたのか、お母さんに起こされるまで目が覚めなかった。

「早く起きて、支度しちゃいなさい。お昼の新幹線に乗るから」

「今日、帰るの？」

「ひいおじいちゃん、持ち直してきたみたいだからね」

「よかった」

「ときどき意識がハッキリして、帰りたいってしきりに言うのよ。だから、なんとか最期をこの家で過ごさせてあげられないかって、今お医者さんと相談しているところ」

「そうなんだ……」

機会がなかったけど、百合香さんのひいおじいちゃん、私も会っておきたかったな。八十八歳ってことは、今の菜穂子よりひとつ年上。私とも同世代だ。

着替えながら百合香さんの伝言がしたためられた帳面を見る。今日の連絡事項はかなり細かい。百合香さんが菜穂子から聞いた話がほとんどそっくりそのまま、書かれていた。朗報はゲイリーも静子さんも無事でいたこと。収容所はひどいところかもしれないけれど、そこにいたおかげで生き残れるなら、その歴史は曲げちゃいけない。

「百合香、勉強はいいから。早く支度して」

お母さんに言われ、着替える手が止まっていることに気づく。帳面を閉じ、ぱたぱたと支度をした。

スマホを見ると、瑠璃さんからメッセージが届いていた。

『今夜なのですが、渋谷で私たちグループのミーティングがあります。この前一緒にいたなっちゃんも来ます。百合香さんはまだ広島でしょうか？　もしこちらに帰ってきてくれているなら、参加してほしいと思います』

まったく迷わずに、行きます、と返事をした。


道に迷いながらやっと集合場所にたどりついたので、会議には大遅刻。遅れると伝言を入れておいた瑠璃さんは、私の顔を見た途端ホッと口もとを緩めた。

「ごめんね、わかりづらい場所指定しちゃって」

「いえ、私が方向音痴なだけで……すっかり遅くなっちゃって、ごめんなさい」

ファミレスの一角にその集団は陣取っていた。瑠璃さんと、夏音ちゃん、その他男女四人。うちふたりは初めて見る顔だった。瑠璃さんによれば、全体では二十人くらい、たまにビラ配りをする人まで含めれば、四十人くらいが活動しているらしい。

「今、テレビ取材のことについて話してたんだけど。お昼のニュースの特集コーナーでね。私たちの活動について知ってもらうにはいい機会だけど、テレビに顔が出るの、いやっていう人もいるでしょう」

「ちなみにわたしは断りました」

夏音ちゃんがジュースのストローから口を離して言う。

「百合香さんは、大丈夫？　夏音ちゃんが出たくないっていうから、最年少メンバーってことでインタビューされるかもしれないけれど」

「私は大丈夫ですけれど……でも、私が最年少に見えますかね？　どう見ても、夏音ちゃんのほうが年下じゃないですか」

「どうせ未だに中学生に間違えられますよ」

化粧っ気のない顔で跳ねのけるように言われ、うっと言葉に詰まった。

「大丈夫だよ、童顔の女子大生ってことにすれば」

今日初めて見る女の子が言って、みんなも一緒に笑った。

「百合香さん、広島はどうだった？」

「時間があったんで、初めて原爆資料館に行ったんです。あれ、すごいですよね」

「私も中学のとき、修学旅行で行ったことある。怖いけど、あれはあれで必要だよね」

ここでは、原爆や戦争の話をしても弘道くんのときみたいにうざがられたりしない。

「知ってる？『はだしのゲン』が一部の図書館で貸し出し禁止になったって話」

瑠璃さんに聞かれ、首を振る。広島の原爆をテーマにしたそういうマンガがあることは知っていたけれど、貸し出し禁止ってどういうこと？

「原爆の描写がリアルで、子どもが怖がる、情操教育としてよくないって意見があってね。私はそうは思わないし、必要なものだと思うけれど……」

「あと、描かれている反戦メッセージ、思想が左的だからっていうのもあるみたいですけどね。戦争のことを考え、伝えるのは、ややこしいですね」

瑠璃さんが、そして夏音ちゃんが言う。

「でも、私はああいうものは必要だと思うな。だって、なかなかあの時代に生きた人に、戦争のことを話してくださいって、言いづらいじゃない？　だからこそ、あの時代に生きた人たちの思いを代弁する、マンガとか映画とか、百合香さんが見て来た原爆資料館が必要なんだと思う。特にこれから、戦争を経験した世代がどんどん高齢化して、亡くなっていくものね」

賑わうファミレスの中、私たちのテーブルだけが違う空気感をかもしだしていた。

気がついたら二十一時半を過ぎていて、瑠璃さんが慌てて私と夏音ちゃんを帰した。

「ごめんね、夜遅くまで。まっすぐ家に帰ってね」

駅まで見送ってくれた瑠璃さんと別れ、私と夏音ちゃんは歩きだす。渋谷駅の人ごみはものすごい。人と人との間を慎重にすり抜けながら、ふたり肩を並べて歩く。

「夏音ちゃんは、なんでこの活動に参加することにしたん？」

夏音ちゃんは大きな眼鏡の奥の目で前を睨んだまま、私と目を合わさずに言った。

「百合香さんと同じですよ。渋谷駅前で演説してるのを見て、瑠璃さんからビラもらって……私、たぶんちょっとおかしいんですよね」

「おかしいって？」

ようやく少しだけ心を開いてくれた気がして、問いかけていた。しばらく黙りこんだあと、ぽつりぽつりと夏音ちゃんは言った。

「だって、学校も家もつまんないし……周りではしゃいでいる子みんなが、馬鹿に見えてしょうがないし……百合香さんみたいなタイプが、私、嫌いなんですよ」

「私みたいなタイプ？」

「スクールカーストの上位グループ。化粧してスカート短くして、普通に彼氏いて、未成年なのにキスとかそれ以上のこともやってて、それができない人を見下す」

「……別に見下しては、いないよ」

また夏音ちゃんが黙る。すれ違った背広姿の男性が、大声で電話していた。

「見下すんでよ、普通、そういう人たちは。私は中学んときはずっと、そういう子たちにいじめられてたんで」

「いじめって……」

「まぁ、別にたいしたことはされてないですよ。上ばき隠されるとか、その程度」

「それだって、立派ないじめよ」

家と学校を往復する日々、それが世界のすべて。そんな、この時代の十代の女の子にとっていじめられることがどういうことか、私にだって想像がつく。

「とにかく。今の私の居場所は、図書室と瑠璃さんのところなんです。だから、百合香さんにも真剣にやってもらわないと困る」

「私、真剣よ」

「じゃあ、もっとちゃんと勉強してきてくださいよ」

夏音ちゃんがふっと足を止めた。

「私、山手線なんで。これで失礼します。じゃ」

「じゃあね」

言葉はきつくても、ちゃんと深いお辞儀を一回してから、くるりと背を向ける。その律儀さが素敵だと思った。

別れ

満天の星の下でじっと、あたしたちは見つめあっていた。桜の木たちがさらさらと葉ずれの音を立てている。

ゲイリーのまっすぐな瞳から逃げられる場所は、どこにもない。

「僕の知ってる千寿は、ほっぺたにだってキスしてこなかった。僕にキスした千寿は、千寿じゃない。今の君は、キスしてきたほうの千寿なんじゃないの？」

「は、何言って――」

「誤魔化しても無駄だよ、見ているだけでわかるんだよ。ときどき千寿の顔なのに、中に違う誰かがいるって。まるで表情が変わる。君は文字どおり、別人になるんだ」

「何言ってんの、そんな馬鹿な」

「僕だって未だに信じられないよ!!」

ゲイリーが初めて感情をむきだしにした。あたしは怒鳴り声に後ずさる。綺麗な形の唇がはぁとため息をして、細い首のところで喉仏がひとつ、大きく波打った。

「どうして、本当のこと言ってくれないの？」

「……言ったら何か変わるの!?　ゲイリーはあたしを助けてくれるの!?」

グレーの目は確かに千寿さんじゃなくて、あたしを見ている。異質なものに向けられる瞳に、きゅっと胸の奥が縮む。

「あたしにも千寿さんにも、どうにもできないことなんだよ！　助けられないなら、ほうっておいてよ！　ゲイリーにできることなんて、何もないんだから‼」

ゲイリーは黙っていた。あたしの名前を呼ぶことさえ、しない。当然だ。千寿さんの代わりにこの身体に入っているあたしの名前を、ゲイリーは知らないんだから。

気がついたら走りだしていた。ゲイリーに微笑みかけられることなく、「知らない人」として見つめられるのに、これ以上、耐えられなかった。

転がり落ちるようにして比治山を駆け下りるけど、途中でドクン、と心臓がふくれあがってその場に崩れ落ちてしまう。今夜も起こった。入れ替わりの瞬間が。

ドクン、ドクンとあたしを追いかけてくるような心臓の鼓動。世界が何度も反転して、意識が消える。

どうしよう千寿さん。あなたの婚約者に、ゲイリーに、バレちゃったよ……。

当然、そう告げられることもなく、今夜もあたしは自分の身体に戻っていく。

ミーン、ミーンと、蝉たちが短い命をふり絞って泣き喚く朝、国民学校高等科ぐらいだろう、男の子たちがバラバラになった家から屋根瓦とか柱とか、ひとつひとつのパーツを取りだし、運ぶ作業をしていた。栄養失調の痩せた身体にはきつい仕事だろうが、みんな額の汗をぬぐいつつ、文句ひとつ漏らさず、黙々と作業をしている。

これは建物疎開と言って、広島だけではなく戦時下の日本のあちこちで行われていた、空襲の際に火が燃え広がらないよう、建物を崩して空き地を作る作業だ。

「あの家に住んでる人は、どうなったんだろうね」

挺身隊へ行く道すがら、隣を歩く菜穂子に言う。菜穂子はあまり興味のなさそうな返事をした。

「さぁ。どこかへ引っ越したんでしょ」

「そんなに簡単に、引っ越し先って見つかるものなの？」

「わかんないけど、何とかするしかないやん、自分の力で」

本当にそうだなと苦笑してしまって、そして、でもやっぱりさっきの家の人、無事に引っ越し先が見つかってほしいなと、他人事ながら本気で願った。

ゲイリーに比治山で問い詰められた、あの日から約一週間。今日は昭和二十年七月二十九日。入れ替わりは未だ「正常に」続いている。あの夜、比治山で倒れてしまったあたしは、ゲイリーに抱きかかえられ、家に戻ったらしい。

ゲイリーとはそれ以来、会っていない。でも彼は相変わらず挺身隊の帰り道、いつもの場所であたしを呼ぶから、走って素通りしていた。ゲイリーにキスしたこともゲイリーにバレてしまったことも千寿さんには言えていなくて、でも千寿さんは何も伝言に書いてこないので、きっとうまくやっているのだと思う。ゲイリーもあたしの日と、千寿さんの日とでは、接し方を変えているのかもしれない。

ふたりの関係がこのままでよいわけはないけれど、今大事なのはとにかく生き残ること。ゲイリーは収容所に連れていかれるから、何とかなる。問題は千寿さんの中にいるあたしと、千寿さんの家族だ。

ノートで何度も千寿さんとやりとりし、平成二十七年にいる日は八月六日のことを調べてはいるけれど、結論は出ていない。時間がないのに解決策は見つからず、日々焦りが募っていく。

それに心配なのは、平成二十七年に行くたび、柴本百合香の身体が消えてしまうことだ。化粧しようとして鏡を覗きこんだら何も映らなかったり、ご飯を食べているときにお箸とお茶碗を持つ両手が消えていたり、恐怖現象はどんどんひどくなっている。幸い、あたし以外の人には見えていないみたいだし、千寿さんのときにはこの現象は起こらないのか、千寿さんがノートで何か言ってくることもない。とはいえ、これってつまり歴史は変わる、過去に行ったあたしがうまいことやって、生き延びて、ゲイリーと結婚しておばあちゃんもお母さんもあたしも生まれない、――そんな、あたしが知らない別の未来ができてしまうって証拠なんじゃないか。

いったい、あたしはどうすればいいんだろう。

歴史を変えることなく、平成の世に柴本百合香が存在する世界を作るのか——ただし、柴本百合香として生きるのは入れ替わった栗栖千寿の可能性がある——。あるいは、千寿さんと結託して歴史を変えて生き延びて、ただし平成二十七年に柴本百合香が存在しない世界を作るのか——。

どちらを選んでも、ふたりいっぺんに助かることはできないみたいだ。

その日挺身隊から帰ってくると、玄関の引き戸を開けた途端、辰雄と三千代の笑い声がした。家の中の雰囲気が朝までと違って一気に明るくなっていることに気づき、もしやの思いに駆られ、居間まで走る。

父さんが畳に座り、膝の上に辰雄をのせていた。顔には青紫のアザがいくつもでき、目には眼帯をしている。けれど、その笑顔は変わらない。

「おう、千寿、帰ったか」

「父さん……」

戻ってこられちゃったんだ。原爆が落ちる前に。

そう思った途端、脚の力が抜けて、ぺたんと畳に座りこんでしまう。連れていかれたときはあたしだって悲しかったけど、今ではなんとか八月六日過ぎまで捕まっていて、被爆しないでいてくれたらって思ってた。

「なんじゃ、姉ちゃん。父ちゃんが戻ってきて嬉しくないんかー?」

辰雄に顔を覗きこまれ、何も知らない無邪気な目に、言葉が見つからない。

「嬉しいよ。嬉しいけど、でも……」

「そりゃ、鬼みたいな父ちゃんがいないほうがええもんなぁ」

母さんもそんなことを言いながら居間に入ってくる。お盆の上には、水を入れた湯(ゆ)呑(の)みが五つ。ただの水でも今は美味しく感じられるらしく、辰雄と三千代は嬉しそうに飲んでいる。

「そんなことない。そんなことない、けど……」

水をこくっと一口飲むと、父さんと目が合った。

「千寿、お前この間また倒れてんじゃってなぁ。母さんから聞いたぞ」

「うん……でも大丈夫よ、別に。健康だから」

「ならええが、無理はいかんぞ。進が死んで、その上、千寿にまで何かあったら、父ちゃん、悲しすぎて死んでしまうわ」

「そんなこと言わないで」

じんわり涙が溢れてきて、たちまち頬を流れてゆく。慌てて涙をぬぐう手を父さんが取り、両手でぎゅっと握ってくれた。

家族がふたつある、というのは大事なものがふたつあるということ。大事なものが二倍あるというのは素晴らしいけれど、失うつらさも二倍だ。

絶対に失いたくない、みんなで生き残りたい。


涙に気力が吸い取られてしまったのか、布団に入ったらすぐに睡魔が襲ってきて、気がついたら目の前にあたしの身体に入った千寿さんがいた。何か言いたげな、問い詰めるような顔であたしを見つめている。平成二十七年で何かあったのか。

何ひとつ聞くことができないままに、差し伸べた手の間から真っ白い光が溢れる。目を焼きそうな強い光の中、あたしはそれでも千寿さんを探していた。

千寿さんにちゃんと話したい。顔を見ながら話したい。

今なら、言えそうだから。秘密にしているいろんなこと全部。

＊　＊　＊

渋谷駅の構内を歩いてる間、壁の鏡に自分の姿が映ってないことに気づいてハッと立ち止まると、後ろから来た人とぶつかりそうになった。慌ててごめんなさいを言うけれど、その人はむっつり黙ったまま、不機嫌そうに歩いていく。

鏡の中の自分を改めて確認する。頭、首、腕、胴、足。どこを取っても、ちゃんとある。下半身を見下ろして確認すれば、幽霊のように透けてもいない。

　さっきのは何だったんだろう。本当に身体が消えていたのか、それとも恐怖に駆られた脳が恐ろしい幻を見せていたのか。このところ、どんどん「消える」ことが多くなっている気がする。それはあたしと千寿さんが未来を変えてしまって、あたしがこの時代に生まれなくなることを意味している？　そしてそうなったとき、栗栖千寿として生きていくのはどっちなんだろう。あたしなのか、千寿さんなのか。

　でも、ゆっくり思いを巡らす暇なんてない。待ち合わせの時刻が近づいていた。

「あら、百合香さん。今日はいつもと違う感じね？」

　瑠璃さんに会った途端、そう言われた。中学生の頃に買った、今はほとんど着ていない白いワンピースのせいらしい。

「今日、テレビが来る日ですよね？　いつもよりちゃんとした恰好、したくて」

「あら、いいのに。百合香さんは百合香さんで」

　すでにいつものメンバーはハチ公前に集合していて、まもなくビラ配りと演説が始まる。炎天下の中、日焼け止めスプレーを何度も塗り直しながら、道ゆく人にビラを撒いた。瑠璃さんは一見おとなしそうで控えめな雰囲気なのに、話がすごくうまい。

　でも、渋谷にいる人たちは忙しいのか、世の中に関心がないのか、その両方か、足を止めてくれる人があんまりいない。

そんなあたしたちをずっと、テレビカメラが見ていた。まだビラ配りに馴れていない上、レンズを向けられると変に緊張してしまって、汗が額に噴きだし、額から目へ、目尻を伝って頬へと流れる。マスカラをウォータープルーフにしてきてよかった。

「君はまだ高校生なんだってね。どうしてこの活動に参加しようと思ったの？　高二の夏休みなんて、一番遊びたいときなんじゃない？」

渋谷のハチ公前、待ち合わせの人たちにじろじろ見られながらインタビュー。メガネ姿の男の人があたしにマイクを突きだす。

「あたしは……そんな、きちんとした理由なんかないです。ただ、その、あの時代にしんどい思いをした日本人がたくさんいて、日本人に苦しめられた外国の人たちもたくさんいて。そういうことを知って、自分に何かできるんじゃないかって、思っただけで」

一発オーケーが出て、ふうと息をつく。

「百合香ちゃんだっけ。よかったよ、君のインタビュー」

「ありがとうございます」

テレビ局の人に褒められてしまった。みんなの輪の中に戻ると、夏音ちゃんが声をかけてくる。

「よくあんなことできますよね。いいな、かわいい人は」

「何、それ。あたしだって、メイクしたり髪巻いたり努力してんだよ。夏音ちゃんもメイクしてみる？　教えたげるよ？」

「いいですよ。私なんか小細工したって、元が悪いんだからブスのままです」

「そんなことないって」

それでもそっと頬を包みこむように触れる夏音ちゃんが、なんだかかわいかった。


いつも降りる最寄り駅で、いつもと違う南口から出た。いつのまにか私の足は、弘道とよく来ていた喫茶店を目指していた。

「いらっしゃいませ」

顔なじみの店員さんがあたしを見て目を細め、あたしは小さく会釈する。店内はガラガラで、喫煙席におばあちゃん二人組が、カウンター席に男の子がひとり、いるだけだった。ふいに男の子がこちらを向いた。

「あ」

声が重なった。弘道がびっくりしてあたしを見ている。

ここで喧嘩し別れしてしまったあの日から、弘道とは一度も会ってない。連絡は来ないし、だからってこちらからもどう切りだしたらいいのかわからなかった。

目が合ってしまった以上、おいそれとは逃げだすわけにもいかなくて、弘道の隣に座った。店員さんにコーヒーを注文する。言いたいことはたくさんあるはずなのに、いざこうなると、何も言えない。

弘道の手もとには英語の教科書とノートが広げてあった。私は思わず口を開けた。

「弘道、宿題やってたの？」

「あぁ。家より集中できるし」

「まぁ、弘道だったらどこで勉強しても成果出るよね。頭いいし」

昨日の続きみたいな会話になって、固い心が自然とほぐれていく。

カフェが閉店になると、弘道とふたり、オレンジからペールブルーがグラデーションになっている空の下を、ゆっくり歩いた。コツンコツンとあたしのミュールの音が高く響く。駅に向かいながら、弘道が言った。

「お前、最近渋谷の駅前でビラ配りしてんだって？」

「何で知ってるの」

「白崎たちから聞いた」

そう、と小さく首を振りながら、弘道にまで瑠璃さんたちといることを否定されるんじゃないかと、ようやくやわらかくなっていた心がまた怯んだ。

「あたし、ひどいのかな。沙有美と莉子と、弘道まで失っても。それでも、いいって思ってるんだ。それが自分がやりたいことのためなら、仕方ないって」

横から弘道の視線を感じ、俯いてミュールのつま先をじっと見ていた。

「七十年前、戦争があって、傷つき苦しんで死んでいった人がたくさんいた。残された人もどん底に突き落とされた。そう思ったら、いてもたってもいられなくなった。あたしもできる範囲で、平和を守りたい、今よりももっと平和で、みんなが幸せな世界になったらいいなって。本当にそう、思ったの」

「お前、変わったな」

弘道の声は怒ってはいなかった。

「変わった？　どこがどう？」

「俺が知ってるお前は、自分が一番かわいい奴だった。他人のことなんて興味なくて」

「何それ。前のあたしは、弘道の目にそんなにひどい女に映ってたの？」

「俺だって、そうだ。自分がかわいいもん同士。だから俺たち、うまくいってたんだ」

前方から自転車を漕ぐ大学生ぐらいの男の子たちがやってきて、弘道がさりげなく道を譲る。ふたりの身体が少しだけ近づいて、ドキリとした。

あたしはまだ、弘道が好きなんだ。ゲイリーにどうしようもなく惹かれている自分を認めつつも、弘道への思いがなくなったわけじゃないんだ。

「あたしら、もう、無理なのかな？　前みたいには、戻れない？」

肩が触れあいそうな距離で、弘道がつぶやくように言った。

「俺は、今でも百合香が好きだよ」

「あたしだって好きだよ」

戦時中に行ってよくわかった。人を好きになること、心にそんな幸せを入れる隙間があること。それがどれだけすごいことかって。恋をするって素晴らしいんだって。

「今の百合香は、俺よりも遥かに高い所にいるよ。俺とはいる場所が違う。このまま無理にまた付き合っても、きっとうまくいかない」

話しているうちに駅に着いていた。改札の前でふたり立ち止まり、向かいあう。ゲイリーに比べれば全然恰好よくなくて、背も高くなくて、それでも大好きな弘道。

「じゃあな」

たっぷり数十秒の間があったあと、弘道はそう言った。太い眉の下の大好きな瞳が、苦しそうにあたしを見つめていた。

「じゃあね」

お互い踵（きびす）を返し、帰っていく。違う家へと。駅前商店街を抜け、住宅街に入る頃にはあたしはぼろぼろ泣いていた。すれ違う人に涙を見られたくなくて、俯いた。

あたしは何があってもこれからずっと、死ぬまで一生、弘道が好きだ。

諦めないこと

配給で配られる玄米やコッペパン、代用食のほとんどはあんまりおいしくない、というかはっきり言って、まずい。一度平成二十七年の飽食の時代を経験してしまうと、積極的に口に入れたいとは思えないものばかり。それでも食べないと生命を維持できないから、どうにかして噛み砕いて飲みこんでぺたんこのお腹を満たす。

「あーあ。いっぺんでいいから、真っ白い米粒ばっかりの飯をたっぷり食ってみたいのう。日本が戦争に勝てば、白い飯が食えるじゃろうか」

そう言う辰雄に向かって父さんが何か言おうとしたが、ウ――――という悲鳴みたいなサイレンの音にかき消されてしまう。

「辰雄、ちゃんと防空ずきんをかぶらないかんよ」

母さんの言葉に、辰雄が口をとがらせる。

「えー。だって、暑いんじゃもん」

「暑くてもかぶるんじゃ。もし爆弾が落ちたらどうするんじゃ」

「爆弾なんてどうせ、落ちてこないやんけ」

そんな辰雄の頭を父さんがゴツンと殴った。子どもだけじゃなく、大人たちもうんざりした顔だ。無理もない。このところ、毎日のように空襲警報のサイレンが鳴るけれど、広島市中心部であるこのあたりにはいっこうに爆撃がないのだ。

この暑い中、避難するのも面倒くさくてしょうがない。そんな両親の姿に、史実を重ねあわせる。私が平成二十七年で知った歴史と、まったく同じだ。原爆投下前の広島は、不気味なほど爆撃がなかったこと。それを怪しむ人と楽観視する人に別れ、一般の人々の間にも不穏な噂が流れていた。

「呉に住んでた甥と姪が、亡くなったんよ。次は広島かと思うと、寒気がするわ」

挺身隊のお昼休み、お弁当を食べ終わったばかりの透子が話している。私と菜穂子は、近くでそれを聞いていた。

「そんな怖がることないじゃろ。広島にはアメリカからの移民がたくさんおるんじゃ。敵も広島と京都には爆弾を落とせんのよ」

「そうじゃそうじゃ。広島には呉と違うて、大きな工場もないしのう」

未来で資料を読んだから、私は知っている。実際には広島には宣教師として来ていた外国人が数人いただけなのだ。いつの間にこんな噂が広まってしまうんだろう。

「ねぇ。菜穂子は本当のところ、どう思う？」

麦と豆の混ぜご飯をごっくんと無理やり飲みこんでから、私は菜穂子の耳もとに口を寄せて言う。

「日本は本当に、戦争に勝てるんじゃろうか」

「千寿は負けるって思っとるの？」

こんなことは大っぴらに言えるものじゃない。さらに菜穂子の耳に口を近づけた。

「だって、こんなときよ。毎日空襲警報が鳴るし、鍋からなんから、鉄でできたもんは全部持ってかれるし、月のもののときに使う紙や脱脂綿も足りないし、ひもじいし。こんな状況で、ラジオがいつも日本は勝っとる、勝っとるなんて、それを鵜呑みにはできんよ。みんなもそれをわかっとるんと違うの？」

こそこそ言っている私のすぐ隣で、菜穂子が困ったような悲しいような、微妙な顔をしていた。

「正直ね。うちは別に、どっちでもええんよ」

「どっちでもええ？」

「日本が戦争に勝とうが負けようが、どっちでもええの。ただ、早く終わってほしい。それだけじゃ。もう、こんなことはこりごりじゃ」

親友が初めて大事なことを打ち明けてくれた気がして、胸が高鳴った。菜穂子は箸を止めて、天井の端っこのあたりを見上げながら言う。

「だって、戦争が終わったらきっと、楽しいこといっぱいできるよ？」

「楽しいことって、たとえば何？」

「いっぱいあるじゃろ、モガ風に着飾ったり、映画を観たりあいすくりーむを食べたり。あとは恋をしたり」

「恋、ねぇ」

ゲイリーのことは菜穂子にさえ言えてないけれど、私は菜穂子の初恋の人を知っている。国民学校で同学年だったその男の子はしょっちゅう菜穂子に意地悪をしていて、菜穂子のほうは怒りながらも意地悪されるのを本気で嫌がってはいなくて、他の男子に校庭に相合傘を書かれたときは、真っ赤になって照れながら必死で消していた。

その男の子は今年の春、出征した。その前の日に菜穂子と会ったらしいけど、どんな会話が交わされたのか、私はまだ聞いていない。自分から聞くことも憚られた。菜穂子が自分から話してくれるまで、何年でも待つつもりだった。

「私たち、まだ十七歳じゃろ。こんな若さで戦争で死ぬなんて、馬鹿ばかしいわ」

「ちょ、菜穂子、声が大きい……」

そう言うと、菜穂子も私の耳に唇を近づけてくる。

「私たち、なんとしてでも生きるんじゃ。生きて、生きて、生き延びて、楽しいこといっぱいいするんじゃ。灰色の青春のまんまじゃいかんよ」

「……菜穂子は、すごいね」

え、と菜穂子が小さく言った。

「こんなときでも、夢見ることをやめないんね。幸せになることを、諦めないんね」

七十年後に会った菜穂子の姿が、今の菜穂子と重なる。老いの波には抗えなくても、瞳に宿った光の強さは消えていなかった。

菜穂子は本当にすごい。空襲の恐怖に晒され、命がけの仕事を強いられ、大切な人を奪われ、毎日がひもじくてたまらなくても、希望を捨てない強さを持っている。こんな日本人がいたからこそ、七十年後の日本はあんなに見事な復興を遂げ、平和で豊かな世の中を実現しているんだ。

挺身隊の帰り道、夕空を眺めながら日ごとに少しずつ少しずつ、季節が移ろいゆくのを感じる。ちょっと前なら七時半頃まで明るかったのに、今は六時台でも東の空から夜が押し寄せてきていた。

「千寿」

久しぶりにその声に呼ばれる。ゲイリーが家と家の間、ほんの小さな隙間に隠れて立っていた。素早く私に手招きをする。

「千寿、こっちだ」

ゲイリーの顔を見るのは久しぶりで、自然と笑みがこぼれてしまう。昨日は百合香さんの日だったし、その前は会えなくて、その前の日は百合香さん、その前の前の日もやっぱり会えなかった。今までこんなことはなかったので、百合香さんのときに喧嘩でもしたのかと疑ったけれど、百合香さんが伝言で何も言ってこないので、私から百合香さんに聞くこともできずにいた。

「ゲイリー、久しぶりやね。静子さんは元気？」

「元気だよ。今朝も手紙来たし」

ゲイリーは私のほうを見ないで言った。やはり何かあるのかと思ってきゅっと身体全体に緊張が走る。百合香さん、ゲイリーと喧嘩したの？

さらさらと風が吹いて金木犀の梢が涼しげな音を立てた。そこで初めて、ゲイリーが私を見る。真剣な瞳に心臓を鷲掴みにされたような気分になる。

「昨日の君は、僕の顔を見た途端逃げた。その前の前の日もだ」

「…………」

「僕はわかってるんだよ。一日ごと、だ。一日ごとに、君は別人になる。昨日の君は別人で、その前に会った千寿は千寿だった。わかるよ。姿かたちは同じでも、言葉や表情が変わるんだから」

私は反射的にゲイリーから目をそらした。灰色の瞳が追いかけてくる。

ゲイリーに気づかれてるなんて思わなかった。百合香さんは知ってたんだろうか。だからこのところ、入れ替わりのとき困った顔をしていたんだろうか。それなら、どうしてそんな大事なことを私に伝えてこない……!?

「ゲイリーには関係ないことじゃけ」

それを言うのが、やっとだった。ゲイリーは当然、まったく納得してくれない。

「ほら、それ。別人になってるときの君はじゃけ、なんて使わない。綺麗な東京弁になる。いったいなんで、僕に相談してくれないの!?」

「……夕食の手伝いせないかんけ、また明日」

「ほら、またそうやって逃げる。悲しいよ。僕のこと、そんなに信頼できない?」

必死に走ってゲイリーから逃げ、家に飛びこんだ。玄関の上がり框の前でなんとか息を整えようとしたけれど、心臓はバクバクとうるさいままだ。家の中に人の気配はなく、そのことが不幸中の幸いに思えた。

確かにこれは、なかなか言えないかもしれない。もうひとりの自分にさえ。


部屋の中は暑いはずなのにむしろ寒気がして、何かから身を守るみたいに頭から布団をかぶって、思いきり強く目をつぶって眠りが訪れるのを待った。でも、眠れなかった。壁の時計は十二時二十五分前を差している。私はそろりと布団から這いだし、辰雄と三千代を起こさないよう足音をしのばせて歩いた。

居間の押し入れの中には裁縫で使う布がまとめて仕舞ってある。その中からこれは他に使うことはないだろうな、と思われる小さな端切れを選んで縫いあわせた。

「なんじゃ。その小さい袋は」

まだ起きていた父さんが仕事場から出てきた。私は縫物の手を休めずに答える。

「お守りじゃ」

「誰のお守りじゃ」

「ゲイリーの。私がしてやれることは、これぐらいしかないんじゃ」

父さんはしばらく居間の入り口に佇んでいたあと、足を引きずりながらゆっくり仕事場に戻っていって、そしてまた私のところへ歩み寄ってきた。

「これを入れるとええ」

父さんから渡されたのは時計のぜんまい。だいぶ古いものなんだろう、元は綺麗な銀色だったろうに、今は錆だらけで古い銅みたいになっている。

「何も入れなかったらお守りにならんじゃろ。念を込めて、これを入れるんじゃ」

「ええん？　大事な部品と違うの？」

「古すぎてもう使えんもんじゃ。遠慮するな」

「千寿。わしが憎いか」

父さんの大きな手の上の小さなぜんまいを、ありがとうと言って受けとった。

「……どうして!?」

仏頂面の父さんの顔は腫れあがり、あちこちに青タンができて眼帯が痛々しい。片方しか使えない目で、それでも私たち家族を養うため、必死で仕事を続けている。

「どうしても何も、全部がわしのせいじゃろう」

「そんなの、私は……」

「わかっとる。だが、いじめられて気持ちがよくなる人間がおるわけない」

父さんの握った拳がわずかに震えていた。私や辰雄や三千代や母さんたちの苦しみは、父さんの苦しみでもある。

「でもな、千寿。わしは、どんなにいじめられても殴られても、自分が正しいと信じたことを曲げるわけにいかんのじゃ。子どもらがひどい目に遭ってつろうても、自分の信念を優先してしまうんじゃ。本当に馬鹿な、クソ親父じゃ」

「父ちゃん。私は父ちゃんの娘で、本当によかったと思っとるよ」

本当に、父さんの娘に生まれてきてよかった。たとえ戦争があったって、毎日つらい挺身隊での仕事があったって、お腹いっぱい食べられなくたって。

幸せなんて言葉が一番遠い時代、それでもこの屋根の下には小さな幸せがある。

「他の誰でもなく、父ちゃんの娘でよかった」

「……千寿」

「父ちゃんは私の誇りじゃ」

思わず目もとをぬぐう父さんが、ふっと遠ざかる。針を持っていた手から力が抜け、畳の上にきれが落ちてしまう。

「千寿!?　どうした、千寿!?　どこか苦しいんか!?」

父さんの声がした。

薄れゆく意識の中、ぼーん、ぼーんと十二時を告げる時計の音を聞いていた。

あーあ、また、やってしまった。

これ以上、倒れるわけにはいかないのに……。

夢の中に現れた百合香さんは、今にも泣きだしそうな顔をしている。まるで私の代わりに泣いているかのような、顔。

ねぇ、百合香さん。私、もっと生きたい。大好きな家族がいるあの時代に戻りたい。

たとえどんな恐ろしいことがあったって、家族の傍にいたい。

絶望なんてしたくない。希望を見つめていたい。

どうしたら入れ替わりは止まるの？　私たち、元の時代に戻れるの？

何ひとつ答えは与えられないまま、白い光がすべてを飲みこんでいく……。

百合香さんはいつもエアコンを効かせて寝るから、目が覚めるのと同時に寒気がした。真っ白い腕にかすかに鳥肌が立っている。学習机の上にはいつも通り、帳面が広げて置いてある。表紙には羽が生えた桃色の馬のかわいらしい絵。数学の帳面がいっぱいになってしまってからは、百合香さんがこの帳面を伝言用に用意してくれていた。

＊　＊　＊

『千寿さん、こんにちは。明日は昭和二十年の世界も、平成二十七年の世界も、七月三十一日。早くも、まもなく七月が終わろうとしていますね。八月六日までもう、あと一週間しかありません。

あの日、広島にいるあたしはいったいどうすればいいのか。どうしたら助かるのか。一生懸命調べてはいますが、わかりません。自分ひとりのことだったらなんとかなると思うのです。でも、家族は。そして原爆に付随して起こる原爆症は、というところまで考えると、もうどうしたらいいのか頭を抱えてしまうのです。

泣き言ばかり言っていてはいけないですよね。あの大変な時代を生きる千寿さんのためにも、あたしは今日は寺島瑠璃さんの活動に参加してきました。気温三十四度の中、ビラを配る作業は本当にしんどくて、なかなかもらってくれないのがちょっと悲しかったです。でもだからこそ、テレビのインタビューを受けて、あたしの話を聞きたいと言ってくれる人がいて、そのことが素直に嬉しかった。ちなみに、弘道とは別れました。今、あたしと弘道は一緒にいることがつらいのです。仕方のないことだと思いますが、やっぱり悲しいです。千寿さんはどうか、ゲイリーとの関係を大切にしてください』

読み終わって、帳面をぱたんと閉じた。平和な時代を象徴するような真夏の白っぽい日差しが、カーテンの隙間から部屋に差しこんでいる。

百合香さんが弘道くんのことを書いてきたのは久しぶりだったので、少し驚いた。この文章からはふたりに何が起こったのか、どうして別れたのか、全然わからないけれど。もしかしたら私のせいで、別れることになってしまったのかもしれないけれど……。

洗面所へ行って顔を洗って戻ったあと、スマホと向きあう。幸い、今日は用事がない。百合香さんの代わりに原爆に関すること、生き残る方法、精一杯調べてみよう。

昭和二十年の八月六日に放りこまれてしまう百合香さんを、そして私の家族を、助けるために。

「おじいちゃん、今は小康状態みたいよ。ときどき布団から起きて、前みたいに縁側にぼんやり座ってるんですって」

夕食の席、お母さんの言葉に耳を傾けながら、心はずっとあの日、八月六日の広島をさまよっている。百合香さんのひいおじいちゃんの容態も、他人事にしか聞こえない。実際、私にとっては赤の他人だ。

「毎日、お医者さんに来てもらっててね。いつでも病院に戻れるようにしてはあるんだけど、なんせ本人が家がいい、家がいいってこだわるもんだから」

「やっぱり、長年住んだ家に愛着があるんだろうなぁ」

お父さんがのんびりと言う。私は下手にしゃべったらまた、この前みたいに百合香さんの家族に変に思われかねないので、ずっと黙っていた。それに、考えごとで頭がいっぱいでなかなか箸が進まない。

結局、今日は一日、部屋でずっとスマホをいじっていた。とにかく原爆のことをひたすら調べていたのだ。わかったのはあの日、広島中心部にいて生き残った人のほとんどが、たまたま防空壕や地下室にいたりして、ピカの熱線を直接浴びなかったこと。生き残った人たちも多くが原爆症や白血病に苦しみ、亡くなっていったこと。

でも、原爆症の症状が起こったって、七十歳や八十歳まで長生きした人もいるんだ。

「ごちそうさま」

「あら、百合香。もういいの？」

心配そうなお母さんの目。体調が悪いと思われてるらしい。

「実は夕飯前にこっそり、ポテトチップス、食べちゃったんだよね。ごめんなさい」

えへへ、と笑って詮索を避けるため、さっさとお風呂に入ってしまう。

帳面には、百合香さん宛ての伝言を綴った。挺身隊の重労働、それも本来私がすべき仕事を強いられている百合香さんのことを思うと、一日エアコンの効いた室内でのんびり過ごしてしまったことに罪悪感を覚えてしまって、その分たっぷり文字を書いた。消しゴムで何度も消して、また書いてを繰り返していたら、いつのまにか黒い消しかすが帳面の上に蜘蛛の子のように散らばった。

終わると同時にふーっと息が漏れる。時計はいつのまにか二十三時四十分を差していた。帳面を広げたまま裏返しにして机の上に置き、ベッドに潜った。

百合香さん、諦めちゃ駄目だ。私たち、まだたったの十七歳なんだ。

菜穂子みたいに強い心を持って、八月六日を生き延びるべきなんだ。

たとえ、大好きな広島の街が地獄絵図に変わっても。

そんなことを思っているうちに、花がしぼむように意識が少しずつ、薄れてゆく。

届かない思い

もうすっかり見馴れてしまった木造家屋の安っぽい天井と、母さんの顔が同時に瞳に飛びこんできた。目を覚ましたあたしに近づき、問い詰めるような口調になる。

「千寿、大丈夫か。どこか痛いところや苦しいところはないんか？」

「特に、ない……けど」

「大丈夫なんか、起き上がって。無理したらいかんよ」

布団の上に身を起こした。壁の時計は、すでに朝の九時。とっくに出かける時刻を過ぎている。

「どうしよう、遅刻した、挺身隊……」

「挺身隊は今日は休むんじゃや。それより病院へ行くけ」

「病院って。何度も言ったじゃない、あたし、大丈夫だって」

「こんなに気絶しよって、大丈夫なわきゃあるか!!」

そうか、どうやら千寿さんは、夕べまた入れ替わりに失敗してしまったらしい。

「母さんはもう支度できとるから、すぐに着替えるんよ。広電に乗っていくけのう」

「う……うん」

困った。病院に行ったたって無駄だ。気絶する原因はあたし自身がはっきり知っている。だからって、それを伝えるわけにもいかなくて。

初めて乗った市電はトコトコとのんびり動き、窓の外を広島の光景がゆっくり通り過ぎて行く。すずらんの形をした電灯、郵便配達の自転車、遠くに見えるぴかぴかの産業奨励館。行きかう人たちはこのご時世でも決して暗い顔をしてはいない。

あと一週間後、このすべてがたったひとつの原子爆弾で崩壊してしまうなんて。本やネットで見た光景と重ねあわせ、ぶるっと鳥肌が立つ。

「どうした、千寿。気分が悪いんか」

「なんでもない……」

母さんはすぐに察するから、慌てて首を振った。

病院の建物は古めかしくていかにも昭和って感じだった。平成の世界ではほとんど見かけなくなってしまったロングスカートの白衣姿の看護師さんや、ぐるぐる包帯を巻かれた状態で運ばれていく傷痍軍人の姿がある。あたしの診察に当たったお医者さんは物腰のやわらかいやさしそうな人で、ちょっと安心した。

簡単な問診を受け、診察室のベッドに横になってお腹の何か所かを触られる。それから、お医者さんはにこやかに言った。

「うん、特に異常はありませんね。心臓も胃腸も健康です」

「失礼ですが、月のものはちゃんと来てますか?」

「あ……はい。二週間ほど前に……」

昭和二十年に来て、一番あたしを戸惑わせたのが生理の処理だった。千寿さんが事前に察して、脱脂綿の使い方を伝言で教えてくれたからなんとかなったけれど、生理のたびにムレてイヤだとか、ナプキンなんて使わなきゃいけない女ってほんと不便な生き物だよねーとか、沙有美や莉子たちと話していた自分が本当に馬鹿に思える。

二十一世紀の人間はどこまで贅沢なんだ。ナプキンがあるだけ、ありがたいじゃないか。この世界では不便な脱脂綿ですら、節約しながらじゃないと使えないんだ。

「このご時世ですからね、栄養失調や働き疲れで、月のものが不規則になっている女性が多いんですよ。あなたはちゃんと月のものが来てるだけ、優等生だ」

そう言って微笑まれ、安心感に胸がじんわりとあたたかくなる。

この人ならもしかしたら、あたしの言う突飛なことを信じてくれるんじゃないだろうか。戦時下の広島でも、軍の関係者とか一部の人たちは、アメリカが新兵器を開発したっていう噂をすでに知っていたらしいし。

「そうですか……」

「あの、先生。原子爆弾って、ご存じですか」

先生の顔が固まった。その表情からは、あたしの話をどう思っているか、まったく察することはできない。

「原子爆弾っていう新型の爆弾を、アメリカが作ったんです。たった一発で何万人もの人たちの命を奪う、とても恐ろしくて強力な兵器です」

「…………」

「それがもうすぐ、広島に落とされるらしいんです。というか、落とされます。いくつか候補地があって、その中に広島があるらしくって……だから先生みたいな優秀なお医者さんは、今のうちに逃げてください」

「君、何を言って……」

「今のうちに逃げて、怪我をした人をたくさん救うんです。お医者さんには、それだけの力がある。というかそれがあなたの使命だとあたしは思うから――」

「やめなさい!!」

びしっと言葉を遮られる。やさしい目が厳しい色に染まっていた。

「それ以上言うんじゃない。憲兵の耳に入ったらどうする」

「あの、でも、新型爆弾のことは本当で……」

「そんな話は誰も信じないし、デマを流すなと憲兵に怒鳴られてしまうよ。壁に耳あり、障子に目ありだ。もう言うんじゃない。わかったね？」

有無を言わさぬ口調にうなずくと、先生はやっと口もとをやわらげて、看護師さんと母さんを呼んだ。

今のは、どういうことだろう。何か知っているんだろうか。まぁ、お医者さんだったら、軍の関係者だって診ることもあるだろうし、そのときに新型爆弾の話を聞いたことだってあるかもしれない。

とはいえ、それ以上何か聞けないまま、あたしは母さんと病院をあとにした。

母さんとは途中で別れ、あたしひとりで帰宅した。挺身隊の作業がないと、一日はやたら長く感じる。

角を曲がって家が見えてきた。でも、まがまがしい雰囲気に立ち止まる。辰雄が隆太プラス悪ガキふたりと睨みあっていた。辰雄の後ろには、泣きべそをかいている三千代。ブラウスが半分千切れ、まだ膨らんでいない胸が露(あらわ)になっている。

「あんたたち！　いったいどうしたの!?」

走り寄るあたしに三千代が飛びついてくる。辰雄は隆太と睨みあったままだ。まるで野犬同士の喧嘩、今にもどちらかが噛みつきそうなムードだった。

「隆太たちが、非国民は服を着るなっていって、うちの服を脱がして……」

「三千代は早く家の中に入って！　そして父さんを呼んできて!!」

「父ちゃんを呼ぶ必要はない!!」

辰雄が大声で叫んだ。ひもじい食事で艶のない顔が、怒りで真っ赤に燃えていた。

「これはうちと隆太との勝負じゃ。大人が入ったらいかん」

「でも辰雄、どんなことがあったって人様に怪我をさせたら駄目よ！」

「わしはどうしてもこいつらを許せんのじゃ！　よくも三千代姉ちゃんを……」

「非国民一家が、またひとり増えたぞう!!」

え、と声を出す前に、あたしは両側からしっかりと隆太の手下ふたりに捕まえられていた。子どものくせにぎらぎらと妖しい光を放っている瞳に、嫌悪感が走る。

「辰雄の上の姉ちゃんはグラマーじゃからなぁ。どんな身体か楽しみじゃ」

「ちょっと、あんたたち自分が何してるかわかってんの!?」

抵抗するも、両側からがっしり押さえられ、隆太に正面からものすごい力でブラウスを掴まれて逃げられない。辰雄が隆太の脚にがぶりと噛みついた。

「いてー!!　何すんじゃ!!」

辰雄の小さな身体が隆太に振り払われる。地面に投げだされ、それでも起き上がる辰雄。でも間に合わない。にやついた六つの目に囲まれ、ブラウスのボタンが上からびしびしびし、と音を立てて吹き飛んだ。

どうしよう、これじゃあ胸が丸見え——恐怖と屈辱でぎゅっと目をつぶった次の瞬間、両側にかかっていた力がふっと途切れた。続いてばたんばたん、と地面に大きなものが倒れる音がする。さらに隆太もなぎ払われ、ぎゃっと悲鳴を上げる。

「大丈夫!?」

目の前に、息をはずませたゲイリーがいた。ボタンが飛んで丸見えになった胸が恥ずかしくて、慌てて前をすりあわせる。

「な、なんじゃや!?」

「アメ公じゃ！　アメ公がおるー!!」

隆太も、その手下たちも、声が震えている。行きかう人たちがみんな立ち止まって、あたしとその隣のゲイリーをじっと見つめていた。どうしよう、ついに、ゲイリーの存在がバレちゃった……。

「この人は僕の婚約者だ。手をだすことは僕が許さない。たとえ子どもでもだ。彼女にも、彼女の弟にも妹にも、二度とこんなことをするな」

ゲイリーが毅然と言い放った。いつものふわっとしたゲイリーとはまったく違う。この人がこんな顔を見せることに初めて気がついて、そんな場合じゃないのに胸が高鳴る。

「姉ちゃん、父ちゃんを連れてきたよ！」

「なんじゃや、これはいったいどうしたんじゃや」

三千代が店の引き戸を開け、父さんが足を引きずって現れる。驚いた目があたしとゲイリーを見た。隆太たちが一斉に走りだす。

「た、たた、大変じゃー!!」

「非国民一家は、アメ公のスパイをかくまっとったんじゃー!!」

悪ガキたちの声のせいで、たちまち、人垣が崩れていく。あたしは急いでゲイリーの手を引き、いつもの早川家の裏庭へ引っ張っていった。

「何やってるの!?　どうして表に顔を出したの!?　これでバレちゃったじゃない、せっかくうまく隠れ住んでたのに!!」

「騒ぎが聞こえて、あんなことになってて……放っておけなかった」

「だからってこんなの、ダメだよ。これじゃあ収容所に……」

それは確定事項で、ゲイリーが収容所送りになるからこそ原爆の脅威を免れたのだとわかっていても、涙が溢れてくる。

「ゲイリー、お願い。あたしの前からいなくならないで」

その胸に飛びこんでいくと、ゲイリーはそっとあたしを抱きとめてくれた。

きっとゲイリーは今、千寿さんの中に別の女の子が入ってるって知ってる。

それでも身体にかかるやさしい力が愛しくて、涙が止まらない。

深夜0時。夢の中に現れる、あたしの身体に入った千寿さん。

確かに自分の顔のはずなのに、なんだか自分じゃないみたい。そう思ってるのはたぶん、どちらも同じ。中身が違えば表情も違う。ゲイリーが気づくほどに。

ねぇ千寿さん、あたし、昭和二十年の戦争真っただ中、生活は不便で食べ物はなくて明日空襲で死ぬかもしれない、そんな恐ろしい時代に一日おきに放りこまれてるけれど。本音ではだんだん、あなたと入れ替わるのが楽しみになっていた。ゲイリーに愛されているあなたが、羨ましかった。

だいたい実のひいおじいちゃんだっていうのに、結婚の約束までした千寿さんの恋人だっていうのに、あたしがこんなこと思っちゃいけないってわかってる。

でもあたし、確かに好きなんだ。

あなたが愛してる人を、あたしもまた愛してるんだ。

＊　＊　＊

ついに八月が訪れた朝、あたしは起きあがる気力もなく、しばらくベッドの中で天井を眺めていた。寝返りを打つと、まだ七月のままのカレンダーが目に入る。

ついにあと五日。昭和二十年の広島に原爆が落とされる前に、過去に行けるチャンスは二回。逆に、こちらの世界で過ごせるのはあと三回。時間が全然ないのに、あたしも千寿さんも生き延びる手段が見つけられていない。現状を見つめるほど、焦燥感が胸を焦がす。

夏バテしてるらしく、やっと起きあがった身体がだるかった。もうすっかり習慣になってしまった、机の上のノートチェック。千寿さんの伝言はいつもよりも長い。そしてノートの真ん中、折り目部分に残った消しカスの量が多く、よれよれで薄くなった紙が何度も消したり書いたりしたことを物語っている。

『百合香さん、七十年後の夏は七十年前と比べると本当に蒸し暑く、暑さが身に染みるようです。百合香さんのご両親によると、百合香さんはダイエットだとか言って体重を落とすことに躍起になっていたようですが、ちっとも太ってないんだし、もっと栄養をつけてください。

今日は一日、特に用事がなかったので、原爆のことをスマホを使ってずっと調べていました。あの日、爆心地に使い広島市中心街は壊滅的な被害でしたが、一部生き残った人たちもいました。屋内や地下室、防空壕にいて、ピカの光を直接浴びなかった人たちです。だから八月六日のその時間、とにかく何か理由を作って、家族全員で防空壕に避難するのが一番いいかもしれません。屋内にいた人は、瓦礫を取り除いてうまく這い出た人もいますが、重い屋根や柱に挟まれて出られず、そのまま火に巻かれて死んでしまった方も多いそうです。一番確実なのは、比治山に逃げること。比治山は爆心地から少し離れているので被害も少なく、比治山を頂上まで上ってしまって、東側まで逃げればほとんど被害はないはずです。どうやって一家全員、比治山の東側まで行くように説き伏せるかが、問題ですが。私は今、昭和二十年の世界でお守りを作っています。いずれ収容所に入れられるゲイリーのためです。裁縫箱の中に入っていますが、作業は私に任せてください。明日昭和二十年の世界に行ける私がお守りを仕上げるので、百合香さんはあさってゲイリーにお守りを渡してもらうよう、お願いします。

お守りには何か入れるものがなくてはと、父がいらないぜんまいをくれました。父やゲイリー、そしてすべての人たちの愛情とやさしさに心から感謝しています。そしてつくづく、こんな素晴らしいものを奪ってしまう戦争が許せません。

百合香さん、私たち、ちゃんと希望を持ちましょう。神さんがせっかく、入れ替わりというこの奇妙な現象を贈ってくれたんです。最初は天罰かと思っていたけれど、今は違います。これは、変えようのない過去を変える絶好の機会だという、神さんからの贈り物なのだと思い始めています。

どうか最後まで諦めないで。私たち、ふたりとも絶対に生き延びるんです。生きて、生きて、生き抜いてやるんです。生きて必ず幸せになるんです』

読み終わってノートを閉じても、いつもよりも圧のこもった千寿さんの字がずっとまぶたの裏に貼りついていた。

何もできなくて茫然としているあたしを励ますような、力強い千寿さんの言葉。千寿さんが真剣に生き残ろうとしているんなら、あたしもそうしなきゃと素直に思える。

その一方で、切なくもなった。ゲイリーが千寿さんを思ってるのと同じくらい、千寿さんもゲイリーを思っているのがわかったから。手作りのお守りをプレゼントするなんて、素敵じゃない。あたしは弘道に、そんなことしたことなかった。お金がなかったっていうのもあるけれど、誕生日もクリスマスも三千円程度の品物ですませてた。

でも千寿さんは、ゲイリーにお金以上のものを与えようとしている。

ゲイリーに抱きしめられた身体――正確には千寿さんの身体なんだけど――をぎゅっと自分で抱きしめると、苦しさとあたたかさが同時に込み上げてきてちょっと泣きたくなった。千寿さんに、なりたい。いや、今だって一日置きに千寿さんになってるけど、ずっと千寿さんでいたい。……て、いやいや何言ってるんだあたし、あの時代は戦争があるんだっていうのに。

妙なことを考えてしまった自分を叱りつけ、顔を洗いに一階へ下りる。洗顔フォームを泡立てネットに入れて泡立て、雑誌の美容特集に書いてあったようにたっぷりの泡で顔を洗い、すすいで鏡を見るとそこには何も映ってなかった。あ、とまばたきした次の瞬間、元に戻る。水の流れる音を聞きながら、びくびくしつつ全身を確認する。

身体が消える現象は、ここのところますますひどくなっている。それって、千寿さんが何としてでも生き残ろう、って強く思っているせい？　本当に過去が変わって、千寿さんが生き延びて、ゲイリーと結婚してあたしのおばあちゃんもお母さんも当然あたしも生まれなくなる、そういうこと？

震える手で、蛇口をひねって水音を消した。

本当にどうすればいいだろう。

千寿さんの生き抜いてやるんだ、っていう気持ちを踏みにじることはできない。でも、あたしだってちゃんと平成の時代に生まれてきたい。

でも――どちらか一方しか、選べないんだ。

化粧もスカート丈もうるさく言われない代わりに、うちの高校は夏休みの宿題がやたらと多い。やることやっていれば見た目は自由でいいけど、その分やることはちゃんとやれ、他の学校の生徒以上に……という方針なのだ。

各教科ごとに出される専用のドリルはなかなか分厚く、一日一時間かけても二十日くらいでやっと終わるボリューム。でも今は入れ替わっているせいで、二十一世紀の勉強がわからない千寿さんに宿題をさせられないから、一日ごと、こちらの世界に来た時に二時間は集中してやっていた。教えてくれる弘道もおらず、ときには三時間以上かかることもあった。別れて初めて、弘道の存在のありがたさを知る。

家だと蓮斗やあやめがうるさくて集中できないので、宿題をやるときはいつも図書館に行く。自転車を漕いで約十分、グラウンドやランニングコースも整備された広めの運動公園に隣接している図書館の中は、しんと静かで古い紙の匂いが心を落ちつかせ、宿題をやるにはぴったりの場所だ。あたしと同じことを考える中高生は多いのか、同じような十代の子の姿が目立つ。

「ちょっとー沙有美、そのショートパンツ絶対短すぎだよー」

莉子の声と「沙有美」という名前に反応し、ペンを持つ指が止まる。二階の閲覧スペースで勉強道具を広げ、苦手な日本史のドリルを必死で解いていたときだった。

ここが図書館だということなんておかまいなしの大声に追い立てられるように、あたしは猛スピードで自分の荷物をまとめ、席を立った。とっさに奥の図鑑コーナーに避難する。

「でもいいな。沙有美、脚長いしついでに胸もでかいし！」

「あのさ、それ褒め言葉になんないから。胸とかマジDもいらないし」

えーありえない、ねぇねぇどうしたらそんなに胸でかくなれんの？　とか、ものすごくどうでもいい会話が耳に流れ込んでくる。奥の本棚の間に隠れてしまったせいで、階段をひっそり下りてその場を去ることもできない。あたしの大馬鹿者。

「てか、百合香ヤバくね？　この前渋谷で見たー。額に汗してビラ配ってたよ」

「まさか本当に、あの人たちと友だちになっちゃうなんてね！」

ふたりの会話にぐさりと胸を抉られた。

わかってはいたけれど、あたしや瑠璃さんたちがしていることって、周囲からはそんなふうに思われちゃうことなんだ。正しいことをしているとわかっていても、やっぱり傷つく。しかも言っているのは関係ない他人じゃなくて、ついこの間までの友だちなんだ。

「弘道くんとも別れちゃったらしいしね。アレじゃ弘道くんも無理っしょ」

「もう近づけないわー。そーとーキモイ」

冷たい言葉が次々と喉の奥に突き刺さる。身体の芯が一気に冷えて、心臓が悲鳴のような鼓動を刻んでいた。

本当は隠れていないで、ふたりの前に現れて立ち向かっていくべきなんだ。七十年前の日本でどんな悲惨なことがあったか。それを知ろうともせずに生きるのがどれだけ罪深いか。平和で恵まれた時代に生まれて来たことに感謝すべきだとか。

でもあたしは、何もできないまま、この前まで友だちだった子たちの陰口を震えながら聞いているだけだ。沙有美が言う。

「なんでさぁ、いきなりそうなっちゃうかねー？」

「わかんない。やっぱ弘道くんとうまくいってなかったんじゃない？」

「莉子の推理が正しいよ。てかあの子、期末終わってからなんか変だったもんね？」

「そうそう、思いだした！　なんかいきなり、あたしのこと汚れてるとか、そんなふうに言いだすのよ。すんごい偉そうな言い方でマジ腹立った!!」

　これ以上聞いていたくなくて、もっと棚の奥のほうへ逃げようと、身体を動かしたときだった。

　まだトートバッグに入れていなかったドリルがばさばさばさっ、と派手な音をたてて床に散らばり、落ちた衝撃でペンケースの蓋が開いて中身が転がっていく。

「あっ……」

　情けない声を出して転がるペンを追いかけると、目の前に莉子がいた。莉子が拾ってくれたのはあたしと沙有美と莉子、三人でおそろいで買ったシャーペン。あたしが黄色で沙有美が青、莉子がピンク。色違いだけど描かれたキャラクターは一緒だ。

「あの……百合香……」

　その続きを聞くのが怖くて、莉子の手からシャーペンをひったくり、トートバッグに押しこんで走りだしていた。ペンケースに入れる余裕もないまま、バラバラの状態でペンやら消しゴムやらを持っているせいで、脚を動かすたびにガラガラと不快な音がした。図書館の外に飛びだしても、無数の蝉の声が何かの脅迫みたいに耳を責めてくる。自転車置き場に駆けこみ、トートバッグをカゴに入れてペダルを漕ぎだしたあたりで、ようやく頭が正常に動きだした。

お揃いのシャーペンを拾って、真っ白になってた莉子の顔。その向こうで固まっていた沙有美。思い出したら胸が潰れそうで、自転車を漕ぎながらあたしは泣いた。

家に入る前に、ポーチから鏡を出して顔を確認する。マスカラは取れてるけど目は腫れてない。そして消えてもいない。うん、これなら家族に会っても泣いたことバレないかも。そう思って鍵を出すと、その前に玄関のドアが開いた。

「え？　どうしたの、早くない？　まだ五時だけど」

「早退したんだ。百合香に話さなきゃいけないことがある。リビングに来なさい」

お父さんの硬い表情と有無を言わさない口調に、ギリリと緊張が走る。

リビングのソファーに人ひとり分離れて座って、お父さんがリモコンをいじる。お母さんはリビングの隅に立って、困ったような顔でこちらを見ていた。

お父さんはテレビを録画一覧画面にして、一番上の番組を選んだ。番組名は『東京ストレイトニュース』。

「あ」

すべての意味がわかって間抜けな声を出したときにはもう、遅かった。

しっかり、あたしの姿が映っていた。若者による平和維持活動の最年少メンバーとしてあたしをフィーチャリングしている番組は、ファミレスでの打ち合わせもあたしを大映しにし、インタビューもばっちりあたしの顔を映していた。

『あたしは……そんな、きちんとした理由なんかないです。ただ、その、あの時代にしんどい思いをした日本人がたくさんいて、日本人に苦しめられた外国の人たちもたくさんいて。そういうことを知って、自分に何かできるんじゃないかって、思っただけで』

「どういうことなんだ？」

番組はまだ続いていたけれど、リモコンで一時停止にして、お父さんが言った。画面には緊張して思いきりブス顔になったあたしが静止している。

「毎日勉強を頑張っていると思っていたら、お父さんとお母さんに黙ってこんなことをやっていたのか？　もしかしてこの前遅くなったのも、こんな活動に参加してたのが原因なのか？　親に相談もせずにこんなことをして、どういうつもりなんだ！」

「そんな。あたし、お父さんに怒られるようなことしてない……」

「だったらなんで、こういう活動をしていることを一度も話さなかったんだ！　罪悪感があったんじゃないのか!? 言ったら反対されるって、わかってたんだろう!?」

図星すぎて何も言葉が出てこない。千寿さんのことを抜きにしてもやりたいことだったし、家族に心配はかけたくなくて——いや、反対されたら面倒くさいから、かった——何も、言わなかったんだ。

「黙ってたことは謝る。ごめんなさい……でも、そんなに悪いこと?」

「いいとか悪いとかじゃない、こんな活動をやってテレビにまで出て、将来のことを考えたことあるのか!? 変な思想の奴だって思われて、進学や就職や結婚にだって影響するかもしれないんだぞ!?」

「何、それ。そんな国、おかしいよ! 日本がそんな差別する道に進まないために、あたし、年上の人たちと一緒に頑張ってんだよ!!」

お父さんが怒り顔から困り顔になる。お父さんにそんな表情をさせている自分がすごく嫌になった。だからって、引けなかった。

さっき、沙有美たちに何も言えなかったからこそ、今はちゃんと自分の気持ちを言うべきだと思った。

「お父さんだって、戦争は嫌でしょ? 戦争には反対だって、胸を張って自分の考えを言う人たちが必要なんだよ!!」

「それをしなきゃいけないのが、なんで百合香なんだ!? 今はインターネットの時代だから、一度メディアに出てしまったものは一生残るんだ。そういうことまで、考えたことあるのか⁉　だいたいなんでそんなに、戦争のことを考えるんだ⁉」

「それは、ひいおじいちゃんがいたからだよ‼　ひいおじいちゃんだけじゃない、ひいおばあちゃんや、死んじゃったひいおじいちゃんの元カノさんや、その親友や。その他のいろんな、たくさんの人たちが……その人たちが、もう戦争は絶対いやだ、こりごりだって言ってる。瓦礫だらけの灰色だった日本を、ここまで復興させた、頑張ってきた人たちの思いを無視なんてできないよ……‼」

自分で発した言葉がきぃんと耳を突いた。はぁはぁと息が荒くなっていた。お父さんが困惑した目であたしを見ていた。娘がいきなりわけのわからないモンスターに成長してしまって、途方に暮れているような表情だった。

「ふたりとも、もう、やめて」

お母さんの涙で震えた声がとどめを差す。親に怒られるのは、まだいい。親に泣かれるのは、本当にしんどい。

「とにかく、お父さんは反対だからな！」

お父さんはそれだけ言うと、何か飲み物を取りに行ったんだろう、早歩きでキッチンへ向かった。あたしもトートバッグを持って二階に駆け上がる。

その日は夕食も摂らず、部屋の隅で膝を抱えて何時間もぼんやりしていた。カーテンを開け放ったままの窓から西日が差しこみ、やがて電気をつけてない部屋が夕闇に浸されても、ずっとそのままでいた。八時頃、お母さんが部屋の前に夕食のトレーを置いていった。食欲ないけれどひと口でも食べなきゃ申し訳ないと思って箸を動かすと、なんてことのないぶりの照り焼きが、ものすごく美味しくて涙が出た。

ようやく落ちついて、トレーを廊下に出したあと、伝言ノートに向かう。今日のことはみんな正直に書いたほうがいいと思って、千寿さんにすべてを伝えた。今のあたしには沙有美も莉子も、家族たちも弘道も、心を寄り添わせることのできる人が誰ひとりいない。唯一千寿さんだけが、悲しみを共有していい相手だった。

書き終わるとお風呂に入るのも歯を磨くのもかったるく、部屋着に着替えることだけはしてベッドに潜りこむ。

千寿さん。あたしは、本当に弱いね。正しいことをしているのに、正しいと堂々と言えない。ちゃんと向きあって話しあえる勇気を持てない。お父さんにだって、ただ、自分の感情を爆発させるだけで、ちっとも冷静に話せなかった。

あなたと入れ替わるたび、あなたの強さがあたしに少しずつ貰えたらいいのに。

そんなとりとめもない思考を堂々巡りにさせている間に、あたしはまたいつもの不思議な夢の中へ入っていった。

暴かれた秘密

ウ――――、と、空襲警報の音に目覚め、跳ね起きた。辰雄と三千代もだるそうに身体を起こし、目をこすっている。

「千寿！　辰雄！　三千代！　はよせんと！　ちゃんと防空ずきんをかぶりんさい！」

母さんの声に急き立てられ、辰雄と三千代の手を引いてあわあわと壕に入る。もうすっかり日常のひとコマになってしまった空襲警報は、五分もすると止んだ。時刻はまだ四時、東の空は暗い。

「なんや、毎日毎日こんなんじゃと、避難するのがいっそ阿呆らしくなってくるわ。どうせまた一時間後に鳴るんじゃろ」

母さんが愚痴っぽく言い、私が反論しようとする前に、三千代が言う。

「友だちのところなんて、警報が鳴ってもいちいち避難なんてせんらしいよ。暑苦しい壕の中に入るくらいなら、蚊帳の中で寝とったほうがいいって」

「そう、油断しとるときが一番危険なんじゃ！」

強い声になっていて、父さん母さん、辰雄三千代、八つの目が驚いて私を見る。

もしかしたらこれは、二十一世紀の言葉で言うベストタイミングかもしれない。

「私、この先、広島は大変なことになると思う。そうやってみんなが油断しとるけ、それを敵は知っとって、大きな空襲をやるよ。下手したら、最近開発されたっていう新兵器を使うかもしれん。いや、使う可能性が高い」

「そんなのただの噂じゃろ？　姉ちゃん」

「黙って聞いとり！」

辰雄がびくっと肩を震わせて背筋を伸ばした。こほんと咳払いをする。ここはひとつ、長女の威厳を活用すべきだ。

「父ちゃん、母ちゃん、みんなを連れて府中の伯母さんのところに避難はできんの？　少しでも広島の中心部から離れたほうがええ。家族全員で疎開するんじゃ」

「そう言われても、仕事があるけのう。そう簡単にはいかんよ」

母さんの乗り気でない返事に気持ちが沈んでしまう。覚悟してはいたけれど、大人を動かすのはそう簡単にはいかない。

「仕事と命と、どっちが大事なん？　呉だってあんなことになったっけ、次はきっと広島じゃ。避難できるうちに避難しとかんと」

「千寿、うちは小さい時計屋じゃけど、結構注文が入っとるんじゃ。お金のことを言っとるんじゃないよ。うちが勝手に避難したら、注文したお客さんたちが困るんよ」

そう言われるともう言葉に詰まってしまう。広島に新型兵器が落ちることがただの噂でしかない以上、これ以上説得することは無理だと思った。

「千寿、ありがとな。長女として、進の代わりにみんなのことを心配してくれとって。父ちゃんは嬉しいよ。みんな、あんまり怖がらずにいつもの生活を続けたらええ。空襲警報が鳴ったらすぐ壕に入る、それだけ心得とけば、大丈夫じゃ」

そうじゃないって言いたいのに。広島に落ちる原爆は、壕に避難する暇さえもなく一瞬で超大量の熱線を発し、罪もない多くの人たちを地獄の底に叩きこむ。

救いたいのに。伝えたいのに伝わらない。もどかしくて、ただ途方に暮れた。


「どうしたん？　その傷」

挺身隊の帰り、いつものようにゲイリーに呼ばれ、いつもの裏庭のいつもの金木犀の隣でふたり塀に寄りかかったとき、白く細長い手の甲にある傷が目に入った。何か手当をしてあるとは思えない、生々しく赤黒い傷だった。

「どうしたって、昨日、高下のとこの隆太と――いや、いいや」

誤魔化されたようなひと言のあと、ふたりとも黙りこくってしまう。夕方の涼やかな風が通り過ぎていって、頭の上、金木犀の梢をさらさらと揺らした。ひどく重い沈黙だった。

ゲイリーは確実に、私に起こっている異変に気づいている。まさか七十年後の女の子と体が入れ替わってる、とまでは思いつかないだろうけれど、一日ごとに違う人が中に入っている、というところまではわかってるんだ。

「ねぇ、千寿」

斜め上から響いてくるゲイリーの声が、いつもよりも硬い。

「僕たち、結婚するんだよね？」

「うん……？」

結婚、という言葉にドキリとして顔を上げた。私の目をあまりにもまっすぐ覗きこんでくる瞳から、つい目をそらしてしまう。

「結婚するって、どういうことかわかってる？」

「どうって……それは、ゲイリーと一緒に東京に行って、洋菓子店を作って、一緒に洋菓子を売って……」

「そうじゃなくてさ。結婚したら、こういうこともするんだって、本当にわかってるの？」

次の瞬間にはゲイリーの腕の中にすっぽりとくるまれていた。ざらざらした着物の袂の感触と、ひんやり冷たく、でも芯はあたたかいゲイリーの手の温度に、ときめきと緊張が洪水のように溢れだす。

嫌な気分じゃない。だけど、怖い。どうしてだろう？　ゲイリーのこと、大好きなはずなのに。いずれこうなるって、言われなくてもわかってるはずなのに。

傷を負った手がやさしく、私の顎を持ち上げた。

「どうして震えてるの？」

「そんな……震えてなんか……」

「震えてるよ。僕のこと、いや？」

「いやじゃない、けど……」

「けど、何？」

「けど、でも……」

それ以上の言葉を塞ごうとするようにゲイリーの唇が近づいてきて、反射的に顔をそらし、細い両腕をはらっていた。

百合香さんからしたら笑われるかもしれないけれど、あたしはどうしたって昭和の女の子なんだ。結婚前に接吻なんて、できない。

ゲイリーがいやなんじゃなくて、ゲイリーが好きだからこそ、大好きだからこそ、そういうことは何よりも大切にしたいんだ。

「い、いかん……それ以上はいかん……！」

「千寿」

「私、家の手伝いせないかんから。また」

走って、気づいたときにはもう勝手口の内側にいた。後ろ手で閉めた扉がばたん！と乱雑な音を立てた。思わずへなへなとその場に座りこんでしまう。

初めてゲイリーに抱きすくめられた。痩せていても強い力を伝えてきた、男の人の感触。それがいつまでも肌の上に残っている気がして、なかなか呼吸を整えられない。

「どうしたん？　千寿」

奥から出てきた母さんに声をかけられるまで、だいぶ長いこと、私はそこにいた。

夜中の十二時ぎりぎり前、部屋の隅っこでお守りを作る。父さんの手もとを照らす明かりが私のところにまで届いていた。もちろん外に光が漏れないようにしてある。

「よし、できた」

「完成したんか」

ぜんまいをくれた父さんも作業の手を止めて笑ってくれて、私もやっと笑えた。

ゲイリーが収容所へ連れていかれてしまう、これは史実だ。私と百合香さんが変えたい歴史と、変えなくていい歴史がある。ゲイリーが辿る道は変えちゃいけない。だからって、どんなひどい扱いを受けるかわからないゲイリーに何もしないまま、私だけひとり安穏と、八月六日を平成二十七年の世界で過ごしたくなかった。

「ゲイリー、喜んでくれるかのう」

「婚約者から贈られたもんじゃろう？　喜ばないわけ、あるか」

あれだけ反対されていた恋だから、婚約者と改めて言われると嬉しく、そしてやっぱり恥ずかしくもある。裁縫箱にお守りを仕舞い、父さんにお休みを言って、辰雄たちを起こさないようにそっと寝室に入った。

まもなく世界がぐにゃりと飴のように溶けていく。上と下と右と左が何度か反転して、気がつけば目の前に百合香さんがいた。今日も百合香さんの顔は、暗い。

元気を出して、百合香さん。

あなたの手でお守りを渡してくれれば、ゲイリーはきっと大丈夫だから。

そう言おうと口を動かすけれど、声は唇を滑り落ちるばかりで言葉にならず、差し伸べた手の間から白い光が溢れだす。

平成二十七年八月二日の朝、私は百合香さんの字で綴られた帳面を見て茫然としていた。そこには、百合香さんの暗い顔の理由がびっしりと書かれていた。

瑠璃さんたちの活動に参加したせいで、大事な友だちを失ってしまったこと。テレビに出たせいで、お父さんと仲違いしてしまったこと。百合香さんはひたすら自分を責めていた。自分がどれだけ弱くてちっぽけで、何もできない存在かと嘆いていた。

そんなわけ、ないのに。

百合香さんは何の関係もない私を助けてくれる、強くて頼もしい人なのに。

でも、そう思わせてしまったのは、百合香さんの意向も聞かずに勝手に瑠璃さんたちの活動に協力することを決めた、私だ。私は無自覚のうちに、百合香さんの大切なものを奪っている。沙有美、莉子、親からの信頼、書いていないけれど、きっと弘道くんと別れたのも私のせいだ。

この伝言にどんな返事を書いていいのやら、思いつかない。大丈夫だよと無責任なことは言えないし、ごめんなさいと謝るだけでは物足りない。きっと、今ひと言ふた言で百合香さんの心を救うのは私には無理だ。いや、世界じゅうからかき集めてきた言葉を総動員したって、無理だ。

自分は所詮よそもんだって、最初にちゃんと自覚していたのに。

百合香さんに迷惑だけはかけるまいって、決めてたのに。

どうして、こんなことになってしまったんだろう——？

「百合香。百合香起きてる？　入るわよ？」

こんこん、と扉を叩く音がした。控えめに開けて、お母さんが悄然とした顔をこちらに向ける。私が傷つけてしまったのは百合香さんだけじゃないのだと気づいた。

「お母さん、本当にごめんなさい、私……」

「ううん、いいのよ、昨日のことは。それよりも早く、広島へ行く支度をしてね」

「え」

「ひいおじいちゃんがとうとう、ね……」

何を意味するのか即座にわかって、百合香さんの心臓がどくんと嫌な動きをした。百合香さんのひいおじいちゃんはたしか、八十八歳だったはず。いつこんなことが起こってもおかしくなかったのに、まったく覚悟ができていなかった。

「わかった。支度する」

「お父さんは仕事が終わってから行くから、百合香とあやめと蓮斗の準備ができたら出発するわね。百合香はあやめたちの準備を手伝ってあげて」

「わかった」

お母さんはどこか上の空のような顔のままうなずいて、扉を閉めた。

ひとりになった部屋を改めて見渡してみる。棚の上には百合香さんが弘道くんからもらったというぬいぐるみ。本棚の上に修学旅行で撮ったという、百合香さんと沙有美と莉子の写真。勉強机の横にかけてある大ぶりの鞄は、百合香さんが高校の合格祝いにお父さんから買ってもらったものらしい。

この部屋には、百合香さんが七十年後の世界で手にした愛が溢れている。それを壊してしまったのは、私。

申し訳なさすぎて鼻の奥がツンと痛んで、弱気になっている自分を叱った。私が泣いてどうする。百合香さんを元気づけなくてはいけない立場なのに。

だるい身体を引きずり、旅行鞄を取り出して、支度を始めた。

それは人間というより棒切れをくっつきあわせて皮でくるんだだけの、物体のように思えた。何本もの細い管で機械とつなぎあわされ、なんとか生きていて、心臓の動きを示す枕もとの機械も動作しているけれど、その顔にまるで生気がない。

でも、どうしてだろう。この人に会うのは初めてじゃない。そんなわけがないのに、妙な気分がざわざわと胸をかき立てた。

「昨日の夕方、容態が急変してね。すぐに先生を呼んだんだけれど、今すぐ入院すべきだって言われて。でも病院でずっと家に帰りたい、帰りたいって言ってたからね。もうこうなったら、この家で一日でも長く生かしてやろうと思ってる」

ずっとこの盲目の老人の面倒を看てきたという百合香さんのおばあさんが、この前会ったときよりだいぶやつれた顔で言う。八畳間は百合香さんの伯父さん、叔母さん、大伯父さんや大叔母さん、従妹はとこ、親戚たちでいっぱいだった。

「葬儀はどうする？　住んでるのは広島でも、会社も親戚も東京なんだ、東京でやったほうがいいんじゃないのか？」

「伯父さん、やめてよ。おじいちゃん、まだ生きてるのよ」

ひいおじいちゃんから会社を受け継いだという勝大伯父さんが、冷静すぎるほど冷静な声で言って、お母さんが思わず反論する。

「そうは言っても、こういう状況だから考えないといけないだろ」

「そうね。だからこそみんなを集めたわけだし。でも、意識がないんじゃねぇ」

百合香さんのおばあさんが悲しそうに言った。その隣であやめがきょろきょろと落ちつきなく、部屋の中を見渡していた。飾り棚の上の写真を手に取って、まじまじと見る。

「お母さーん、この人、誰？」

「それはひいおじいちゃんとひいおばあちゃんの結婚写真よ」

「じゃあ、こっちに写ってる子ども三人は？」

「男の子が勝大伯父さんで、女の子は大きいほうが八重子おばあちゃんね。小さい子のほうが、五月大叔母さん」

ふーん、とあやめは理解しているのかわからないような声を出した。

私の横では蓮斗がゲーム機と呼ばれる、二十一世紀の子どもを夢中にさせる小さな機械で遊んでいる。お母さんが小さな声で、鋭く叱る。

「蓮斗、こんなときにゲームなんかして！　しまいなさい」

「だって退屈なんだもん」

「退屈って……」

「いいよ、蓮斗くん。子どもには退屈だろうからね。仏間で遊んでなさい」

百合香さんのおばあさんの許可をもらい、蓮斗は返事もせずに素早く部屋を出ていく。お兄ちゃーん、とあやめもそのあとに続いた。

「私も行ってくる。子どもふたりだけで、仏壇でいたずらされたらかなわないから」

私も腰を上げ、仏間に行くと、蓮斗とあやめは案の定、仏壇で遊んでいた。あやめが下のほうについている引き出しに興味を示したらしく中身をあさっていて、蓮斗はキャッキャとはしゃぎながらお鈴を連続で鳴らしている。

「あんたら、仏壇で遊ぶとか何考えてるの！　ここは仏様が宿る場所なんよ!?」

「なんだよ姉ちゃん、その変な言葉」

「口ごたえはやめんさい!!」

びしりと言ってやると蓮斗は鉛を無理やり飲まされたように押し黙り、あやめのほうはしゅんと顔を伏せた。

「ほら、ふざけてずらすから、花の位置だって変わってるじゃない……！」

花瓶の位置を元に戻そうとして、置かれた写真に目が釘づけになった。

そこにいるのはまぎれもなく静子さんだった。私が知ってる静子さんより幾分若いけれど、疑うべくもなく本人だ。

　静子さんは小さな赤ん坊を抱いていた。白黒写真で観てもはっきりとわかるほど、日本人じゃない。それにこの目や鼻のあたり。どう見たって、あの人そのもの。

「どうしたのよもうあんたたち、仏間で騒いで。百合香もそんな大声で怒鳴ることないでしょう、下まで聞こえてたわよ？」

「お母さん……この人って」

　写真を手に取り、静子さんの顔を指さすとあぁ、と百合香さんのお母さんが言う。

「ひいおじいちゃんのお母さんよ。百合香にとってはひいひいおばあちゃんね」

「名前は早川静子!?」

「そうよ、何よ、知ってるんじゃない？　戦時中広島にいたんだけれど、原爆のときはたまたま、地下にいたから免れたのよね。でも結核で、戦後すぐに亡くなっちゃったのよ」

「じゃあこの赤ん坊が……ひいおじいちゃん？」

　自分の声が震えていた。あまりにもできすぎた偶然に、思考がついていけない。

「あたりまえでしょう。でもこのときは、本当に外国人の赤ちゃんにしか見えないわね。ひいおじいちゃん、年取ってもあまり腰は曲がらなくて背は高いままだったけど、金髪が抜け落ちちゃったからねぇ。ひいおばあちゃんに言わせると、若い頃はかなりのイケメンだったらしいわよ」

「蓮斗ー、あやめー。スイカ切ったから下りといで」

おばあちゃんが呼び、現金なふたりが勢いこんで走りだす。お母さんも部屋を出ようとして、まだ仏壇の前で動けない私に訝しげな表情をする。

「百合香は行かないの？」

「今……お腹、壊してて。スイカ、食べられない」

「あら、そうだったの？　じゃあ、身体を冷やしちゃだめよ。上に何か羽織りなさい」

お母さんは蓮斗たちを追いかけて一階へ下りていった。ひとりになった私は、あやめが開けたままになっている引き出しが目に入る。中に入っている小さな布きれも。かなり古いもので色褪せているけれど、見覚えのある格子柄のきれだった。糸で縫いあわせて作ったきんちゃく袋。赤い星の刺繍がある。

これは間違いなく私の作ったもの。

中身を手のひらの上に空けると、錆びきったぜんまいが落ちてきた。

いや、違う。たまたま百合香さんのひいおじいちゃんもハーフで、たまたま東京に洋菓子店を持って大きくさせて会社にして、たまたま私が作ったものと同じようなお守りをもらった。

——そんなわけ、あるか。

本当に大好きな人

昭和二十年八月二日の世界で、あたしは挺身隊から帰ったあと、母さんと夕食を作っていた。そのとき、表で甲高い悲鳴が聞こえてきて耳を貫いた。

「いやー―――っ!!」

三千代の声だった。母さんと顔を見あわす。辰雄と三千代は外で遊んでいたはずだ。

「母さん、あたしが見てくる」

「でも、千寿……」

父さんは役場の大時計の修理に行っていて、まだ帰ってきていない。千寿さんのお兄さんが死んでしまった今、行くべきなのは私だ。

店の引き戸を開けた途端、どさりと大きな音がして地面に倒れるものがあった。藍色の着物姿は顔を見なくてもそれとわかる。

「ゲイリー!?」

「お前も邪魔をする気か」

駆け寄ると憲兵に腕で阻まれ、抵抗しようとしたらすごい力でなぎ払われた。

「姉ちゃん！」

辰雄と三千代が駆け寄る。憲兵ふたりに両側から腕を後ろに拘束されたゲイリーがあたしを見て叫ぶ。

「その人は関係ない！　手を出すな!!」

「なんだ。栗栖一家はお前がここに住んでると知っていたのか？　さすが非国民だな。こいつらも同罪だ。連れていけ」

憲兵は全部で五人いた。さっきあたしをなぎ払った憲兵の後ろから若い憲兵ふたりが出てきて、ひとりが右手に辰雄、左手に三千代を捕まえる。逃げようとしたけれどもうひとりの憲兵に後ろから足を蹴られ、転んだところを背中から拘束された。

「手を出すなって言ってるだろう!!　日本語がわからないのか!!」

ハーフとはいえどう見ても外国人なルックスのゲイリーが言うと冗談みたいな言葉だったけど、誰も笑わなかった。ゲイリーの剣幕に圧(お)されたのか、地面に伏せられて背中から両腕をねじ上げられているあたしの手首にかかる力が、少しだけ弱くなる。

「どうしてもその人たちを連れていきたいっていうなら、その分まで僕を殴ればいい。気がすむまで殴れ」

「ほう。根性据わっとるなぁ」

煙草をふかしつつ、命令だけする一番偉そうな憲兵が何かの皮肉のように紫煙をふっと吐いた。それからあたしと辰雄、三千代を離すように目で合図する。拘束が解かれてすぐ、あたしは立ちあがって頭を下げた。

「どうか一分だけ。一分だけ待ってください！　一分だけでいいんです!!」

そう言って家の中に入り、まっすぐ居間に向かう。裁縫箱を取りだすと母さんが不安そうな声をかける。

「いったいどうしたんじゃ、千寿。家の中まで大声が聞こえてきとったけど……」

「ゲイリーが連れていかれる。この前隆太から辰雄と三千代を助けてくれたとき、みんなに姿、見られちゃったから。きっと誰かが憲兵に言いつけたんだと思う」

お守りはすでに千寿さんの手で完成されていた。いらないきれを縫いあわせて作ってあるけれど、シンボル代わりに赤い糸で星型の刺繍が縫いつけてある。千寿さんのゲイリーへの思いが切ないほど伝わってきて、それと同じくらいゲイリーも千寿さんを思っていることがわかって、一瞬、このお守りをゲイリーに渡したくないような気持ちになった。駄目だよ、百合香。ふたりのこと、応援してあげなきゃ――。

「ゲイリーにこれを渡させてください!!」

外に出て開口一番、偉そうな憲兵の前で頭を下げお守りを見せると、憲兵は右手で汚いものをつまむようにしてそれを受け取った。中身を確認している。

「ふん。お守り袋か。まぁいいだろう。渡してやれ」

「ありがとうございます!!」

こんな人にお礼を言うのは嫌だったけど、方便だ。偉そうな憲兵の指示だろう、腰に縄を巻かれ手首をぐるぐる巻きにされたゲイリーの着物の袂にお守りを入れる。

「これ、持ってて。そしたら絶対、大丈夫だから。あたしたち、また必ず会える」

「千寿……ありがとう」

ゲイリーは怯えていた。さっき憲兵には強気だったけど、いざこんなふうに縛られると、とても平気じゃいられないんだろう。グレーの瞳が恐怖に染まっている。

「大丈夫だよ。離れていても必ず、あたしの気持ちがゲイリーを守る。あたし……あたし大好きだから、ゲイリーのこと」

「──君は、不思議な人だ。ときどき、人が変わったようになった。いや実際、変わってたんだろう？　でもね」

グレーの瞳から一滴、透明な涙がこぼれ落ちた。

「でもね、君がどこの誰でも関係ない。僕だって君のこと、大好きだ」

「……ありがとう、ゲイリー」

「そろそろ行くぞ」

憲兵の命令でゲイリーが連行されていく。遠ざかっていくその背中をぼんやりと見送ってはいられず、走りだしかけた。両側から辰雄と三千代に取り押さえられる。

「ゲイリー、行っちゃいやぁ！　あたしも連れてって！　あたしも一緒に行くよお」

「姉ちゃん、いかん。ほんとに姉ちゃんまで連れていかれる……！」

「あんたら、本当にいったいどうしたんね」

遠慮がちに店の表の引き戸を開け、母さんがやってきた。その胸に飛びこんで、ぼろぼろ泣いた。

好きだ、と言われたのが嬉しかった。たとえそれが千寿さんに抱くのと同じ種類の「好き」でなくたって。でもそのゲイリーに、あたしはもうこの時代で会うことはない。

＊　＊　＊

朝。一瞬、ここがどこだかわからなかった。うちのものでも千寿さんの家のものでもない天井。起き上がって見回すと、六畳ほどの和室に蓮斗とあやめ、あたしの三人分の布団が敷かれている。蓮斗とあやめはまだくぅくぅと気持ちよさそうな寝息を立てていた。見覚えのあるこの部屋は、広島の家の一室だ。

壁の時計はまだ、午前六時半。起きるには少し早いけれど、だからって眠りの世界に戻るにしては目が冴えすぎていて、起き上がった。

昨日はずっと涙が止まらなくて、もうゲイリーに会えないというつらさですいとんの夕食も喉を通らないくらいで、いつ眠っていつ入れ替わりが起こったのかわからない。千寿さんに会うあの瞬間は、毎回強烈な衝動を伴なうからちゃんと覚えているはずなのに、今日はその前にショッキングな経験をしてしまったせいか、心がちゃんと受け身を取れていなかった。たとえ収容所に行くことで原爆から助かるとは知っていても、ひょっとしたら、いやひょっとしなくても、これがあたしが中に入った千寿さんと、ゲイリーとの、本当のさよならになるんだから。

枕もとに広げられたノートを確認する。いつも通り、達筆な文字が並んでいる。

『百合香さん、こんにちは。目覚めた場所が自宅でないので、きっと驚いているでしょう。よく見ればわかると思いますが、ここは広島、百合香さんのひいおじいちゃんの家です。今あなたのひいおじいちゃんは危篤の状態にあり、急いで親戚や友人を集めています。大変なときなので、長女として気をしっかり持って、頑張ってください』

千寿さんが決して文章を書くのが得意なわけじゃないことにはとっくに気づいていたけれど、それにしても短い、あっさりした文面だ。消しゴムで消したりした痕もなく、本当にただこれだけ伝えたくて、必要なことのみ書きましたって感じの簡潔な文章。いつも私を気遣ってくれる言葉が添えてあるのに、今日の文章は千寿さんらしくない。

何かの理由があって、ノートに向かうのが0時ギリギリになってしまったとか？　いや、これはもっと他に伝えたいことがあって、でもそれを書けなかった文章に見える。たとえば、千寿さんがあたしになっているときに身体が透けてしまって、そのことを伝えるかどうか迷って、結局書けなかった、とか。

それに、広島に来ているんだ。お母さんやおばあちゃんからファミリーヒストリーを聞いて、ゲイリーがひいおじいちゃんだって気づいてしまった可能性もある。あたしだって、そのことを千寿さんに言えてないんだから、千寿さんだってそれに関しては何か言うのを躊躇しているのかもしれない。

どちらにしろ、無言に等しい伝言が、胸にざわざわといやな予感を広げた。

「百合香、花恵、来て。お父さん、意識戻ったわ……！」

昼過ぎ、お母さんと昼食の片づけをしていると、おばあちゃんが声を弾ませてキッチンに入ってきた。

「意識戻ったって、じゃあ話もできるの!?」

「何か話そうとしてるみたい、しきりに手を動かすのよ」

お母さんとおばあちゃんとあたし、三人でばたばた居間の隣の部屋に駆けこむと、ひいおじいちゃんの目が開いていた。見えない瞳をさまよわせている。

「千寿……千寿か……？」

ひいおじいちゃんが——いや、ゲイリーが——そう言った。元から細かったのに今では小枝のような腕を差し伸べ、あたしのほうを見て千寿さんを呼ぶ。すっかり老いて死の淵にいる、その姿にも心を打たれたけれど、それ以上に苦しさで喉が絞られた。

七十年たっても、ゲイリーは千寿さんのことを忘れていないんだ。この今わの際に呼ぶのが、ひいおばあちゃんでも実の子でも孫でもひ孫でもなく、千寿さんなんだ。

「お父さん、違うわよ。この子は千寿さんじゃなくて、百合香。あなたのひ孫よ」

おばあちゃんがゲイリーの手をあたしの手とつなぎあわせ、小さな子どもに説き伏せるように言う。涙で声がかすれていた。

「千寿……わかるよ……そこに、いるのは……千寿、なんだろう……？」

「かわいそうに。すっかりボケちゃって、誰が誰だかわからなくなっているのね……」

お母さんもやっぱり泣きそうな声で言う。

違う、ゲイリーは気づいているんだ、この身体に昨日、千寿さんが入っていたって。想いの深さが第六感みたいなものを生んで、時を超えた奇跡を起こしている。

「蓮斗たち、呼んできたほうがいい？」

お母さんが聞き、ためらいがちにおばあちゃんかうなずく。

「そうね、呼んでおいたほうがいいでしょう。お兄さんたちにも電話しなきゃ」

まもなくお母さんもおばあちゃんも和室を出ていき、しばしあたしとゲイリーのふたりきりになった。ゲイリーは見えない瞳を一生懸命動かしてあたしを見つめていたけれど、そのうちまぶたを閉じ、やがてその手から力が完全に抜ける。

庭で遊んでいた蓮斗とあやめが和室に戻ってきたときには、もう意識がなくなっていた。

おばあちゃんが呼んだ、次々来る親戚やひいおじいちゃんの友だち、かかってくる電話。そういうものに応対し、お母さんと家事の手伝いをしているうちに、一日はあっという間に過ぎて行った。今日は一度もドリルを開いていないことに気づき、二階の端っこ、今は使われていない書斎を借りて勉強をすることにした。

勉強するのは自分のため。わかっていてもしばらくすると集中力が切れてきて、シャーペンを投げ出していた。窓の外で気の早いツクツクボウシが鳴いていた。

だって、こんなこと、何のためになる？　七十年前の八月六日、広島にいるのはあたしなんだから。たとえその場で命をとどめたって、入れ替わりがいつ終わるのかも、永久に終わらないのかもわからない。そんな状況で、勉強なんて何の意味がある？

やけっぱちになっていたあたしを呼び覚ますように、スマホが着信を告げる。画面に表示される名前を見て、一瞬硬直した。

どうして……弘道から電話がかかってくるの？

「もしもし？」

『もしもし』

弘道の声は硬かった。付き合ってた頃はこんな声を聞くことなんてなかったのに。ふたりの間に横たわっている距離の大きさを思い知らされ、切なくなる。

「どうかしたの」

『別にどうもしないけど。なんかさ、今、暇で……さ。百合香の声聞きたくなって』

ちょっと前なら、何よあたしとの電話は暇つぶしなのー、と冗談めかして言えたのに、今はそうもいかない。

『お前、今日も渋谷でやってるの？　演説とか』

「演説をやるのはだいたい瑠璃さんっていう活動の中心にいる人で、あたしじゃないよ。あ、でもね。今度の八月六日、広島の原爆ドーム前で演説するんだけど、そのとき話すのはあたしなんだ。ほら、あたし、テレビ出ちゃったからさ。テレビ局の人も瑠璃さんたちも、あたしにやって、ってすごい言ってきて、断れなくって。本当は恥ずかしいんだけど。ちょうど、ってのも変だけど広島のひいおじいちゃんが危篤で、広島にいるってのもあって」

『危篤って、大丈夫か？　でもすごいじゃん。お前がみんなの前でしゃべるなんて』

そのとき、柴本百合香として話すのは本当はあたしじゃなくて千寿さんなんだけどね……という真実は、もちろん言えない。

でも、いっそ全部ぶちまけてしまいたいと思った。あの日、弘道を拒絶したのはあたしじゃなくて千寿さんだってことも、一日おきに七十年前の広島の女の子と入れ替わってるってことも、けど瑠璃さんたちと一緒に平和の尊さを訴える活動をしている、それは無理してるとかじゃなくって、本当に心からの気持ちでやってるってことも。

信じてくれてもくれなくてもいい。あたしはやっぱり、弘道が好き。

ゲイリーに惹かれたのは本当だけど、初めてのデートとか初めてのキスとか、いろんな初めてや思い出を重ねた弘道との絆も、心から大事に思っている。

「弘道は毎日、何してるの？」

『何って、別に普通だよ。宿題やったり、塾行ったり』

「そっか。お互い、別に面白くもない夏休みだね」

弘道が一緒だったら、もっとずっと楽しい夏休みになったのに。そんな本音は、喉の奥にしまいこんだ。

『お前、宿題進んでるの？』

「今、必死でやってたとこ」

『わからないとこ、教えてやろうか？』

「ううん、いい。今は弘道に頼らないで、全部自分でやってみたい」

『そっか——やっぱ、変わったな。お前』

しばらく続く無言。あたしはスマホを耳に当てたまま立ちあがり、西側の窓にかかるカーテンを開けた。ちょうど夕陽が沈んでいくところで、空全体が茜色に染まり、雲を透かした部分が金色に光っている。

「弘道。今、空、見える？」

『空？　あぁ、普通に見えるけど、今部屋だから。それがどうした？』

「どうもしないよ」

離れ離れになっても、同じ空を見ている。そんなベタなことがしたかったなんて、恥ずかしくて言えるわけがない。

『じゃあな。そろそろ俺、勉強に戻るわ』

「あたしもそうする」

『頑張れよ、勉強』

「……うん」

自分から切らないでいると、妙な間があった。言えないひと言ふた言をつけ足したみたいな、言葉の空きスペース。それからぷつりと小さく音がして、電波が途絶える。

スマホを両手でぎゅっと握りしめて、胸の前で持っていた。

千寿さん、あたし、生きたいよ。歴史が変わってしまうことで、あたしの存在そのものが消えてしまうなんていや。ちゃんと生まれてきて、弘道と出会いたい。そしてこの先いつかまた、弘道と手を取りあって笑える日が来ることを、信じたい。

昭和二十年八月六日の広島に放り込まれても、あたし、ちゃんと生き抜きたい。

でも、そうしたらあたしそのものが生まれなくなる。生きていたらひいおじいちゃんは間違いなくひいおばあちゃんではなく、千寿さんを選んだはずだから。

改めて思う。あたしはいったい、どうしたらいいの……？

七十年越しの絆

朝食を囲む中、三千代が心配そうに言う。

「今頃ゲイリー、何しとるじゃろか」

「取り調べじゃろう？　そして明日かあさっては、三次に送られる」

「ゲイリーになんかあったん？」

そう言うと、家族全員、信じられないといった目で私を見る。母さんが震える声を出した。

「千寿……まさか、昨日のこと覚えてないんか」

「昨日のこと、って……」

「姉ちゃん、ものすごい泣いとったやん、ゲイリーが憲兵に連れていかれて」

「ゲイリー、連れていかれたん!?」

辰雄の両肩をぎゅっと掴んで叫ぶと、辰雄はびくりと身体を震わせた。

「な、なんや姉ちゃん。本当に覚えてないんか」

肩を掴む指から力が失われ、だらりと左右に手を垂らす。涙が込み上げてきて、たまらず、お便所、と言って立ちあがる。

お便所の隅っこで思いきり泣いた。ひょっとしたらこれきり、もうゲイリーと会えないのかもしれないんだ。入れ替わり現象がいつまで続くのかも、八月六日を本当に百合香さんが生き延びられるのかも、焦土となった広島の街でゲイリーが本当に私のもとにたどりつけるかもわからないんだから。

あとで裁縫箱の中身を確認したら、お守りは消えていた。よかった。百合香さん、ちゃんとゲイリーに渡してくれたんだ。今は、それだけがせめてもの救いだった。

挺身隊の仕事にはまったく身が入らず、兵隊さんが見回りに来るたびにぼんやりするなと怒られた。今日ばっかりは、しょうがない。ゲイリーは今頃、三次に送られているのか、憲兵に殴られたり、ひどい扱いを受けていたりしないかと、考え出せばきりがなかった。

「菜穂子。今から言うこと、誰にも言わないって約束できる？」

お昼の休憩中、私は菜穂子に言った。

「そんなん、内容によるよ。よくないことを黙ってたら、千寿のためにならん」

「よくないことではないよ。そんなによいことでもない、けど」

「いったい何なん？」

「菜穂子が絶対誰にも言わないって約束できるなら、話せる。できんなら、話せん」

菜穂子は怪訝な目でしばらく私を見つめたあと、ふうと小さなため息をついた。

「わかった。よっぽどの話なんじゃろ？　ええよ。うち、黙っとる。で、何なん？」

身を乗り出してくる菜穂子の耳もとにそっと、口を近づけた。

「実はね、私。婚約者がおるんよ」

「えっ!?」

菜穂子が慌てて大きな声を出してしまった自分の口を押える。

「隣の家に、住んでる男の子。お母さんが日本人で、お父さんがアメリカ人」

「そんな人がおったん!?　うちもすぐ近所なんに、全然気づかんかった」

「お母さんと一緒に暮らしとったんけど、隠れて住んどったから。お母さんは結核で入院してて、その婚約者は今収容所にいる。外国人だからってだけで、捕まった」

「そうなんか……」

それ以上、何と言ったらいいのかわからないという口調だった。

「千寿、本当にその人と結婚するん？」

「結婚、したいよ。でもたぶん、無理じゃと思う」

「なんで？」

「なんでって、それは——……」

だって、広島に原爆が落ちるから。そのとき柴本百合香か栗栖千寿か、どっちが中に入っているかわからないけれど、どっちみち私は死ぬ運命だから。

そんなことは言えなくて、目をそらして誤魔化した。

「父ちゃんに反対されて。結婚するなら親子の縁を切るとまで言われたよ」

嘘ではない。菜穂子がこくこくとうなずく。

「そうか、つらいね。だから今日、ずっと元気なくて、仕事も上の空じゃったんね」

「……そうやね」

「でもね、千寿。好きな人がおるんなら、相手がどこのお国の人じゃろうが、親に反対されようが、頑張らないかんよ。これからはきっと、女が強うなって、そういう結婚があたりまえになるじゃろうし」

「……菜穂子は、頭がええのう。そして強ぇのう」

「そうかえ？」

問いかける菜穂子に、首を縦に振ってみせる。間違いなく、菜穂子は何があっても生き延びる人だ。強く賢く、これからやってくる悲劇を乗り越えることができる。

私は死ぬかもしれない。だとしたらその分まで、菜穂子に生きてほしい。

夕食の最中も空襲警報がウ――――、と不穏な音で空を揺るがす。麺が四、五本しか入っていなくて、あとは大根やかぼちゃを入れた味のないうどんの丼をちゃぶ台に置き、全員で庭の壕に避難だ。

みんなが中に入った途端、警報が止む。

「なんじゃ、こんなに空襲警報が多いと、おちおち食うてもいられんのう」

愚痴る母さんの隣で、三千代がぎゅっと両手を握りこぶしにして目を潤ませる。

「うち、もういやじゃ。こんな、戦争なんか、いやじゃ」

「三千代、急にどうしたん?」

その顔を覗きこむと、三千代は真っ黒い瞳からぼろぼろ涙を溢れさせた。

「うち、もうこんなこと、いやじゃ。空襲警報が鳴るんも、食べ物がなくてひもじいのも」

私は三千代の口をそっと押さえる。

「いかんよ、三千代。そんなことを大声で言っては。本音ではみんな、こんなのいやじゃって思っとる。うちらの暮らし、不便ばっかりで、楽しいことが全然ないもん」

「……」

「でもね、悲しいけれど、正しいことが正しくないっていう、おかしなこともときどきある。この世界では。どんな時代でも、それは同じじよ」

七十年後の世界で見た、だらしなく緩みきった笑顔を思いだす。あれが日本人の姿か、あの厳しい戦争の時代を生き抜いた子孫はあんなものなのかと思うと、悔しかったし悲しかった。でもあの時代には正義があった。戦争はいけない、二度と繰り返してはならない、と多くの人たちが思っていた。それは、とてもよいことだ。

昭和二十年の世界では、七十年後の正義がまかり通らない。正しいことを言っていたはずの父さんは憲兵に連れていかれ、顔をあちこち腫らして帰された。父さんの顔からはまだ、痛々しい痣が消えていない。今の時代には強い人たちがたくさんいるけれど、あたりまえの正義が正義として認められないんだ。

「もうすぐ、この戦争は終わると、父さんは思うちょる」

父さんがしんみりと言う。私はびっくりしてその横顔を見た。

「そしたら日本はものすごい速さで変わっていくじゃろう。そのとき社会の中心になるのは、千寿、三千代、辰雄。あんたらじゃ」

「わしが？　わしが社会の中心になるんか？」

「そうじゃ、辰雄。神国日本、天皇万歳の時代はもうすぐ終わる。そしたらお前らが、新しい日本を引っ張っていくんじゃ」

辰雄が、三千代が、そして私が、はっきり首を縦に振った。

歴史が変わったら、辰雄や三千代だって、生き延びれるかもしれない。

そのとき、日本を戦争をする国にするのかしないのか。決めるのは私たちだ。

夢の中に現れる百合香さんは、今にも泣きそうな顔をしている。このところずっと、百合香さんはこんな表情ばっかりだ。

私はもう、百合香さんにこんな顔をさせる原因に気づいている。

百合香さんはきっと、ゲイリーが好きなんだ。

ゲイリーが自分のひいおじいちゃんだと知っても、その気持ちは変わらないから。

私と同じように、必死であの人を守ろうとして、お守りを渡してくれたんだよね？

何もしてあげられないとわかっていて、私は百合香さんに手を伸ばす。百合香さんも溺（おぼ）れる者が藁を掴むように、手を差し出す。

ふたりの手と手が触れ合う直前、真っ白い光が目を焼いた。

＊　＊　＊

『千寿さん、こんにちは。二十一世紀の夏は温暖化で厳しいけれど、冷房がない昭和の夏も大変ですね。

こちらでは、ひいおじいちゃんが一時、意識を取り戻しました。でも今はまた、意識のない状態にあります。回復することはたぶんないみたいです。

今日は弘道と少し電話しました。別れても、あたしたちは好きあっています。もし今日も弘道から電話があっても、普通に話してもらえたら助かります』

平成二十七年の八月四日の世界で目覚め、まず枕元の帳面を確認する。一昨日、こちらから宛てた伝言もごくあっさりと、近況報告だけしたような感じだったけれど、百合香さんからの伝言もそれに負けず劣らず、あっさりしていた。なんだか、事務的な感じ。弘道くんのことを語る部分だけ、血が通った文章に見えたけれど。

こんなことじゃ、いけない。本音をぶちまけてちゃんと話すことをしなければ、あの日を乗り越えることはできない。今日は八月四日。あと二回しか、入れ替われないんだ。

それにしても、百合香さんはどうしてひいおじいちゃんがゲイリーだと知っていて、それを話題にしてこないのか……？

考えていると遠慮がちに部屋の引き戸を叩く音がして、お母さんが顔を出した。

「おはよう。起きてるのはまだ、百合香だけね」

「どうかしたん？」

「ひいおじいちゃんがね。いよいよ、危ないの。今、お医者様に診てもらってる」

前からわかっていたことだけど、ついに来たかという思いで胸が震えた。ゲイリーが百合香さんのひいおじいちゃんだと知った今、私はこれからもう一度、愛する人と別れる経験をすることになる。

ゲイリーの子どもであり百合香さんの大伯父にあたる勝さん、百合香さんのおばあちゃんの八重子さん、八重子さんの妹で百合香さんの大叔母さんにあたる五月さん、それら三人の子ども、孫。

どことなくみんな似た顔をしているのは、血の成せる業なのか。病室として使われている和室は、冷房を効かせていても大人数が吐きだす呼気のせいで、少し暑い。

「ずいぶん、顔色が真っ白ねぇ。もともと白かったけど、今は紙のようね」

五月さんが言って、その隣で勝さんがうなずく。この人たち、私よりあとに生まれているのに私よりはるかに年上なんだな、と思いついて、変な感じがした。

「モルヒネを効かせてあるから、痛みはないはず。お父さんきっと今、夢の中よ」

八重子さんが疲れた顔で言う。中央に寝かされている病人は酸素マスクをつけられ、管で機械に繋がれて今にも消えそうな命の火をどうにか留めていた。見事だった金髪はすっかり抜け落ち、美しかった灰色の瞳は機能を失い、元から細かった身体は余計に細くなっていたけれど、こうして見れば、私にはわかる。

たしかに、この人はゲイリーだ。もう会えないと思っていたゲイリーが、七十年もの時を超えて今、私の前にいる。

そう思うと愛しさが込み上げてきて、抱きついたりしたくなるけれど、今の私は百合香さん。激情をぐっとこらえ、泣きそうになる目頭を押さえた。

「……千寿」

酸素マスク越しに、その声を聞いた。

「千寿……千寿」

「おじいちゃんったら。初恋の人の夢を見てるのね」

「初恋の人……!?」

百合香さんの母親の肩越し、八重子さんが変な顔をした。

「やだ、こないだ言ったじゃない、忘れちゃったの？　百合香のひいおじいちゃんとひいおばあちゃんは、戦時中の広島で出会ったのよ。ひいおじいちゃんの初恋の人で、結婚の約束までしていた千寿さんって方がいてね。その方を担当していた看護婦さんが、百合香のひいおばあちゃんで名前は六美」

「それって……千寿さんは亡くなったってことだよね？」

「そうよ、原爆投下から二週間後に。ひいおじいちゃんとひいおばあちゃんと、千寿さんの友だちと、三人で看とったんですって。そのあと、所帯を持ったのよ」

「私、その、ちょっと……お便所」

昭和二十年の世界と同じ理由をつけて立ちあがる。

ひとりになって、なんとか自分を落ちつけようと深呼吸をした。

百合香さん、さっきの話、すでに聞いてたんだ。

ゲイリーが自分のおじいちゃんだってこと。

じゃあ、どうして百合香さんが、私にそんな大事なことを話さなかったかといったら……もし私たちが歴史を変えてしまい、栗栖千寿が原爆を乗り越え、ゲイリーと無事に結婚してしまえば、八重子さんもお母さんも、というか百合香さん自身が生まれてこなくなるから。

歴史がまるで、変わってしまうんだ。

だって、生き延びていたら私とゲイリーは結婚していただろうし。私の死がきっかけで、ゲイリーと百合香さんのひいおばあちゃん、六美さんが出会うわけだから。

どうしよう、とトイレの床にぺたんと座りこんで考えてしまう。

百合香さんが私に言えなかったのも無理はない。かといって、こんな大事なことをひとりで抱えこんでいたなんて。百合香さん、今までどれだけ悩んだんだろう。

私が生き延びれば、百合香さんがそもそも生まれてこれない。だからといって私が死んだら、そのとき私の身体に入っていた百合香さんが死ぬ可能性もある。

どちらかひとりしか、生き延びられない……。

「お姉ちゃーん、まだトイレ入ってるのー？　あやめ、おしっこしたいよぉ」

あやめの切羽詰まった声に立ち上がり、鍵を外して扉を開けた。真向かいに掲げてある姿見に、個室に駆け込んでいくあやめの姿が映り、扉が閉まる。

茫然とした。姿見の中には、何にもなかったから。
二、三秒して、鏡の中に再び私の姿が現れた。驚きと恐怖で引きつった顔をしている。右頬におそるおそる手を伸ばす。触れることはできた。
身体が消える。この現象も、百合香さんは体験していたのだろうか。これは、もしかして私たちが歴史を変えたら、百合香さんが生まれなくなるということを意味しているんだろうか。恐ろしくて心細くて、自分で自分の身体をぎゅっと抱きしめる。

今の私は、どうしようもなくひとりぼっちだ。


『百合香さん、こんにちは。現在、あなたのひいおじいちゃんは大変危険な状態にあります。親戚の人がたくさん家に出入りして、気を遣うかもしれません。

いよいよ、原爆投下まで、今日これからと、明日だけになってしまいましたね。

どうすればいいのか、結局、答えは出ないままでしたね。

でも、百合香さんには生き延びてほしいと、心から思っています』

それだけ書いて、消して書き直そうと思ったけどやっぱりやめて、ペンを置いた。

深夜の書斎、網戸から涼しい夜風が入ってきて、古いカーテンを揺らす。夏の夜の、草木をごちゃ混ぜにして煮詰めて冷やしたような、青臭い匂いが鼻孔を突いた。

百合香さんは、ゲイリーが自分のひいおじいちゃんだって、もう知ってるんですよね？　歴史を変えたら、百合香さん自身が生まれなくなってしまうことも……知ってるんですよね？

そう、書くことはできなかった。

百合香さんは八月六日のあの瞬間、逃げないかもしれない。歴史を忠実になぞるために。栗栖千寿としての自分を死なせることで、平成の世に自分が生まれるために。

もしそう思ってるなら、そのとおりに行動してほしい。きっと入れ替わりは八月六日の夜にも起こるはずだから。苦しみは、私が引き受ける。でもそれからもまだ入れ替わりが続くとしたら、どうなる？　栗栖千寿が死ぬ日、その体の中に入っているのが百合香さんなら百合香さんが死んで、私はそのまま、二十一世紀で柴本百合香として生きていくのだろうか――。

そんなことを考えながら、布団に入った。蓮斗とあやめの寝息を聞きながら、木目の天井をじっと見つめていた。

私たち、いったいどうなってしまうんだろう……？

愛すべき人たち

昭和二十年八月四日、広島に原爆が投下される二日前。

あたしは日赤病院に入院している静子さんのもとへ向かった。汗でブラウスがべったり背中に貼りつく、ひどく蒸し暑い日だった。その割に空は嫌な色の雲が多く、これから広島に惨劇が起こることを暗示しているように見えた。

「それじゃ、今、ゲイリーは収容所におるんね？」

「はい、たぶん。捕まってしまった外国人は、結構三次に送られてるみたいで……」

ベッドに上半身だけを起こした静子さんがそう、と悲しげに微笑んだ。

この病院は爆心地に近く、昭和二十年八月六日にも、甚大な被害を受けたという。

今日ここを訪れたのは静子さんにゲイリーが収容所へ連れて行かれたことを知らせるためと、あともうひとつ。

「あの。これからあたしが言う話、とりあえず最後まで聞いてみてください」

「いったい何なん？」

楽しい話を期待したのか、静子さんの目が子犬を拾い上げた子どものように輝く。

あたしはひとつゴクンと唾を飲んだ後、続けた。

「あたしには未来を知る力があるんです。本当なんです。あたしには未来が見える」

静子さんの笑顔が引っこみ、困惑の表情になる。不快に思われてはいないようだけど、信じてるって顔でもない。

「あたしの力で未来を見たら、明後日八月六日。午前八時十五分に、広島に新型兵器が落ちてきます。今までの常識が通じない恐ろしい兵器で、一瞬で広島は崩壊してしまいます。防空壕に逃げる暇もありません。だから、八時十五分直前に、どこでもいい、地下室か防空壕か、とにかく安全な場所を見つけて避難してください。できれば、比治山まで逃げてください。あそこらへんまで逃げれば、大丈夫なはずなので」

「千寿さん……」

何か言おうとして、言葉に詰まっている。無理もない。こんな突拍子もない話、いきなり信じられるわけがない。

でも、もうこれしかないんだ。静子さんを、ゲイリーのお母さんを、救う方法は。

「お願いです、どうか明後日、八時十五分より前に逃げてください」

「そう言われても……うちは、どっちみち死ぬよ。結核なんやし」

「そんなこと言わないでください!!」

つい、声が鋭くなってしまい、隣のベッドの人が気になってカーテンを閉める。静子さんが遠い昔を見るような目で言った。

「千寿さん、あちきは遊郭で生まれたんよ。遊郭で育って、遊郭の女になった」

静子さんは綺麗な人だった。彫りが深い外国人顔のゲイリーと昭和の美人顔の静子さんを似てると思ったことはなかったけど、こうして見ると輪郭がそっくりだ。

「うちは、遊郭の中でしか生きていけん女じゃ。遊郭の外で生きる術（すべ）を何ひとつ、身につけてこんかった女じゃ」

「静子さん、そんな……」

「うちはね、正直もう諦めとるんよ。ゲイリーも、もう十八じゃし、立派な大人じゃ。うちがいなくなっても、ちゃんとやっていけるじゃろう」

「それは違います!!」

必死で叫んでいた。静子さんの瞳が、あたしを見る。

「明後日、広島は大変なことになるんです。そのときは大丈夫になっても、後になって死ぬ人がバタバタ出てくる。たぶん、あたしも死んでしまいます。そのとき、ゲイリーの心の支えになるのは、母親の静子さんなんですよ。たとえあたしが死んでも、静子さんのために頑張らなきゃって、ゲイリーに思わせてほしいんです。だからお願い、生きていてください。八月六日の八時十五分、安全な場所に逃げてください」

静子さんが美しい横顔を窓の外に向けた。私のほうを見ないまま、つぶやく。

「ありがとな、千寿さん。そんなに、ゲイリーのことを思ってくれとって。千寿さんに好かれて、ゲイリーは幸せもんじゃ」

家に帰ると、そこには明後日原爆が落とされるなんて信じられないほど、いつもの平穏な光景があった。辰雄と三千代がおもちゃの軍艦で遊び、父さんは仕事場で手を動かしている。台所で夕食の支度をしている母さんの背中にただいまを言う。

「おかえり、どうじゃったか？　静子さんは」

「元気だった。病人にしては、って意味だけど」

「ゲイリーが収容所に行ったことは話したん？」

「うん。悲しそうな顔、してた。でも、知らせないわけにはいかないよね、母親なんだもん。自分の息子がどこにいるかわからなかったら、何かあったとき困る」

「何かあったとき？」

「だって、明日広島が、東京や呉みたいになるかもしれないんだよ。そういうことが起こっても、ちっともおかしくない、日本は戦争をしてるんだから」

自分が未来から来てるって、絶対信じてもらえない話はできないから、こんな警告の仕方しかできない。母さんが鍋をかき混ぜる手を止め、まじまじとあたしを見た。

「なんや千寿、最近そんなことばっかり言うのう。心配のし過ぎもよくないよ」

「でも……！」

外側がどんな状況だって、あたしたちは幸せになることができる。身近な人を愛したり、笑ったり。明かりに目を向けることは、そんなに難しくはない。

少なくともこの屋根の下には、家族の幸せがある。長男を戦争で亡くし、毎日ひもじい思いをして、娯楽なんて何ひとつないそんな世界でも、愛しあい寄り添い、明日を信じて暮らしている。

「ちょっと、千寿、どうしたん!?　いきなり泣いたりして……」

「なんでもない」

また絶対おかしいと思われる、止めなきゃと思うけれど、一度堤防を越えてしまった涙は次から次へと溢れてきて、頬を濡らした。

千寿さんの家族は、あたしにとっても家族だ。

温かくて小さな幸せが消えてしまうなんて、絶対にあってはならないことなんだ。

「なんや千寿、なんでもないのに涙が出るなんて。また病院、行くか」

「えっ、それは駄目。病院は嫌」

ぶんぶん首を振ると、三千代と一緒に居間からやってきた辰雄がにやりと笑った。

「なんや姉ちゃん、病院が怖いんかぁ。情けないのう」

「違う!!」

殴ろうとすると辰雄はすばしっこく逃げてしまう。しばらく辰雄と、台所の中で追いかけっこになった。あんたらやめんさい、なんて言いながら母さんも笑っていた。三千代も笑っていた。

大好きなあたしの家族を、なんとしてでも守らなきゃいけないと思った。

これが、ひょっとしたら昭和二十年の世界で過ごす、最後の夜になるかもしれない。そう思ったら眠れなくて、寝ようとすればするほど意識は冴え冴えとした。たまらず起きて、暗闇の中、壁伝いに歩き出す。

仕事場に入ると、父さんは驚いた顔で振り返った。

「なんや、千寿。どうかしたんか」

「ちょっと、眠れなくて。ここで父さんが作業してるの、見ててもいい？」

言いながら壁の時計を確認する。十一時四十五分。少しだけなら、ここにいられる。

「別にええが、何も面白いもんなんかないぞ」

「いいの。父さんが仕事してる姿、見ていたい気分なの。今は」

「なんじゃそりゃ」

父さんは呆れたように笑って、仕事に戻った。かちゃかちゃと細かい作業をする音と、壁の時計の秒針がカチカチと時を刻む音が、重なって聞こえていた。

「ねぇ、父さん。父さんが死んだら、この時計屋はどうすればいいの？」

原爆が落とされるから逃げなきゃいけないとか、本当に言いたいことは飲みこんで、言った。さっきよりも怪訝な顔がこちらを見る。

「なんじゃ、急に」

「だって、普通ならお兄さんが後継ぐところだけど、死んじゃったし……あたしは不器用だから、時計職人なんて無理だよ。そうなると、辰雄か三千代か……」

「別に誰にも、後を継いでほしいなんて思っとらんよ。わしが死んだら潔く潰したらええ。後を継ぎたい奴が出てきたら、任せたらええ。なあ千寿、これはとても大切なことだから言っとくんじゃからのう。自分以外の人間に、期待したらいかんよ。たとえそれが、自分の子どもでもじゃ。親の期待は簡単に、子どもの足枷になるからのう」

つっけんどんな口調の裏には温もりが隠されている気がして、また溢れそうになる涙を呑んだ。最近、何かと泣いてばっかりだ。泣かされる場面ばっかりだ。

「ありがとう……あたし、そろそろ寝る」

立ち上がると、くらりと激しいめまいがした。壁の時計を見ればちょうど0時を差したところだった。ぼーん、と昨日から今日に切り替わったことを知らせる音がする。

「千寿？　どうかしたんか？」

「……なんでもない。おやすみなさい」

ぼーん、ぼーんという音にかき立てられるように、壁伝いに必死で歩いて布団を目指した。これ以上、この世界でぶっ倒れるわけにはいかない。

意識が今にもかき消えそうな中、うつ伏せにばたんと身を横たえた布団の薄っぺらい感触が、夢に入る前の最後の知覚だった。


いつもの夢の中、現れる千寿さん――正確にはあたしの身体に入った千寿さんに、無駄だとわかっていて手を伸ばしてしまう。

千寿さんに、あなたの父さんはこんな素晴らしい言葉をプレゼントしてくれたんだよと、伝えたかった。そして、あたしがどれだけあなたの家族を愛しているかを。自分の家族と同じように思っているってことを。

あたしの口が動く。千寿さんの口も動く。

お互いに伝えたいことを伝えられないまま、白い光に飲みこまれてしまう。

＊　＊　＊

平成二十七年八月五日の朝、千寿さんからの伝言を読みながら、ため息をついてしまった。ぱたんと閉じたノートを思わず布団の上に放る。

千寿さんの文字を読んだら、改めてあたしの背中にのしかかっている運命の過酷さに打ちひしがれそうになる。あたしはひとつの決意を下した。千寿さんとあたしが愛する家族を、なんとかして守るって決意。

それはあたしが柴本百合香として生まれてこれなくなること、歴史がまるで変ってしまう可能性を生むことを意味するけれど。

それでも、とにかく、守りたいんだ。千寿さんの大事なものを、あたしもちゃんと守るんだ。絶対、全員死亡なんて結果にしない。ひとりでもふたりでも、生き残る。歴史なんて変わってしまっても構わない。

そう考えたらやっと元気が出てきて、スマホを確認する。アプリに瑠璃さんからメッセージが入っていて、思わず目を見開いた。

『今、新幹線で広島に向かっています。明日、原爆ドームの前で百合香さんが演説すると思うと興奮して、遠足の前の日の子どもみたいになってしまいました。いてもたってもいられないから、そちらに応援に行きます』

日が落ちて涼しくなってから、原爆ドーム周辺から元安川の河辺を瑠璃さんと歩いた。明日行われる灯篭流しのため、テントが準備されている。

「明日は昼間に演説して、夜は一緒に灯篭流しに行きましょう。とっても綺麗よ」

「すみません、あたしってば不勉強で。そういうイベント自体知らなかったです」

「昭和二十二、三年頃、親族や知人を原爆で失った方たちが供養のため、手作りの灯篭を川に流したのが始まりだって言われてるの。今では原爆の遺族だけじゃなくて、世界中から人が集まる、慰霊の意味と平和を訴える催し物になってるのよ」

灯篭流しを主催しているボランティアの人たちだろう、テントの下で明日の準備に勤しんでいる姿が見えた。この人たちも被爆した人の子どもや孫やひ孫なのかな、と思いつく。よくよく考えたらあたしだって、被爆四世なのだ。

「広島の人たちは、強いですね」

川面を流れこちらまで吹いてくる風の涼しさに、あたしは目を細めながら言う。

「あんなひどい目に遭って、それでも負けないで、あの瓦礫だらけの街をここまで立派に復興させた」

瑠璃さんは黙っていた。あたしからは後頭部しか見えなくて、今どんな表情をしているのかわからない。

「それに比べれば、現代に生きるあたしたちって本当に弱いなって思います。ちょっとのことで泣いたり怒ったり、諦めたり絶望したり」

「――百合香さん。私ね、小学六年生のとき、死のうとしたことがあるの」

え、と言おうとしたけれど息が唇の上をつるりと滑っただけで、言葉にならなかった。ふたり、河辺を歩きながら、じっと瑠璃さんの続く声を待った。

「思春期の女の子にはよくあることよ。仲良しグループだって思ってたのに、他の子からみんなが私の悪口言ってたのを知って、それで……死にたくても小学六年生だから、自殺の方法なんてよくわからなくて。カッターナイフで手首、切ったの。傷は浅かったけどそれでもすごく痛くってどんどん血が溢れて、すごい泣いたわ。親にはめちゃくちゃ、心配かけた。心療内科にも行かされたしね」

「……すみません。なんて言ったらいいのか……」

「私はね、今こうして平和の大切さを訴える活動をしているし、ボランティアもずいぶんやってきた。でもみんな、人のためじゃない。すぐ折れてしまう自分の心を、支えるためよ。それを偽善と言われたら、そうですねって受け入れるしかない。でも」

瑠璃さんがゆっくりとこっちを向いた。化粧っ気のない黒目がちの目の中に、はっきりと強い意志が宿っていた。瑠璃さんは本当はちっとも弱くない。

「でも、偽善だって結果的に誰かの救いになるのなら、いいじゃない？　人のために何かしよう、その気持ちを誰も持たなくなったら、この世はすごく冷たい場所になる」

「……あたしも、そう思います」

「自分のためだけに生きていたら、しんどくなるときだってある。たまには人のために生きてみたっていいじゃない？　人のためは、まわりまわって自分のためになるから」

「本当に、そうですよね」

どちらからともなく足を止め、対岸に建つ原爆ドームを眺めた。

『千寿さん、こんにちは。千寿さんがこの伝言を見るのは、平成二十七年の八月六日の朝ですね。原爆ドーム前での演説、頑張ってください。東京から瑠璃さんが応援に来てくれています。朝には夏音ちゃんも、こちらに到着するそうです。

結局、何の結論も出ないままでしたね。原爆が落とされることを知っても、逃れる方法はわからないままだった。

でもあたしはひとつ決意したことがあるから、これから昭和二十年八月六日の世界に行って、それを一生懸命やろうと思います』

そこまで書いてシャーペンを投げ出し、机の脇に置かれている今は使われていない姿見の前に立った。何も、映らなかった。もうそれぐらいで、いちいち驚いたりしない。恐怖と驚きを司る神経が麻痺してしまったみたいだ。

何度かまばたきをすると、キャミソールにショートパンツ姿のあたしが現れる。これは、本当に身体が消えているのか、恐れが見せている幻覚なのか。考えても仕方なく、壁の時計で時間を確認する。〇時五分前。まずい、間に合わなくて変なところでぶっ倒れたら、こちらの世界でも体調不良を疑われてしまう。慌てて立ちあがった。

蓮斗とあやめがぐっすり寝ていて、かわいらしい寝息を立てている。起こさないようにそっと歩き、自分の布団に潜りこむ。豆電球が照らす木目の天井をじっと見つめていた。目を閉じるのが怖い。眠るのが怖い。昭和二十年八月六日へ行くのが、怖い。覚悟がまだできていないのだと、自分の情けなさを知って苦しくなる。ネットや本で見た、被爆した広島の光景がわーっと瞼の裏に広がって、恐怖を煽る。

こんなことじゃ駄目なのに。強くならなきゃ、千寿さんの家族を、あたしにとっても家族である人たちを、守れない。

時間が来て、木目の天井に波が立つ。ぶにぶにと歪む世界の中、意識が消える。

再び目を開けた時には無重力状態みたいな不思議な世界の中、千寿さんがいる。

千寿さん、あたし、千寿さんの大好きな家族を守るね。

たとえあたしが生まれなくなってしまっても、歴史が変わってもいいから。

あなたの大切なものを、必ず守るからね。

言いたいことをひとつも伝えられないまま、白い光がふくらむ。

脳を体を、揺さぶる衝撃に襲われながら、再び意識が薄れてゆく。

願い

昭和二十年八月五日、挺身隊から帰ってきた夕方、栗栖家の中で繰り広げられているのはいつもの日常だった。

「母ちゃん、これ、辰雄と摘んできたんじゃがのう。夕飯に使えるじゃろうか？」

「うん、シロツメクサじゃね。お粥に入れたら、野菜の代わりになるよ。ようやったな、あんたら。こんなにたくさん」

「わし、これ、父ちゃんにも見せてくるー！」

籠いっぱいのシロツメクサを、居間に隣接した仕事場で時計をいじっている父さんに見せ、辰雄は頭を撫でてもらってご機嫌だ。

七十年後に比べれば、確かに私はひどい時代に生まれたのかもしれない。物もない、食べ物もない、娯楽もない。その上、常時空襲の脅威に晒されている。文字どおり明日普通に生きていられるかもわからない時代で、そして本当に明日、広島には原爆が落とされて地獄がやってくる。

それでも私は、確かに幸せだ。守るべきものが、目の前にあるんだから。

「みんな、聞いて――!!」

声を張り上げた。自分でも固い声になるのがわかった。父さん、母さん、辰雄と三千代。八つの目がいっぺんに私を見る。

もうこの方法しかない。他にいい方法は思いつけないから、正面突破するだけだ。

「私、最近ぶっ倒れたりしてたけど。それは私が、一日おきに七十年後の柴本百合香さんって女の子と入れ替わっとるからなんよ。毎晩、夜中の十二時かっきりに、私と百合香さんは入れ替わるんじゃ。そんな不思議なことが、もう一か月も続いとる」

「姉ちゃん……何言っとるん？」

三千代が首を傾げ、辰雄が怪訝な顔になり、父さんと母さんはぽかんとしていた。

「つまり私は、未来を知っとるんじゃ。七十年後の世界で、歴史を知った。それによると明日、昭和二十年の八月六日、広島には新型兵器が落とされるんじゃ。原爆という、恐ろしい兵器じゃ。ピカッて空が白く光ったかと思うと、ドーンと爆弾が落ちてくる。防空壕に逃げる暇もない。爆心地近くにいた人は、即死じゃった」

辰雄がいっそう怪訝な表情になる。そりゃそうだ。入れ代わりだの未来を知ってるだの、そんなこと、最初は私だって信じられなかったんだから。

「広島に新型兵器が落とされる、広島が危ない、それは噂じゃないんよ。本当じゃ。だから私たち、今からでも遅くない。府中の伯母さんのところまで逃げるんじゃ。今から支度して行けば、夜中にはつくよ」

「なぁ姉ちゃん、さっきからいったい……」

「辰雄。私だって最初は、夢を見ているだけだと思った。でも七十年後の未来で、私は知ってしまったんじゃ。原爆で一家全員、死んでしまうって」

みんながそれぞれの目を見開いた。

もしかしたら、歴史を変えるのはいけないことなのかもしれない。それによって生まれてくるはずのない人が生まれたり、生まれるべき人が生まれなかったり、必ずひずみが生じてくる。ひずみが大きくなれば、もっと大きな歴史が変わってしまう。

それでも私は、歴史を変えたい。少なくとも、私の家族だけは守りたい。

いや歴史なんて、この際もうどうでもいいんだ。大切なものを、精一杯大切にするだけ。このしんどい時代に生まれて、それでも手の中にある幸せを、手放してたまるか。

「信じてもらえないんなら、信じてもらえんでもいい。みんなが信じても信じなくても、明日、広島には原爆が落ちるんじゃ。街じゅう地獄に変わるんじゃ」

三千代が不安そうな顔で母さんの腕にしがみつき、知らない人を見るような目で私を見る。それに構わず、私は声に力を込める。

「お願いだから、みんなで逃げよう。必死で逃げれば、必ず助かるんじゃから……」

「姉ちゃん、いい加減にせえよ」

辰雄の冷たい口調に、喉奥を氷の塊で塞がれた思いがした。

「新型爆弾とか、広島が危ないとか、噂しとる分にはいいよ。でも入れ替わりだの、未来を知っとるだの、そんな、妄想しよって」

「妄想じゃないんよ！　私は本当のことを……」

「かわいそうに、妄想か本当のことか、ごっちゃになっとるんじゃな。姉ちゃん、今すぐ病院行きぃや。頭を診てもらったほうがええ」

「辰雄、やめろ」

低い声で父さんが言った。椅子の背に手をかけ、不自由な足を引きずって立った。

「姉ちゃんが、嘘を言ったことがあるか。千寿はおかしなことを言うて、家族をいたずらに怖がらせて、面白がったりするような子か」

「父ちゃん……」

「千寿は誰よりも正直もんじゃ。わしは、千寿を信じるぞ」

「父ちゃん!!」

いつもむっつりしている顔がにっこりと私に微笑みかけ、思わず涙がにじんだ。私は小さな子どもに戻ったみたいに、父さんに飛びついていた。

手押し車に最低限必要な荷物だけを載せ、出発する。最低限とは言っても五人家族だから、それなりの量だ。

すでに日は落ちて、西の空が淡い黄金色に輝いていた。こんな時間に手押し車を押して歩く一家は人目を惹き、すれ違う人たちがみんな不思議そうにこちらを振り向く。

「なぁ、姉ちゃん。入れ替わるって、どういうことなん？」

小さな背中に自分のリュックサックを背負って歩く三千代が、不安げな顔で私を見上げた。子どもなりに恐怖を覚え、私を疑っているのだとわかる。

「一日おきに、七十年後の女の子と入れ替わるって、どういう意味？　じゃあ、今の姉ちゃんは姉ちゃんじゃないんか？」

「今の姉ちゃんは、姉ちゃんよ。でも昨日の私は姉ちゃんじゃないし、明日の私も姉ちゃんではなくなる。姿かたちは、変わらないけど」

「なんや、いきなりそんなん言われて、頭がぐじゃぐじゃやわ」

暗い顔を俯ける三千代に、姉として何て言ったらいいのかわからない。

「なぁ、父ちゃん。入れ替わるだの未来がわかるだの、本当に信じとるんか？」

わからないなりになんとか理解しようとしている三千代に比べると、辰雄は明らかに反抗的だった。きつい口調に反論しようとする前に、次の言葉を重ねられる。

「姉ちゃん、ずっとおかしかったやないか、ここんとこ。いきなり倒れたり」

「辰雄、信じてもらえんかもしれんけど、私は……」

「もう自分の妄想にわしらを付き合わすのはやめいや！」

「辰雄。何も起こらないなら、それでええじゃろ」

辰雄が口をつぐむ。父さんに言われて黙っただけで、たぶん納得はしていない。

「わしだって、いきなりそんなこと言われて、すっかり信じられるかっていうたら違うわ。でも、千寿はいたずらにおかしなことを言うて家族を混乱させる子じゃない」

「父ちゃん……」

父さんの分厚い手がそっと伸びてきて、私の頭を力強く撫でる。その確かな、頼もしい感触に、今感じている不安が少しずつ消えていった。

「辰雄も三千代も信代も、千寿を信じてやってほしいんじゃ。わしは千寿の言うことを信じられなくても、千寿を信じとるから、今こうして、府中に向かっとる」

ありがとう。父さん。もしもう一度、七十年後の平和で満ち足りた世の中に生まれるか、それともこの不自由でひどい時代に父さんの子どもとして生まれるか、どちらか選べるとしても、私は後者を選択する。

「なんや、みんな揃って、これからお出かけかのう」

聞き慣れた声がして振り向くと、私たち家族を見る菜穂子と目が合った。

一瞬で頭を巡らせて、どうしよう、と思ってしまう。

菜穂子は黙っていても、明日宇品に行って、船の上で被爆を免れる運命にある。だったら下手なことを言わないほうがいいんじゃないのか。

「府中の姉さんのところで、甥が戦死してのう。明日葬儀なんじゃ」

私が口を開く前に母さんが言った。即座に利く母親の機転に関心する。

「それにしては大荷物じゃのう。なんや、服だけで一週間分はありそうじゃなあ」

「荷物疎開も兼ねてるんじゃ。冬ものの洋服も入っとるよ」

ほーう、と菜穂子が納得したような、していないような声を出した。そして私に向かって笑顔で言う。

「うち、明日は挺身隊休むよ。弟が疎開するけ、宇品に牡蠣を買いに行くんじゃ」

「そっか……気をつけていくんじゃよ」

もし、今ここで菜穂子にも明日の八時十五分、広島に原爆が落とされることを告げたら、何か変わるだろうか。

菜穂子は私の言うことを信じて、両親に悲惨な未来を告げ、菜穂子の両親もそれを信じて避難してくれるだろうか。答えは出ないまま、親友は去っていく。

「じゃあ、そっちこそ気をつけてなぁ」

幼馴染みで親友の背中が、どんどん小さくなる。何も言えなかったことがひどく悪いことのような気がして、鼻の奥がジンと痛む。

「気にするな、千寿。今何か言うとったって、信じてもらえんよ。万が一菜穂子ちゃんが信じてくれたって、その家族まで信じてくれる可能性は、本当に低い」

「父ちゃん、違うよ。私はそんなこと冷静に考えたわけじゃなくて、変なことを言う子だって菜穂子に嫌われてしまうことが怖かったんじゃ。ただ、それだけ」

「だとしても、気にするな」

父さんがもう一度私の頭を撫でた。ひと粒だけ涙がほろりとこぼれて、誰にも見られたくなくて慌てて頬を拭いた。完全な闇がすぐそこまで迫っていた。


府中の伯母さんは母さんとは仲がいいけれど、私たち甥、姪らには口うるさく、あけすけに物を言う人だ。だから今回もいきなりこの非常時に一家揃って避難してこられても迷惑だ、という気持ちを隠そうともしない。

今回も母さんの機転で、隣の家の小火がこちらにまで燃え移り、家が半壊してしまって寝る場所も食事を作る場所もないから、という嘘を通した。そしたら同情はしてくれたものの、小火がどれだけのものだったのか、みんなそのとき何をしていたのか、怪我はないかとうるさく、そのたびに即席の方便を通す母さんに驚いてしまう。

母屋には五人も寝る場所がないので、離れの小屋を慌てて片づけて無理やり作った空間に布団を敷き、そこに寝そべった。みんなの布団から寝息が聞こえてくる頃、私はのそりと起き上がり、音を立てないようにそっと扉を開け、外に出る。

空には無数の星がきらめいていて、しばらくその場に立ちすくんだ。あまりにも綺麗な夜空に圧倒されて、また泣きたい気分になっていた。

こんな綺麗な空を見るのも、これで最後になるのかもしれない。下手したら二度と家族と言葉を交わせることも、ない。

それでも私は、これから広島へ、大好きな家族たちと過ごしたあの家へ戻る。

そこで入れ替わってしまったら、明日、百合香さんは安全な郊外の伯母さんの家ではなく、広島市中心部で昭和二十年八月六日を過ごすことになるだろうけれど、私も百合香さんも、生き延びる術を学んでいる。即死することはないだろう。

それからまた明日の夜、ふたりの身体が入れ替われば、歴史は変わらない。

明日もちゃんと入れ替わることができるのか、それで入れ替わりが終わるのか、自ら広島の中心地へ行って生き延びられるのかもわからない。危険すぎるし、不確定なことが多すぎる賭けだったけれど、もう、私たちにはこの方法しか残されていない。

「千寿」

涙を呑んで走りだそうとして、硬い声に振り返る。引き戸を後ろ手で押さえ、不自由な足を引きずりながら、父さんが現れた。

いろいろな感情が湧きあがってきて、それを跳ねのけるように走り出していた。

「待て、千寿」

震える声で言われたら、中途半端な覚悟しかできていない足は止まってしまう。

「なんで、逃げるんじゃ。どこへ行くんじゃ。いったいお前は、何を考えとるんじゃ」

「父ちゃん……」

「わしにはわからんよ。千寿を信じとるが、千寿の言うとることが本当のことかどうかもわからん。そして千寿がどうして今、わしらの前から去るのかわからん」

「私は、生き延びるわけにはいかんの」

　胸の中も頭の中もぐるぐるして、本当のことしか言えなかった。

　さすが父さんの娘。私は不器用だ。こんな肝心なとき、上手な嘘がつけないんだから。

「私が生き延びたら、私が一日おきに入れ替わっとる柴本百合香さんが、七十年後の世界に存在しなくなるの」

「いったいなんじゃ。それはどういうことじゃ」

「説明しとる時間は、ない。とにかく私は、百合香さんが好きなんよ。百合香さんを好きでいてくれる家族や友だちや恋人や、そういう人たちのことも好きなんよ。だから私が死んでもええから、百合香さんはちゃんと、七十年後におらんといけんのよ」

　涙で視界がかすんで、星と月の明かりの下に立つ父さんの姿がぐにゃりとふやけ、見えなくなる。滅茶苦茶だ。こんなこと言ったって、信じてもらえるわけはない。

　我ながら馬鹿だと思いつつ、走りだしていた。

「待っとくれ、千寿」

父さんが私の名前を呼ぶ。この声を、この優しい響きを、私は自ら手放そうとしている。そのことを思い知らされ、意志の弱い身体は止まってしまう。

「わしやって、その百合香さんの家族や友だちや、そういう人たちと同じじゃ」

「それ、どういう……」

「わしも信代も、辰雄も三千代も、千寿が大好きじゃ。千寿がおらんくなったら、みんなが悲しむ。千寿は自分が死んでも、その百合香さんとかいう子が七十年後にちゃんと生きとること、そっちのほうが大事かもしれん。でも、わしは違うんじゃ」

「父ちゃん……」

「お願いじゃ、千寿。行かんといてくれ。わしらの願いを、聞き入れとってくれ」

「父ちゃん、ごめん……!!」

「千寿――!!」

夜と昼が引っくり返りそうな大声を背中で聞いて、走りだしていた。

全速力で走ったら、脚の悪い父さんに追いつかれることは絶対ない。

走りながら涙が出て世界が歪む。やがて脳を揺さぶる衝撃が襲ってきて、ついでに足までもつれて、派手にその場にすっ転んでしまう。

星と月だけが見守る夜道に倒れながら、私は入れ替わりのときを迎えた。

現れた百合香さんに向かって、私は手を差し伸べる。百合香さんも白い細長い手を、私のほうへ伸ばしてくる。

百合香さん、お願い。どうか生き延びて。昭和二十年八月六日の世界で、死なないで。明日一日だけは、ちゃんと生きていて。生きて再び、明日の夜で私と入れ替わって――!!

そして私は元通り、栗栖千寿の身体に戻って、原爆投下後の広島で、死ぬ。百合香さんがちゃんと生まれるために、私はちゃんと昭和二十年で、死ぬ。それが正しいことなのか間違ってることなのかわからないけれど、私は百合香さんが大好きだ。

一日ごとに身体が入れ替わってしまうという、誰にも相談のできない不思議な現象を共有することで、私たち、いつのまにか親友になってた。

だから百合香さんに七十年後の世界で、生きていてほしい。

ふたりの指先が触れあう直前で、真っ白い光がふくれあがる。その光を初めて、綺麗だと思った。

上に下に右に左に、激しく揺らされる衝撃の中。百合香さんがちゃんと七十年後の世界に存在していますように。ただそれだけを願った。

その日

目が覚めてまず思ったのは、身体がやけに重たいということだ。毎日ろくな食事を摂っておらず、栄養失調のせいもあるだろうけれど、そんなのはいつもと同じ。もっと別の種類の、たとえばグラウンドを十周ぐらい、思いっきり走った後のようなけだるい疲れが、鉛でできた布団みたいに全身を覆っている。

見慣れた千寿さんの家、いかにも昭和の木造家屋らしい木目の天井が目に入る。そしてこちらを覗きこんでいる千寿さんの父さん、母さん、辰雄と三千代の顔。千寿さんの父さんが低い声で言った。

「気がついたか。千寿――いや、百合香さん」

「え。今、なんて……」

「本当に入れ替わるんじゃな。いや、千寿を疑っとったわけではないんじゃが。こうして話しとると、顔は千寿でも、表情がまったく、千寿と違うわ」

父さんがふーっと長いため息をついた。そのため息に全員が声を吸い取られてしまったような長い沈黙。母さんは所在なげに畳を見つめていて、辰雄は押し黙っていた。三千代は今にも泣きそうな、不安げな顔をしていた。

はっと思いついて、壁の時計を確認する。七時十五分少し過ぎ。広島に原爆が投下されるまで、あと一時間もない。

「ねぇ、いったいどういうことなの？　これはどんな状況!?　千寿さんは何を言って、何をしたの!?　誰か説明して!!」

「百合香さん、落ちついて聞いてほしいんじゃが……」

その後、父さんから聞いた話で、あたしはすっかり打ちひしがれてしまった。

自分が原爆で死んでもいいからと、あたしが平成の世の中に生まれる未来を選んだ千寿さん。それだけ、あたしと、あたしの大切な人たちを好きになってくれた千寿さん。でも、歴史をなぞることは、千寿さんの死を意味するわけで。

そんな決断を千寿さんひとりにさせてしまったことが、悔しくて仕方なかった。

あたしたち、どうしてもっと、ちゃんと話し合わなかったんだろう。

もっとうまくやれたはずなのに、なんでこんな不器用な道しか選べないんだろう。

あたしの力不足で千寿さんをどれだけ悲しませてしまったんだと思うと、自分が情けなくてしょうがない。

「百合香さん。千寿は、自分を犠牲にして、あんたがちゃんと存在する未来を選んだ。でもそれは、千寿の決断じゃ。あんたはあんたで、未来を選んだらええ」

「どういうこと？」

「新型兵器が落とされるのは、八時十五分じゃろう？　今ならまだ、時間がある。避難して助かる道を選ぶこともできるんじゃ。それは、あんたが存在しない未来を選ぶことになってしまうんじゃが、わしらは千寿の家族じゃけ……」

申し訳なさそうに、父さんが言う。千寿さんに避難してもらいたい、生き延びてほしいという親心が溢れている。

そんなふうに見つめられて、少しだけ心が楽になっていた。これから広島に原爆が投下されること、まもなく地獄がやってくることも、すべて受け入れられる気がした。

「わしらはわしらで、ひとつの決断をした。千寿が、いや百合香さんが、どんな道を選ぶとしても、あんたをひとりにしないことを選んだんじゃ」

「それって、どういう……」

「あんたが逃げる言うなら、わしらも逃げる。あんたが逃げんのなら、わしらも逃げん。あんたが千寿でも百合香さんでもええ、わしらは家族なんじゃ。家族は、どんなときでも一緒じゃろう。だからわしら、夜中、倒れてしまったあんたを手押し車に載せて、広島のこの家まで戻ってきたんじゃよ」

「何よそれ、そんな……」

胸が熱くなって、涙がぶわっと吹き上げてくる。たちまち、父さんの優しい笑顔が、母さんの、ずっと千寿さんとあたしを見守ってきてくれた笑顔が、辰雄と三千代の愛しい顔が歪む。初めて、入れ替わりが起きてよかったと思った。

　こんな素敵な人たちに出会うことができたんだから。

「お父さんの、馬鹿っ……！　お母さんの、馬鹿っ……!!　辰雄も三千代も、馬鹿。みんな、大馬鹿だよっ……」

「百合香さん……」

「千寿さんは、自分ひとり犠牲になって、あたしを未来に存在させようと、して……でも、家族のことは避難させて、みんなを救おうとして……なのに、なんてことしてくれんのさっ……みんな大馬鹿……!!」

　千寿さんの父さんの分厚い、いつも時計をいじくっている手が背中を優しく撫でる。その温もりを絶対に手放したくないと今、あたしは思っている。

　いつまでもぼろぼろ泣いていちゃいけなかった。

　千寿さんが勇気を出して選んだように、あたしもまた、選ぶ。

「みんな、避難しよう！　今ならまだ、間に合う。比治山まで逃げるの。比治山の東側は、ほとんど原爆の被害がなかったんだから」

　涙をごしごしこすり、あたしは、一人ひとりの顔を見渡しながら言った。

「千寿さんがどんな選択をしたかなんて、関係ない。あたしは今、身体は千寿さんなんだもん。そして、あたしの言葉に従ってくれるみんながいるなら、あたしは当然、みんなで逃げてみんなで助かる道を選ぶよ」

「でもそれじゃあ、未来のあんたが生まれなくなってしまうんと違うの……？」

母さんが本当にいいの、と目で問いかけてくる。あたしははっきりとうなずく。

「それでもいい。もうこうなったら、あたしがあたしとして生まれてくるか、歴史が変わるか変わらないか、歴史を変えることがいいか悪いかなんて、どうでもいいよ。あたしはみんなと一緒に、生きたいの」

「千寿……いや、百合香さん。よく決断してくれたのう」

父さんの大きな手が頭を撫でる。その手を取り、両手でぎゅっと握りしめる。

「でもね、みんなにひとつ、お願いしたい事があるの。せっかく広島にいるんだもの、こうなったらあたしたちだけじゃなくて、他のみんなもできるだけ助けよう」

「どうやって……？」

三千代が首を傾げる。これから新型爆弾が落とされることも、目の前で姉が姉と違う人物と入れ替わってることも、受け入れられてない幼い目がこっちを見ていた。

「今から新型爆弾が落ちる、比治山の方へ逃げて、って近所に言って回ろう。ひとりでもふたりでも、言うことを聞いて避難してくれたらいいと思う」

「百合香さん。あんたは本当に、優しい子じゃのう」

母さんが目もとに手を当てる。涙を隠せない顔へ、あたしは精一杯の笑みでうなずいてみせる。

「どうして入れ替わりなんて変なことが起こってるのか、もしこれが神様によって引き起こされているものだとしたら、神様はあたしと千寿さんに何をさせようとしているのか。ずっと考えてたことが今、わかったんだ」

「……それは、何じゃ？」

問いかけるお父さんに向かって、はっきりと言った。

「大好きなみんなを、助けること。そして広島のみんなを、できるだけたくさん、助けること。それ以外に、ないよ」

たとえ今日一日をうまく生き延びたところで、この広島という場所に生まれた以上、あとからやってくる放射能の脅威まで避けることはできないって、知ってる。

それでもあたしは、戦うんだ。

ひとりでも多く生き延びること。それが、あたしと千寿さんの戦争の目的だって、今ならわかるんだ。

父さん母さん、あたしと辰雄と三千代。ふた手に別れて、近所を走り回った。急がなければ。原爆投下まであと、四十分を切っている。

「今から新型爆弾が落ちてきまーす！　比治山まで避難してくださいー！　そこまで

行けば安全なはずなので」

「みんな、一刻も早く逃げるんじゃーっ！　アメ公が新型爆弾を落とすぞーっ!!」

恐れと不審の混じった半信半疑の目があたしたちに向けられる。二、三歳ぐらいだろう、小さな女の子の手を引いて歩く母親が足を止め、あたしに問いかける。

「どういうことなんじゃ？　新型爆弾が落ちてくるって……」

「もうすぐ広島は火の海になります。建物の中にいた人は瓦礫に押しつぶされた上火事に巻かれて死んで、爆心地に近いところにいた人は即死でした。その他にもたくさんの、重症を負った人々が出てきます。だから今すぐ、安全なところに避難してほしいんです。比治山まで行けば、安全です」

「こらー!!　おどれら、何考えとるんじゃ!!」

憲兵の鋭い声に、つい肩がびくりと反応してしまう。あたしの話を聞いてくれた女の人も、憲兵の顔を見るなり逃げ去っていった。

「デマを言って回るとは何事じゃ！　妙な噂で、市民を混乱させる気か!!」

「違う、姉ちゃんは本当にみんなのことを思って、こうやっとるんじゃ！　わしらは家族として、姉ちゃんの言うことを信じとるんじゃ！」

「この生意気なクソガキが!!」

バン、と憲兵がまったくの手加減なしに辰雄の頬を殴った。痛みと屈辱で辰雄の顔が真っ赤に染まる。そんな辰雄を抱きしめながら、あたしは憲兵に言う。

「どうか、あなたも逃げてください。信じられないでしょうが、本当なんです。これから広島に、新型爆弾が落とされるんです……!!」

「お前、早いとこ医者に診てもらいや」

「違うんです、あたしの言ってることは本当で……!!」

「姉ちゃん、どうしよう。もう時間がない」

三千代がもんぺの腰のところを引っ張って言う。お父さんとお母さんも駆けつけてきて、ダメだった、のひと言の代わりに悲しげに首を振る。

やはり、歴史を変えることって、そう簡単にはいかないんだろうか。このまま広島の人たちは、地獄へ向かって進んで行くしかないんだろうか……

「しょうがない！　もう、あたしたちだけで避難しよう！　目指すは比治山ね。東側まで行けば、確実に助かる!!」

必死で走るといっても、足の悪いお父さんを連れているとそうもいかない。どうしてもお父さんのペースに合わせれば、全速力の三分の一程度になってしまう。すぐに察したお父さんが言う。

「百合香さん、信代、辰雄、三千代。父ちゃんはここに置いてくんじゃ。お前らの命のほうが大事じゃけ」

「何言ってるのよ、父さんの馬鹿っ！　父さんが死んだら、みんながどれだけ悲しむかわからないのっ⁉　千寿さんだって、そんなこと言われたら怒るよ‼」

腕を貸して早歩きしながら言うと、父さんはふっと微笑んだ。

「子どもに叱られてしまうとはのう。でも、ありがとうな。百合香さん」

「もうすぐ比治山じゃ‼」

三千代が叫ぶ。比治山の山道は、木が倒れたりはしたものの大きな被害はなかったはず。山道に入ってしまえば、助かったも同然だ。

でも今は、時間がない。ピカの光をまったく浴びないところまで、逃れたい。

「辰雄と三千代は先に行って！　思いっきり走るんだよ‼　比治山の上に行けば行くほど、安全だから‼」

「姉ちゃんはどうするんじゃ⁉」

「あたしは父さんに手を貸して行く！　必ず助かるから、心配しないで‼」

反対側から母さんも腕を貸し、三人四脚の状態で必死に足を動かした。平らな道ならまだ平気だけど、いざ比治山の山道に入ると上り坂で息が上がってしまう。

「百合香さん、信代。わしはもう、ここへ置いていくんじゃ」

「何言っとるのよ、あんた‼　まだうちは、諦めちゃおらんからね！」

「そうだよ！　あたしたちがまた入れ替わった時、千寿さんが父さんがいないって知ったらどれだけがっかりするか。千寿さんのためにも、諦めないでよ!!」

「でも……もう時間が」

お父さんが袂から懐中時計を取り出し、あたしはフタを開けて中を見る。午前八時九分過ぎ——まだ、行ける。もう少し、あと少し、がんばれる。

振り返れば、さっきよりも街が小さく見えた。本当にあと、もう少しなんだ。

「八時十五分まで、行けるだけ行くからね!!　ふたりとも、気をしっかり持って!!絶対に諦めちゃだめだからね——!!」

叫びながら必死で足を動かす。

山道を三分の一ぐらい上った頃だろうか、頭の上で青白い光がはじけた。クリスタルを爆発させ、七色の破片が飛び散るような、妖しい美しさを持った光。ついに来たな、と思う。足を止め、親子三人、抱きしめ合う。

ずどおおおおおおおん、という大地震のような響きが地面に津波を起こし、猛烈な爆風が襲ってきた。すぐ近くの木がなぎ倒され、幹から折れて飛ぶ。

「みんな、伏せてー!!　吹き飛ばされてくる木に、気をつけて——!!」

言いながら父さんと母さんの身体に覆いかぶさっていた。守ろう、とか思っていたわけじゃない。この身体に刻まれた、ふたりの娘としての千寿さんの本能が、そうさせているのだった。

ごおおおおおお、と鬼の咆哮みたいなものすごい爆風が過ぎ去っていったあと、あたしはゆっくりと起きあがる。父さんと母さんも、おそるおそる身体を起こす。

あたりは、さっきまでの晴天が嘘のように不気味な闇に包まれていた。朝なのに昼をすっ飛ばして、いきなり夕方がやってきたようだ。近くの木がへし折られたり、曲がったりしている。爆心地から離れた比治山ですらこうなのだと思うと、市内にいた人たちはひとたまりもないだろう。

ネットや本でずいぶん調べたはずなのに、本物の原爆を目の当(まあ)たりにして、あたしはろくに、体を動かすこともできずにいた。とんでもない世界にやってきてしまったんだと思った。

「そうじゃ、辰雄は!?　三千代は!?　おーい、辰雄ーっ！　三千代ーっ！」

「父ちゃん母ちゃん姉ちゃん！　うちらならここにおるよーっ!!」

元気な声を聞いてほ、と母さんが口もとを緩める。あたしたちは目をあわせ、ほろりと笑う。今にも涙が出てきそうな笑顔だった。

「父ちゃん母ちゃん姉ちゃん、ここまで来てーっ！　広島の街がよう見える！　なんや、すごいことになっとるよー!!」

辰雄の声を頼りにするように一歩一歩、歩みだす。今度は急ぐ必要がないから、ゆっくりだ。お母さんと一緒にお父さんの肩を両側から支え、山道を上っていく。

「辰雄、三千代、よかった、あんたら無事で……!!」

ふたりの顔を見た途端、母さんが泣き顔で子どもたちを抱きしめる。痩せているけれどしっかりと骨の太い腕で抱きしめられ、辰雄と三千代も安堵して目を潤ませた。

「みんな、広島のほうを見るんじゃ。ものすごいことになっとるけ」

辰雄が今逃げて来たばかりの市内を指さす。

そこは、ついさっきまでの広島とはまったく違う場所になっていた。

すべてが灰色でできていて、電柱も路面電車も家々も商店の看板も、何もかもが影も形もない。ただ、灰色一色。どこまでいっても瓦礫だけでできた街。そしてすでに市内のあちこちで、赤い炎が上がっている。それはまもなく大きなうねりとなり、すべての人から逃げ場を奪い、広島全体を舐めつくすものだとあたしは知っている。

「なぁ、これからわしらはどうすればいいんじゃ、百合香さん。家がどうなっているか確かめたいが、それは危険過ぎるじゃろうし……」

「危険だね。まもなく火の手が市内全域にまわるから、今から家に戻るのは絶対に駄目。それより、比治山に避難してくる人が現れるから、その人たちを助けよう!!」

力強く言ったつもりだけど、本当は絶望していた。

走りながらあたしたち、結局あの光を浴びてしまったから。

今日を生き延びられても、あとからやってくる放射能による身体の変調まで、避けることはできないだろう。

でも今は、そんなこと考えている時じゃない。

あたしの力で、いやあたしたち家族の力で、少しでも多くの人を助けるんだ。

まず比治山の東側まで逃げ、近くの民家に飛びこんで、広島から逃げてきたこと、広島が今どんな状況になっているかを話す。幸い親切な人で、赤チンや手当てに使う布、水を分けてくれた。隣近所の人にも伝えてもらい、物資を集め、広い庭は即席の救護所になった。

あらかた準備ができたあと、あたしは母さんと一緒に比治山の上まで戻った。避難してきた人たちを救護所まで案内する役目だ。ぞろぞろとやってくる被爆した人の姿に、あたしたちはしばし言葉を失った。

写真で観るのとはまるで違う、本物の被爆者の姿に胸を刃物でひと突きされたような気分だった。

髪の毛が焼け縮れ、服が焼けてなくなって真っ赤に泡だった火傷の身体を引きずって歩く人。お腹から内臓がはみ出し、ピンク色の腸を押さえて必死に歩く人。とうに死んでいるんだろう、真っ黒に焼け焦げた赤ん坊を無表情で抱いて歩く人。顔の半分が火傷して、飛び出した目玉を手のひらに載せて歩く人……

こんな人たちを本当に助けられるのか。不安と自分の力の足りないことに打ちひしがれ、立ち尽くす。でもそんな弱気ではいけないと自分を叱りつける。

「みなさん、あたしたちについてきてくださーい！　救護所まで案内します！」

「なぁ、あんた、水……水をくれんかのう」

顔じゅうに火傷を負い、めくれた皮膚を指の先から垂らして歩く人があたしに歩み寄ってきて言う。肉が焼け焦げた臭いにうっと一瞬息を詰まらせ、それからとてもこれでは助からないだろうと思いつつ、肩から下げた水筒から水を与える。

「ゆっくり飲んでくださいよ。ゆっくり」

「あぁ、水……」

たったひと口の水を飲んだあと、その人は安心したのかその場に崩れ落ちた。焼け焦げた顔に手を近づけると、息が止まっていた。

「なぁ、あんた、この子を助けてやってほしいんじゃが……」

パーマに思いきり失敗したみたいな焼け縮れた長い髪の奥から妖しく目を光らせ、女の人が近づいてくる。さっき、真っ黒焦げになった赤ん坊を抱いていた人だった。

赤ん坊はどう見ても人の形をした炭で、もう生きてはいない。

「かわいそうだけど、その子は諦めて。死んでしまっているもの……」

「この子は死んではおらんよ。ほら、生きてる。生きて笑っとる」

妖しい目がにやりと三角の形に歪み、ぞわりと恐怖が背筋を這い上がった。

「馬鹿言うんじゃない！　死んでるものは死んでるんだ、どうにもできない！　それよりも、まずはあんた自身の手当てが必要だ!!」

聞き覚えのある声に振り返ると、左腕に火傷を負った男の人が立っていた。

思い出すまで少し時間がかかったけれど、病院に行ったとき、あたしを診察したお医者さんだった。子どもを抱いた女の人の肩に右手を置き、厳しく、でもどこか優しい声で言う。

「子どもを失ったのはあんただけじゃない。亡くなった人間に生きている者ができるのは、精一杯生きることだけだ！　死んだあんたの子どものためにも、今は自分のことを考えろ！」

「うぅ……ひくうっ……」

女の人が泣き出す。高い声にハッとする。きっとあたしとさして歳は変わらないんだろう。この時代の女の人はみんな若くして結婚して出産しているんだし、この人も十代後半かせいぜい二十代前半のはずだ。

「辛いだろう。悲しいだろう。でもその子を弔ってやることができるのはあんただ。元気を出して救護所まで歩いて、ちゃんと手当てを受けるんだ」

お医者さんに言われ、女の人はちりちりになった頭を小さく動かし、でも腕はちゃんと死んだ赤ん坊を抱えたまま歩きだした。お医者さんがあたしに向かって言う。

「この前は、怒鳴って悪かった。広島が本当にこんなことになってしまうなんて……」

「いいえ、あのときはそう言うしか仕方なかったのも知ってます。それより、今はあなたの力で、ひとりでも多くの人を助けてください。あたしたちに、指示をください」

「救護所まで案内してくれ。左腕はこうなってしまったが、右腕は使える。私が診る」

即席の救護所になった民家の広い庭で、あたしたち家族は夢中で働いた。途中から火傷で膨れ上がった皮膚や飛び出した内臓さえ、気持ち悪いと思わなくなっていた。それよりもここまでたどり着いたものの、力を使い果たしてしまったのか息を引き取った人々がぞくぞく現れたことがしんどかった。でも、今のあたしはど素人とはいえ、看護者だ。一生懸命、突き刺さったガラスを取ってやったり、赤チンを塗ったりした。薬はすぐなくなってしまったので、醤油や油で代用した。それでもこれは火傷に効くからと言って塗るせいか、プラシーボ効果というやつがうまく働いてくれたのか、塗られた人は表情を少しだけ和らげた。

「隆太……！　お前、生きとったんか」

辰雄の声がして振り返ると、高下に身体を支えられた隆太がいた。高下のほうは腕に青黒い打ち身の痕が数か所あるがほぼ無傷で、でも隆太には顔にも身体にもガラスの破片がいっぱい突き刺さっていた。目にも破片が突き刺さって、見えない状態だ。

「その声は、辰雄か……？　わし、これ以上生きとうないわ。こんなに痛くて辛いんなら、いっそ死んだほうがましじゃ。痛い。痛いのう……」

「みんな、今まで悪かった。この子の上の兄さんも姉さんも死んで、生き残ったのは隆太とうちだけなんじゃ。お願いじゃ、隆太を助けてくれぇ」

涙を忘れた生き物だと思っていた高下が情けない声を出し、自分の子どもだけは助けてほしいと許しを請うている。母さんが複雑な顔をするのがわかった。

「高下さん。母として、あんたの気持ちはわかります。でも……」

「いいもんも悪いもんも、関係ないわ!!」

お母さんの脇から飛び出し、辰雄が隆太に駆け寄った。腕に刺さったガラスの破片を抜くと、隆太はうひぃ、と苦しそうな声を上げた。

「男ならそんぐらい我慢しろ！　もう生きとうないなんて、二度と言うな！」

「辰雄……辰雄は、わしを助けてくれるんか。わしを、許してくれるんか」

「勘違いするな、おどれを許してなんかおらん！　むしろ、わしが生きてる限り許さんわ!!　でも今は、許すか許さないか、いい人間か悪い人間かなんて、関係ないときじゃ。目の前で苦しがっている人がいたら、助けるわ!!」

「辰雄……」

「それに、喧嘩相手ものうなったら、つまらんくなるしのう」

母さんがあたしの手にそっと自分の手を重ね、耳もとで囁いた。

「辰雄に教えられてしまったのう。百合香さん」

「そうだね……」

広かった庭が怪我人でいっぱいになり、これ以上の収容が難しくなるまであたしたちの救護活動は続いた。やがて軍のトラックがやってきて、怪我人を運んで行った。

でもその半数近くがすでに、息絶えていた。

家を見に行きたいと言い出したのは、母さんだった。どうせ、すべてが木っ端みじんになり焼け焦げているとはわかっていても、一家で暮らした思い出のある家がどうなったか、やはり気になるらしい。日が落ちるぎりぎり、できるだけ火災が収まるのを待って、あたしたちは一家で出発した。

変わり果てた広島の街は死で溢れていた。防火水槽の中には水を求めて死んでいった人がひしめいていて、道路には黄色い臓物をお腹から溢れさせて馬が倒れていた。川には死体が不気味に浮いていたし、すべての家や建物が崩れてまだ弱々しく火を上げている場所もあった。途中で三千代が一度、瓦礫につまずいて転んだ。足もとには壊れた建物の破片が散らばって、道らしい道がどこにもない。

「静子さん、逃げてくれたかな……」

ふと思い出してそう言うと、お母さんが暗い顔をこっちに向けた。

「入院中じゃからねぇ。病棟にいたら、瓦礫に押しつぶされているか。もしくは、隆太みたいにガラスまみれになっとるかもしれんねぇ」

「でもあたし、静子さんに言ったんだよ。あたしには未来が見える力があるから、八月六日の八時十五分、逃げてくださいって。そう言うしかなかった。信じて、防空壕とかに避難してくれてるのを、祈るしかないよね。今は……」

「おい……うちじゃ」

お父さんが上ずった声を出した。

『栗栖時計店』の看板が「時」の日と寺の間でひしゃげ、真っぷたつになっていた。家のすぐ脇に立っていた電柱が店を押しつぶし、瓦や壁が砕けて飛び散っている。辰雄と三千代が家の中に走る。危ないよ、と声をかける前に、ふたりは目ざとく一番大事なものを見つけた。

「わしの軍艦が……軍艦が、かけらになってしまった……」

「ちゃぶ台が真っ黒焦げじゃ……ここにも火が来よったんじゃな。姉ちゃんに逃げろと言われなければ、きっとみんな、死んどったわ……」

三千代の小さな手が愛しそうに、炭になってしまったちゃぶ台を撫でる。家族でこれを囲んで食事をした、大切な思い出を抱きしめるように。

「みんな、焼けてしまったのう……ちゃぶ台も、布団も。姉ちゃんと母ちゃんと食事の用意をした台所も、父ちゃんの仕事場も……みんな……うぅっ」

最初、三千代は嗚咽をこぼしているのだと思った。でも、すぐに真っ黒いちゃぶ台の上に真っ赤なものが飛び散り、その上に三千代は突っ伏してしまう。

「三千代っ!?　どうしたんじゃ三千代!!　しっかりせいや!!」

お母さんは叫びながら、泣いていた。あたしも三千代の額に触ってみると、すごい熱だった。高熱、嘔吐、喀血、下痢、だるさ、髪の毛が抜ける……知っているだけの症状がわあっと脳裏に浮かぶ。

爆心地からは離れていたとはいえ、結局家族全員あの白い光を浴びていたので、こうなることはわかっていた。でも、わかっているのと覚悟ができているのとは、別だ。

「百合香さん、これはいったい何なんじゃ!?　これも、原爆のせいか!?」

不安を隠せない顔のお父さんに、できるだけ声に力をこめて言う。

「これは爆弾の後遺症なの。あの瞬間に光を浴びた人や、その後広島に入った人には症状が出てしまう。でも、みんながみんな、そのまま死んでしまったわけじゃないよ。ちゃんと栄養をとって、働き過ぎずに無理せず休んで、何十年も生き延びた人だっているんだから!!」

「じゃあ、三千代姉ちゃんは助かるんか!?　わしらは大丈夫なんか!?」

辰雄に核心を突くことを言われて、あたしの声から力が抜ける。

「わからない……」

「そんな……そうか……」

辰雄はあたしを責めなかった。ただ、こぼれゆく命をせき止めるように、姉の背中に小さな手をあてていた。


即席の救護所になってもらった家は、被爆者を何人か泊めていた。その何人かのうちに、あたしたち家族も入っていた。

帰り、三千代を背負いながら母さんが頭の重さを訴え、せっかく八月六日を生き延びたものの早くも原爆の後遺症の脅威に怯えながら、あたしたち家族は民家に戻った。夕飯には軍が運んできた、白飯のおにぎりを食べた。当然具なんて入ってなかったけれど、二十一世紀の食事に慣れたあたしの舌にもおいしく感じられた。

みんなが寝静まってしまったあと、あたしは静かに外に出た。今夜もビー玉をちりばめたような、見事な星空が広がっていた。

もうすぐ、〇時になる。今日も入れ替わりは起こるんだろうか。それとも、八月六日を境にして、この不思議な現象は終わってしまうんだろうか。あたしは栗栖千寿として生き、千寿さんは柴本百合香として生きる……？　このまま、ずっと。

いやだ、と思った。千寿さんにこの世界で大切なものがあるように、あたしにだって七十年後の世界に大切なものがたくさんある。会いたい人がいっぱいいる。家族、瑠璃さん、夏音ちゃん、沙有美に莉子、そして弘道……数えあげたら、きりがない。

お願い。あともう一回でいい。入れ替わりよ、起こって。そしてあたしの大好きな人たちに、もう一度だけ会わせて。本当に、もう一度だけでいいから——……!!

そう思った次の瞬間、がくんと足もとが揺らいで、その場に崩れ落ちてしまう。もう一度がくんと、今度は頭に衝撃。

来た。入れ替わりが今日もやってきた。

でもいつもよりも、衝動かきつくて苦しい。いつもと同じ入れ替わりじゃないと、直感した。過呼吸状態になっているのか、肺がうまく酸素を吸えず、喘いでしまう。

それでもお願い、戻りたい。もう一度、柴本百合香に戻って、大切な人たちに、ひと目でいいから、会いたい。できればこのまま入れ替わりなんて最後になって、二十一世紀で柴本百合香として生きて、ちゃんと大人になりたい——。

そんなことを考えながら、目の前が文字どおり真っ暗になる。星の明かりが消え、世界が二転三転する。身体の感覚が抜け、あたしは無意識の底に落ちていった。

平和のつくり方

まだ午前中の早い時間、朝ご飯すらまだだった。

最低限の荷物をバックに詰め、百合香さんがテレビが来た日に選んで着た、きちんと襟のついた白の清楚なワンピースに身を包み、家を出る。一階で寝ているお父さんを起こさないよう、慎重に足を進めた。

「どこへ行くんだ」

一番聞きたくなかった声が、玄関の前で私を呼び止めた。

まだ寝間着のままのお父さんは、何も言う前から明らかに怒っていた。

「こんな朝早くから、どこへ行くんだ。言いなさい」

「瑠璃さんたちと一緒に平和祈念式典に参加して、その後は広島の大学生が作った、瑠璃さんたちと同じような理念の団体と合流して、原爆ドーム前で演説を……」

「駄目だ。どうせまた、テレビが来るんだろう。むしろ百合香たちの活動を面白がってる大人たちに、半ばやらされてるんだろう、演説も」

たしかに、高校生の私が活動に参加しているというのは、話題を提供するのがお仕事のテレビの人たちの関心を惹き、今日の演説もテレビ局側の人、瑠璃さんたち、両方に薦められて引き受けたことだった。でも、そこに私の意志がないわけじゃない。

「私は、私のしたいことだけをする。私の言いたいことだけをしゃべる。私だってひいおじいちゃんのひ孫で、被爆四世じゃない？　黙ってられないことは、あるよ」

「百合香、行きなさい」

いつのまにかお父さんと同じ部屋に寝ていたお母さんまで起きだしてきて言う。そんなふうにまっすぐ見つめられたのは、初めてな気がした。

「百合香も十七歳よ。自分のやることに、責任を持てる年じゃない？　覚悟はできているんでしょう？」

はっきり、うなずいた。これは百合香さんの意志じゃなくて、百合香さんの身体を通した私の意志だ。でもきっと百合香さんも、私と同じ強さを持ってくれていると、今は信じようと思った。

今頃、七十年前の世界で百合香さんはどうしているんだろう。たとえこれで入れ替わりが止まってしまって、私が永久に柴本百合香として生きることになっても、私は今日やれることを精一杯、やる。私は私で、これからの歴史を変える。いや、そんな大層なことはできないだろうけど、私は戦争を体験した世代として、私の言葉を、伝えたい。

「駄目だ、百合香！　変な活動に参加するのは金輪際やめるんだ!!」

「百合香、行きなさい。お母さんがお父さんと話をするから……」

「お母さん……」

バタバタと廊下に細かい足音が飛びだしてきて、それが一気に階段を降りてきた。状況などまったくわかってないのに、蓮斗とあやめがお父さんの足にしがみついた。

「お姉ちゃん、行って！　大事な用事なんでしょう!?」

「姉ちゃん、ガンバレー!!　お父さんなんかに負けるな!!」

「……ありがとう、みんな」

家族の気持ちが嬉しくて、目頭が熱くなった。

百合香さんの家族は、もはや私にとっても家族。

こんな素敵な人たちに、またあんな悲惨な時代を経験させないためにも。私は私のできることを、全力でやるんだ。

平和祈念式典が終わって、右翼と左翼のぶつかり合いみたいな嵐のような午前中が過ぎていったあと、原爆ドームの前に人垣ができていた。四十人、五十人、六十人……？　いやもっと、いる。二十人くらいが瑠璃さんたちと同じような活動をしている広島の大学生の団体で、あとは日本人や外国人の観光客が多い。テレビ局も来ている。カメラが向けられる。覚悟の上でのことなのに、こんなに大勢の人の前でしゃべるのは人生で初めてで、心臓がバクバクとうるさい。

ふと、夏音ちゃんの隣の瑠璃さんと目が合う。小さく片目を瞑ってみせる瑠璃さん。大丈夫だよ、の意思表示に、少しだけ心が楽になり、すう、と喉に息を入れた。


『今、私は仲間とともに、活動しています。あの時代に何があったか、そして原爆が落とされたこの広島に何が起こったのか。それを知ることも、活動のひとつです。

でも、私はそんなに強くありません。あの時代がどれほど悲惨で辛いものか、知れば知るほど、ただもう、ひたすら苦しくて、涙しか出ませんでした。娯楽に浸り、便利な生活があたりまえで、食べ物もモノも平気で粗末にするこの時代と比べるのは、あまり意味はないのかもしれないけれど――それでも比べてしまって、悲しくなった。

でも、嘆くだけでは、駄目だと思いました。どうすれば戦争はなくなるのか。ちゃんと考えなきゃ、いけないと思った。自分の脳みそで。今まで蓄えた知識と経験で。

でも、わからないのです。どうしたら、世界じゅうが愛と平和で満たされるのか。いろいろ難しいことを勉強しても、結局わからないのです。

それは私がまだ子どもだからとかじゃなくて、きっと、何十年たってもわからないままだと思います。

ただ、ひとつだけわかったのは……私たちは今、誰もが選択できる時代に生きているということです。戦争がある世界と、平和な世界。どちらを選択するか。自由に選べるんです。

戦時中は、戦争はいけないと、今ではあたりまえのことを声高に叫ぶことは、許されないことでした。でも今、これを聞いているあなた方は、自由に選べるんです。あなたは、どちらの世界を選びますか。

平和な世界を選ぶ人のほうが多ければ、世界は平和になるはずです。少なくとも私は、戦争は絶対にいやです。殴られても蹴られても、どれだけひどくなじられても、平和な世界を選びます——これで、私の話を終わります』

割れるような拍手が起こる。拍手はあっという間に広がり、その中心に私がいた。こんなことは初めての経験で、多くの人に話を聞いてもらえたこと、私の意見を受け入れてもらえたこと。その充実感が、胸の奥からざあっと身体全体に広がっていった。

いつもむすっとしている夏音ちゃんが、今は心持ち唇を上げて私を見つめている。その隣で、瑠璃さんが微笑んでいる。

瑠璃さん。夏音ちゃん。私、やったよ。

もしかしたらこれが最後かもしれない、帳面に百合香さんへの伝言をしたためる作業。いつものようにそれを枕もとに置いて、時間を確認する。二十三時半、数秒過ぎ。私はすでに夢の中にいる蓮斗とあやめを起こさないよう、そっと一階へ下りていった。

かつては客間として使われていたリビングの隣の和室が、百合香さんのひいおじいちゃんの、いやゲイリーの病室。百合香さんの両親もおばあちゃんもすでに眠ってしまっていて、一階は静かだった。ゲイリーの身体に繋がれた器具から、規則正しいぴこ、ぴこ、という音が鳴っていた。とっくに顔から血の気が失せてしまったゲイリーがそれでも生きている、という証拠の音だった。

ふと、ゲイリーの右手が酸素マスクに伸びる。反射的にその手を制そうとすると、聞き慣れた声が言った。

「千寿……千寿。だよね……？」

私は酸素マスクを外そうとする手から自分の手を離した。ゲイリーが酸素マスクのない状態で、こちらに顔を向ける。緑内障のせいで緑がかった灰色の瞳は、若かりし日の面影をちゃんと残していた。見事だった金髪が抜け落ちてしまっても、皺だらけになった肌から水分も弾力性も失われてしまっても。この人は、ゲイリーだ。

「そうだよ……千寿。私は、千寿」

「千寿」

ゲイリーの、ものを見ることのできない瞳が涙で膨らみ、手を差し伸べる。私はぎゆっとその手を握りしめる。ゲイリーの前で私も泣いていた。会っていなかったのはほんの数日のはずなのに、何十年も隔たれていた気がした。いや、ゲイリーにとってはまさしく、七十年もの時間に隔たれた再会なのだ。

「七十年も、君を待った。夏にまた僕に会いに来るって、君が言ったから。信じて、ずっと待っていた。夏が来る度、今か今かと、たまらなかった。今年で、七十年目だ」

「ごめんね。そんなに長く」

ゲイリーが首を振る。直感で、これはもうゲイリーの命の火が途絶えかけているのだと、わかっていた。最期の奇跡が起こって、私たちは通じ合ってるんだ。

「ありがとう。私、幸せだった。誰よりも幸せだった。あなたに愛されて。あなたを愛することができて」

「……僕もだ」

真っ青な唇が息を吸うのも苦しそうに震えていた。キスの代わりに自分の唇に人さし指をあて、そのままゲイリーの唇をついと押すと、それが合図みたいに、老いた身体から命の残滓がこぼれていった。枕元の機械がぴい、と甲高い音を立てる。すぐ隣の和室に寝ていたおばあちゃんが音に気づいて駈けこんできた。

「どうしたの!?　百合香、何があったの!?」

「ひいおじいちゃん……うわ言を言ってた。そして、目を閉じた。たぶんもう……」

お医者さんを呼ばなければと思ったんだろう、おばあちゃんがバタバタと居間の電話に走る。私は階段を上がり、仏間に入った。

仏壇の下の引き出しを開け、お守りを手に取る。あたしが死んじゃっても、六美さんという新しい人を見つけたあとでも、東京で夢を叶えた後でも、会社がうまくいって大社長になってても、このお守りをずっと持っていてくれたゲイリー。

今なら、わかる。

入れ替わりを起こしていたのは、神様なんかじゃない。ゲイリーだ。

ゲイリーの、どうしても、もう一度私に会いたいって気持ちが、この不思議な現象を引き起こしてたんだ。

でも、じゃあ、ゲイリーが死んじゃった今、もう入れ替わりは起こらないの？

そんなの、困る――!!

たしかに不自由なひどい時代だったけど、それでも私は七十年前に戻りたい。家族と一緒にいたい。百合香さんだって、この時代に戻って、ちゃんとこの時代の人として生きて大人になるべきなんだ。

ゲイリーのお守りを握りしめ、額にあてて願った。

どうか、お願い。もう一度だけでいいから、入れ替わりを起こして。

たとえ歴史が変わらず、二週間たらずで私の命の火が消えてしまっても。

私は昭和二十年に生きる、栗栖千寿でいたい……!!

ぶるん、とお守りの中のぜんまいが震えた。と思ったらがくんと頭を激しく打たれたような衝撃が襲ってきて、目の前の景色がどんどん遠ざかる。

お願いだからもう一度。お願いだからもう一度、百合香さんに。

ひたすら願うけど、その意識さえもやがて消えて、暗転がやってくる。

私は負けていない

上も下も右も左もない不思議な世界で、あたしは千寿さんと向きあっていた。

いつもの入れ替わりと違うのは、昭和二十年から来たあたしがすでに平成二十七年の柴本百合香に戻っていて、平成二十七年で柴本百合香として一日過ごしていたはずの千寿さんが、やっぱりすでに栗栖千寿の姿をしていること。互いに手を伸ばすと、触れられた。小さな手がはっきりとした温もりを伝えていた。

「初めてやね、握手するの……こうして、話すのも」

千寿さんが言う。握る手にしっかりと力がこもっていた。

「どういうこと？　なんで今まで話せなかったのに、今日は会話ができてるの？　触れることだってできて……」

「たぶん、入れ替わりの起き方が違ってるからやと思う。今までの入れ替わりは、ゲイリーの思いが引き起こしていたもの。でも今日の入れ替わりは、違う。私と百合香さん、双方がもう一度入れ替わりたいって願ったから起こったんよ。百合香さん、入れ替わる直前、そう思わなかった？」

「思った……」

みんなを助ける、こうなったら生き延びること以上に大切なことなんてない。そう思って必死で動いたつもりだったけど、実際はとても力不足だった。後悔ばかりで心が弱って、最後は七十年後でもう一度、家族や友だちに会いたい、それだけを考えていた。

「だからきっともう、入れ替わりは起こらない。今日の入れ替わりは、特別。私と百合香さんの願いと、そしてまだ地上に残ってるゲイリーの魂がプレゼントしてくれたものやと思う。もう、ゲイリーは死んだから」

「そっか……」

ゲイリーはあたしのひいおじいちゃんで、危篤でいつそうなってもおかしくないとわかってはいても、いざはっきり言われてしまうとやっぱりしんどい。そしてどれだけあたしがゲイリーを好きだったか、思い知らされてしまって、辛くなる。

「百合香さん、ありがとう。ゲイリーにお守りを渡してくれて。私の好きな人を、あなたもまた、思ってくれて」

あたしの心を読んだように千寿さんが言う。ぶんぶん、首を振る。あたしは千寿さんに比べたら全然、大したことしてない。悔しいほど、なんにもできなかった。

「千寿さん……ごめん。今まであたし、すごく甘えてた」

千寿さんともし話せたとしたら、一番初めに言うって決めていたことを言った。

「千寿さんたちみたいな人が、あの時代に同じ日本にいたことなんて知ろうともしないで、自分のことだけ考えて、難しいことからはそっぽ向いて。モノを、食べ物を、平気で粗末にして、それがあたりまえだった。平和な時代に甘えて生きてた」

「百合香さん、それは違うよ」

　千寿さんが優しくあたしの両肩に手を置く。あたしはいつのまにか涙が溢れていて、千寿さんの顔がはっきり見えない。

「百合香さんだって、精一杯生きとるやない。友だちを作ったり、恋をしたり。あんな難しい勉強を毎日したり、お化粧したり、ブロー？　だっけ。あんなんで髪の毛くるっとさせたり。百合香さんの時代に行った私は私で、すごく大変だったんよ」

「それは……お互い様だね。きっと」

　あたしがあたしで、いきなり不便だらけの昭和二十年に放りこまれて大変な思いをしたように、千寿さんは千寿さんで、平成二十七年でなかなかの苦労をしたらしい。

涙を拭ってふたり目を合わせ、笑った。

「あのね、百合香さん。たしかに私はひどい時代に生まれた。百合香さんから見たら、不幸な子なのかもしれない。こんな若い身体で、原爆で死んで。でもね、私は私で、精一杯生きたんよ。素敵な家族に囲まれて、恋もできた。後悔なんてない」

「千寿さん……」

「日本は確かに戦争に負けた。でもね。私は、負けていないよ」

これから被爆した広島に戻っていくっていうのに、千寿さんは心から笑っていた。

その通り。千寿さんは、どこも、何も、負けていないんだ。

「千寿さん、私、千寿さんみたいに生きる。大人になったら楽しいことなんてひとつもなくて、働くってしんどいだけだって思ってた。でも本当は、幸せって、自分で選べるんだよね――これから先、しんどくなったら、千寿さんのこと思い出す。あたしはいつでも、幸せであることを選ぶ。千寿さん、ありがとう」

「百合香さんこそ、ありがとう。私の大事な人たちを、精一杯大事にしてくれて。私、嬉しかったよ」

もう一度、強く握手。それから手を振りあえば、いつもよりもやさしげな、ミルクのような白い光がふたりを包みこむ。

「千寿さーん、あたし絶対、強く生きる！　生きて生きて、生き抜いてやる！　どうせつまらない大人になるんだー、なんて、挑戦する前から諦めたりしない!!　千寿さんの十分の一でも百分の一でもいいから、強く生きるよーっ!!」

靄の中で手を振る千寿さんに、どこまで言葉が届いたのかわからない。

気が付けばあたしは仏間の床に転がっていた。倒れてしまって、そのまま寝ていたような感じだった。変な寝方をしていたせいか、腕や首や腰、身体のあちこちが痛い。

手の中にお守りを握っていた。千寿さんが作って、あたしがゲイリーに渡したもの。これをゲイリーの棺の中に入れなければ、と直感で思った。

『もしかしたら百合香さんに伝言を綴るのはこれが最後になるんじゃないか。そんなことを思いながら、この文章を書いています。だって今日は、広島に原爆が投下されてから七十年が経った、八月六日だから。

百合香さんは今日は、昭和二十年で八月六日を経験したはずですよね。百合香さんや、私の家族が生き残ったどうか、心配しだすときりがないので、そのことを書くのはやめましょう。

これからいつもどおり入れ替わりが起こるかどうかわからないけれど、私は今は、七十年前に戻りたいと心から思っています。

戦争が起こった、ひどい、不自由な時代であっても、私には七十年前でまた会いたい人がたくさんいるからです。

私が七十年前に戻り、百合香さんが七十年後に戻り、そしてもう二度と入れ替わりは起こらず、ふたりは元のように平穏に暮らしていく。それが、一番いいことのような気がします。なんて、思うようにはきっといかないんだろうけれど。

それでも、そんな都合のいいことを考えてしまうのです。

百合香さん。入れ替わったのが他の誰かじゃなくて、あなたでよかった。

私は、百合香さんのことが大好きです』

千寿さんからの最後の伝言を読み、ノートを閉じる。

そういえば、言い忘れてしまったね。あたしも、千寿さんのことが大好き。まっすぐで、強くて、優しくて、決して折れない心を持っているあの子が大好きで、憧れだ。

「百合香ー、支度できてるなら下りてらっしゃい。行くわよー」

着慣れない喪服に身を包むあたしを、階下からお母さんが呼ぶ。ノートの表紙をそっと撫でてから、あたしは部屋をあとにした。

あれから数日が経過したけれど、もう、身体が透けることはない。入れ替わりが起きてもいない。

千寿さんが言ったとおり、この一か月間あたしたちを振り回していた入れ替わり現象は、きっとゲイリーの七十年越しの思いが起こしていたもので。ゲイリー、いや、ひいおじいちゃんが亡くなった今は、あたしたちの世界が繋がることはもう、ないんだ。

そのことにすごく安心しつつも、少し寂しいような気もしていた。

「あーあ。広島行ったり東京戻ったり、慌ただしい夏休みだなー」

お通夜が行われる葬儀場へ向かう車の中、蓮斗がぶうたれる。お母さんが諫める。

「しょうがないじゃない、結局葬儀は東京でやることになったんだから」

「親戚も会社の人も東京にいるんだったら、なんでわざわざ広島に住むんだよ」

「だから、終の棲家は自分の生まれたところがよかったっていう気持ちがあったの。それに、住み始めたときは自分の葬儀のことなんて考えなかっただろうしね」

蓮斗は納得しているのかいないのかわからないけれど、ふーんと不満げなため息をついて、それからいつものようにゲーム機を取り出した。蓮斗から目をそらして車の外を見る。生まれてから十七年、ずっと住んでいた街の景色がどんどん流されていく。よくお菓子を買いに行くコンビニ。六年間通った小学校。毎日のように遊んだ公園。ただいま。心の中で言うと、おかえり、と声が返ってきた気がした。


生きていた頃に会社をやっていたとなると、お通夜は親族だけの集まりとはならない。一丸となって会社を大きくしていった社員たち、最初はビジネスだけの付き合いだったけどいつしか友人となった人たち、そして現社員。大量に集まった人たちのほとんどがおじさんとおじいさんばっかりで、葬儀場が妙な空間に思えた。だって、こんなにたくさんのおじさんとおじいさんに囲まれることなんて、そうそうない。

遺影には最近の写真じゃなくて、二十年ほど前の、まだ目の見えていた頃のひいおじいちゃんの写真が使われた。このとき、六十代。すでにあたしが知ってるゲイリーとはまったく別人だけれど、よく見れば目のあたりや口もとに、面影が窺える。何より、寡黙でちょっと怖いひいおじいちゃんじゃなくて、目尻に皺を寄せて目一杯笑っている。明るくて優しかったゲイリーと怖いひいおじいちゃんのキャラクターがあまりにも正反対すぎて、ずっと結びつかなかったけれど、こうして見ればたしかにひいおじいちゃんは、年を重ねたゲイリーだ。

十七歳のあたしにはまだ想像つかないが、歳を取ると素直に感情を出すのが恥ずかしくなるのかもしれない。ひいおじいちゃんは決してあたしやみんなのことが嫌いで笑わなかったんじゃなくて、単に笑うのが照れ臭かっただけなのかもしれない。

「なんか、人形みたい」

死体を見慣れていないあやめが棺の前、怯えてお母さんにしがみつく。死に化粧を施され、まだ元気だった頃によく着ていた服を着せられたひいおじいちゃんは、たしかに死人特有の無機質さがあり、だけど今にも生き返りそうな不気味な雰囲気を漂わせていた。

「そんなこと言わないの。ひいおじいちゃんが頑張って生きてきたからこそ、今のあやめがあるんだから」

何気ないお母さんの言葉が今はずっしりと重い。あたしは棺の端っこに、持ってきたお守りをこっそり置いた。

「あら、花恵ちゃん。久しぶりねぇ」

誰？　と言いたくなるようなまったく見覚えのない、年齢九十越えくらいのおばあちゃんがお母さんに声をかける。おそらくひいおばあちゃんのきょうだいにあたる人だと思うけれど、あたしにとってはまったく知らない人だ。お母さんがあたしや蓮斗たちを紹介するので軽く頭を下げる。でもあとは、まったく知らない、あたしも蓮斗もあやめも生まれていない頃の、遠い昔の思い出話。飽きてしまったのか蓮斗がトイレ行ってくる、と憮然といい、あたしもふたりで盛りあがっているおばあちゃんとお母さんの邪魔をしたくなくてその場を離れた。

葬儀場の一角に、故人を偲ばせる昔の写真が並べられていた。広島の家に飾ってあったものを、おばあちゃんがそのまま持ってきたんだろう。あたしも知っている若かりし頃のゲイリーと、びっくりするほど綺麗なひいおばあちゃんの婚礼写真の前で、ふと足が止まる。

ふたりの真ん中で、緊張しているのか、カメラを睨んでいる幼い顔。

なんでここに、辰雄が写っているの……？

「百合香さん」

背中にしわがれた声をかけられ、振り向いて、全身の皮膚が粟立った。

その人が辰雄だと、すぐにわかった。老いて白くなった眉の形も、わんぱくな性格を現しているようなくっきり二重の目も、鼻や口のあたりに漂う雰囲気も。

どこをどう見ても、辰雄だった。

「あのときは済まなかった。子どもの頭では、あなたの言っていることが理解できなくて」

「あなたは……辰雄なんですよね？」

「はい、早川辰雄です。あの夏、八月の九日に三千代姉ちゃんが死んで、二十日、二十一日と相次いで、親父とおふくろが死んだ。あなたのお陰でなんとか八月六日を生き延びることはできても、放射能の脅威までは乗り越えられなかった。姉は……それでもひと月、生きました。九月の六日が栗栖千寿の命日です」

「九月六日……なんですね」

千寿さんによれば栗栖千寿の命日は八月の二十日だったから、ここでもちょっと歴史が変わったんだろう。でも何より大きいのは、辰雄が生き延びたことだ。

「原爆孤児になった私は、ゲイリーと六美さんに引き取られ、やがて本当の子どもたちが生まれても、分け隔てなく育てられました。愛して育てられ、高校まで出してもらって。まったく、ふたりにも……そして、歴史を乗り越えて私を生かしてくれた百合香さんにも、恩しかありません」

改めて、きちっとお辞儀をする辰雄に、小さくお辞儀を返していた。

「あたしがやったことは、無意味だって思ってました。ひとりでも助けようと思ってあの日、頑張ったけれど、結局何もできなかったって。でも、そうじゃなくてよかった。生きていてくれてありがとうございます」

よく見れば、すべての写真に辰雄が写っている。砂浜で写した全員子ども用の水着を着ている写真、勝大伯父さんと八重子おばあちゃんと五月大叔母さん、そこにもうひとり、中学生ぐらいの男の子がひとり。八重子おばあちゃんと五月大叔母さんの七五三の写真は、ひいおじいちゃんとひいおばあちゃんはびしりと和服でキメて、勝大伯父さんは制服姿。その勝大伯父さんの隣に立つもうひとりの制服姿が、成長した辰雄だった。

「おう、兄さん！　なんだ、来ていたのか！　声ぐらいかけてくればいいのに」

勝大伯父さんが気づいて、義理の兄として育った辰雄に声をかける。おばあちゃんと五月大叔母さんもぱっと顔が華やぎ、辰雄の元に歩み寄る。

さりげなく辰雄から離れたあたしは、誰にも見られないように、目に溢れるものをそっと、手の甲で押さえた。

マイ・ウェイ

遠くでツクツクボウシが鳴いている。

髪の毛と一緒に眉毛も睫毛も抜け落ちてしまって、かろうじて瞼が動くだけの目はすでにかすんで、よく見えない。ものすごい体温を発しているのが自分でもわかり、いくら水を飲んでも足らず、苦しくて吐けばそれは水でも胃液でもなく血だ。

「姉ちゃん、お願いだから死なんでくれや。三千代姉ちゃんも父ちゃんも母ちゃんも死んで、姉ちゃんにまで死なれたら、いったいわしはどうしたらいいんじゃ」

目はぼんやりとしか辰雄の姿を映さないけれど、耳ははっきりとその声を鼓膜まで届けていて、私はまだ辰雄が生きてくれていること、これといった症状もなく、元気でいてくれていることに安堵する。自分も体調が悪く床についたまま起きられない最中、三千代と父さんと母さんを見送ったのはいつ頃だったか、もう覚えていない。

あれからまだ数日しか経っていないような気も、何年も経ったような気もする。

「ゲイリー……六美さん……辰雄のこと……どうか、よろしく……お願い、します」

私の担当になった看護婦の六美さんがゲイリーを見る眩しそうな目に、すでに気づいていた。七十年後で歴史を知った私は、このふたりが所帯を持つことを知っている。

ゲイリーと六美さんなら、辰雄を任せても安心だ。

　菜穂子が嗚咽を漏らす。その隣で辰雄が叫ぶように言う。

「馬鹿なこと言うな。勝手によろしくなんてせんでくれや。姉ちゃんは生きるんじゃや。生きて、生きて、また元気に外を歩いたり走ったり、できるようになるんじゃ」

「そうだよ。千寿はまだ、死んだりしないよ」

　ゲイリーの手が力強くあたしの手を握る。先月の十五日に戦争が終わって、三次の収容所が解放されて、そこから当然電車も車もなく、歩いてここまでたどり着いて、私を見つけてくれたゲイリー。もう一度会えた喜びが再びこみあげてくる。ゲイリーが歴史どおりちゃんと生き延びてくれて、もう一度会えて、本当に良かった。

「ゲイリー、あなたは……あなたの、夢を、叶えて。そして……精一杯、生きて。戦争が、終わって。これからは、あなたらしく、ちゃんと、生きていて、くれたら……夏に。また夏に……私は、あなたに会いに、行く。違う姿で。同じ心で」

「それ……どういう意味……?」

　ふたりの唇が触れ合う寸前まで、顔が近づいていた。ゲイリーの灰色の瞳があたしに問うている。今の言葉の意味をゲイリーが知るのは、七十年後。

「そのままの……意味よ。あなたが、信じて、くれたら……私はまた、あなたに、会いに、行ける……いつかの、夏に」

「わかった……信じる」

やわらかくて温かいものが唇に触れた。手を握る感触がより一層強く、私をこの世に引き留めようとする。でもその抵抗むなしく、もうすぐこの身体と別れる運命であることを、私は知っている。

私は確かに、ひどい時代に生まれた。食べ物がなくてひもじい思いをして、平和を叫べば殴られる。それでも私は、この時代に生まれた女の子の中でも一番幸せな子だった。ちゃんと自分で選んだ自分の道を生きたんだから。大好きな家族に囲まれて。人を愛して。百合香さんに言ったとおり、後悔することなんてひとつもない。

そりゃあ、悲惨でひどくて不自由な時代だった。二度と繰り返してほしくない時代だ。でも、そんな中でも、私は私なりに、私の道を、一生懸命生きた。そのことに胸を張って、いいんだよね……？

ツクツクボウシの声が遠ざかっていく。

灯篭流し

「ねぇねー、あれ、富士山？」

飛行機の通路の向こう側で、はしゃいでいる女の子がいる。たぶん、小学五年生になったうちのあやめと同じくらい。

あやめは私立の中学に行きたいと言いだし、昨年末から塾に通っている。あの泣き虫のあやめが自分から何かをやりたいなんて言うのはほとんど初めてのことでびっくりしたけれど、いつまでもあやめだって子どもじゃない。あの不思議な夏から二年が経って、あやめも成長したってことだ。中学生になった蓮斗も声変わりしたし。まぁ、あの反抗期を絵に描いたような言動は相変わらずだけど。

「先輩、政治経済の勉強って難しいですか？　わたし今、本気で進路に悩んでるんですけど。法学部か、政治経済学部か」

そう言う夏音ちゃんは、ビジュアルは二年前とほとんど変わってない。相変わらず眼鏡がトレードマークの少しぶすっとした顔だけど、三年生になってようやく友だちができたらしい。それも、趣味の読書を通じて。最近は放課後の図書室で、カウンターの中、夏音ちゃんを囲んで、みんなで読書に勤しんですごしているんだそうだ。

「んー、あたしはまだ入ったばっかりだから何とも言えないけど、そのうち難しくなってくんじゃない？　それより就職活動のほうが大変でしょう。ね、瑠璃さん」

「そうねぇ、ゼミとか就職活動とか、大学生活も後半戦になってくるとなかなか大変かもね。特に就職活動は、周りがどんどん決まっていったりすると、プレッシャーみたいなの覚えちゃうから」

主役の瑠璃さんが忙しいということもあり、あたしたちの平和維持活動は最近下火になっている。もう渋谷の駅前で演説することも、ビラをまくこともやめた。それに何よりあたし自身、瑠璃さんの活動に協力することに意味を見出せなくなっていた。

そういう活動がいいとか悪いとかじゃなくて、群れなくても自分ひとりでできることがきっとあるはず。そう思って、大学では政治と経済の勉強をする道を選んだ。

平和維持活動としてビラをまいたり、演説したり。そういうことが悪いわけじゃないけれど、私たちはそれぞれ別の道を歩き始めた。それでも仲良くしてるんだから、もう本物の親友だ。

「いいなぁ、百合香さんは大学にも受かって、彼氏もいて」

「なぁにー？　夏音ちゃんも彼氏とか欲しいとか思うようになってきた？」

「そりゃ、そうですよ。もう高三だし。まだデート経験すらないんだから」

「大丈夫、そのうち夏音ちゃんの良さをわかってくれる人がきっと現れるから」

そう言って微笑む瑠璃さんに、そうかなぁと夏音ちゃんは腑に落ちない顔をする。

「そうだよー。見た目とかステイタスじゃなくって、その人の人格の良さに気づければ、必ずいい恋できるから！」

「なんでだろう。百合香さんにそんな良いこと言われると、なんか悔しい気がする」

「何それ！　たしかにあたしは、戦争のこともろくに知らなかった馬鹿だけどね!?今では誰もが認める有名大学に現役合格したんだから!!」

「はいはい。それは尊敬してますよ、本当に」

とある超名門大学の政経に行くって言ったら、沙有美と莉子には「何？　汚職するの？」なんてからかわれたっけ。瑠璃さんたちとの活動を辞めた途端、沙有美たちとの仲は戻り、そして大学受験を通じて弘道とも元サヤに戻った。ふたりが志望したのが、たまたま同じ大学だったことが大きいだろう。

弘道はあたしに影響されたのか、将来はマスコミ志望で今は社会学部にいる。校内でもよく、堂々とデートする。前は人目を気にして、わざわざ同じ学校の子が誰も来ない喫茶店まで行って会ってたんだから、あたしたちも成長したもんだ。

夕暮れの原爆ドーム前で、菜穂子さん、そのお孫さんの美穂さんと待ち合わせていた。二年ぶりの再会に、菜穂子さんはあたしを見て目を細める。

「すっかり、べっぴんさんになったのう。お友だちも素敵じゃ」

「そんな。まだまだ、ガキですよ。あたしなんて」

あたしと瑠璃さんと夏音ちゃん、菜穂子さんと美穂さん。それぞれが四角い灯篭にメッセージを書き込み、元安川に浮かべる。白くライトアップされた原爆ドームが、力強く平和を訴えるシンボルとして輝いていた。小さな川にカラフルな灯篭が浮かぶ光景は幻想的で、胸の中にも静かに平和の火が灯る。

「百合香さん。本当のことを言うと、語り部いうんは、しんどい仕事よ」

赤や黄色や青。美しく発光した灯篭を眺めながら、菜穂子さんが言う。隣にいるのが八十九歳の菜穂子さんじゃなくて、七十二年前の、十七歳の菜穂子さんのような気がした。

「あの時のことを思い出すんは、ましてや語るんは、しんどいことよ。神さんがひとつだけ願いを叶えてくれるなら、あの記憶を消してほしいと思ったことすら、あるよ」

何も、言えなかった。たったひと月しかあの時代を経験せず、原爆が落ちたあとの悲惨な世界をよく見ることも、それから復興に至るまで広島が、あの時代に生きた人たちが経験したしんどい歴史を、ちゃんと知ることもなく現代に戻されてしまったあたしに、いい加減なことは何ひとつ言えなかった。

「それでもね。うちの話を聞きたい言うてくれる若い人がいる限りは、語り部として生きていこうと思う。それが、うちの使命じゃからのう」

「伝えていくことは、あたしたちの使命でもあります。これからどんどん戦争を経験した世代がいなくなっていくだろうから、そしたら今度はあたしが、菜穂子さんたちから聞いたことを次の世代に伝えなきゃいけないんです。二度と、過ちを繰り返さないために」

ふと、川面を流れる灯篭が消える。元安川の両岸から火が吹きあげ、その中を這うようにして歩いて行く人がいる。水を求めて川に飛び込んだ人たちは、精一杯泳ごうとするものの怪我がひどくて泳げず、どんどん沈んでいった。誰もが、幽霊のような姿をしていた。顔が火傷で溶けてしまった人、背中の皮がべろりと剥げて布を引きずるようにして歩く人、必死で子どもの手を引いて走る母親。

「百合香さん……？」

瑠璃さんに声をかけられ、ようやく我に返った。あたりから炎が、消えていた。火傷を負った体でさまよう人たちも、へし折れた木々や電柱も。ここにいるのは平和を願い灯篭を流す人たちと、七十二年の時を経て、立派に復興した広島だ。

「いや……ちょっと、ぼうっとしていただけです」

今見えていたものは、何だったんだろう。ゲイリーも千寿さんもとっくに亡くなったあと、あの頃の世界とあたしの世界が再び繋がることはないはずなのに。

いや、今、繋がったんだ。時を超えて、あの時代に命を散らしたひとたちの思いが、訴えかけてきたんだ。

二度とこんな世界にするんじゃないよ、って。

「百合香さん、何してるんですか？」

手を合わせていると、夏音ちゃんに言われた。

「お祈り、だよ」

言いたいことがわかってくれたらしく、夏音ちゃんも手を合わせる。瑠璃さんも、菜穂子さんも、美穂さんも。

ひいおじいちゃんひいおばあちゃん、父さん母さん、三千代、静子さん、千寿さん。あの時代を精一杯生きてくれた人たち、ありがとう。

みんながあたしに教えてくれたもの、一生忘れない。

川面を流れていく風が耳を撫でる。それが、千寿さんたちの返事に思えた。

あとがき

まずはここまで読み通してくださった皆様、ありがとうございます。

本書は約七年ぶりとなるスターツ出版様からの新作です。第一作目「天国までの49日間」のテーマが「いじめ」「命の大切さ」だったので、今回の執筆にあたり、どういった物語を書くべきか、考えに考えた末、たどり着いたテーマが「平和」と「生き抜く」ことでした。

今、日本に生きる私たちは何もかもがあって当たり前の、「恵まれ過ぎている」時代にあります。「恵まれている」ことは幸せですが、「恵まれ過ぎている」ことは幸せではないと私は思います。当たり前にある幸せ、たとえばご飯が食べられるとかテレビが見られるといった、どこにでもある幸せに気づきにくくなるからです。

この物語を通して、戦時下の不自由な暮らしから、あたりまえのことがあたりまえにできる幸せに、ひとりでも多くの方に気づいていただければ幸いです。

今回、取材のために中学校の修学旅行以来で、広島を訪れました。訪れる前は、少し怖い気持ちもありました。原爆ドームや平和祈念資料館で「あの日」の広島の姿に触れることによって、ひどく打ちひしがれた気持ちになってしまうのではないかと。

でも、確かに戦争や原爆のことを描いた資料は私をどうしようもなく悲しい気持ちにさせましたが、それ以上に広島の街の姿は私を勇気づけてくれました。

これはたまたまだったのですが、取材時の夜、お祭りをやっていて、美しい縁日の光景と街の底から漲るようなパワーに圧倒されました。かつてこの街が焦土と化し、残された人たちもすべてを失ったというのに、でもそこからこの街が見事に復興を遂げ、ここまで元気を取り戻していることに感動を覚えたのです。

広島だけではないです。あの日、あの時代、日本中に、灰色の街がありました。生き地獄に突き落とされた人がいました。それでも、何もないところからいろいろなものを生み出し、希望を捨てず、夢見ることを諦めず、頑張り抜いた人たちがいます。

今の若者はすぐ諦めると言う人がいます。

今の若者は夢を持たないと言う人がいます。

本当でしょうか？

私は、私たちひとりひとりの血液には、あの時代を頑張り抜いた人たちの遺伝子が、今もちゃんと語り継がれ、流れていると思います。

だからこれからの時代をより良きものにしていく使命を全うすることは、私たちにだって本当はちゃんとできるのではないかと。

最後に、スターツ出版の篠原さん、編集の萩原さん、素敵なカバーイラストを描いてくださったふすいさん、その他この本に携わったすべての方々に、改めて感謝の気持ちを贈ります。

二〇一七年十一月　櫻井千姫

参考文献

『戦争中の暮しの記録』　暮しの手帖編（暮しの手帖社）
『女子挺身隊の記録』　いのうえせつこ（新評論）
『戦時用語の基礎知識』　北村恒信（光人社）
『絵で読む広島の原爆』　文・那須正幹　絵・西村繁男（福音館書店）
Webサイト「広島の視線」　https://blogs.yahoo.co.jp/mitokosei

この物語はフィクションです。実在の人物、団体等とは一切関係がありません。

また、本書には今日の人権意識に照らして不当・不適切と思われる語句がありますが、物語の時代背景に照らしたものであり、作品に差別などの意図は一切ないことをご理解いただきますよう、お願い申し上げます。

櫻井千姫先生へのファンレターのあて先
〒104-0031　東京都中央区京橋1-3-1　八重洲口大栄ビル7F
スターツ出版(株) 書籍編集部 気付
櫻井千姫先生

70年分の夏を君に捧ぐ

2017年11月28日　初版第1刷発行

著　者　櫻井千姫　©Chihime Sakurai 2017

発 行 人　松島滋
デザイン　西村弘美
D T P　株式会社エストール
編　　集　篠原康子
　　　　　萩原聖巳
発 行 所　スターツ出版株式会社
　　　　　〒104-0031
　　　　　東京都中央区京橋1-3-1　八重洲口大栄ビル7F
　　　　　TEL　販売部　03-6202-0386（ご注文等に関するお問い合わせ）
　　　　　URL　http://starts-pub.jp/
印 刷 所　大日本印刷株式会社

Printed in Japan

ISBN　978-4-8137-0359-4　C0193

スターツ出版文庫　好評発売中!!

スターツ出版文庫　好評発売中!!

『交換ウソ日記』　櫻いいよ・著

好きだ——。高２の希美は、移動教室の机の中で、ただひと言、そう書かれた手紙を見つける。送り主は、学校で人気の瀬戸山くんだった。同学年だけどクラスも違うふたり。希美は彼を知っているが、彼が希美のことを知っている可能性は限りなく低いはずだ。イタズラかなと戸惑いつつも、返事を靴箱に入れた希美。その日から、ふたりの交換日記が始まるが、事態は思いもよらぬ展開を辿っていって…。予想外の結末は圧巻！感動の涙が止まらない！

ISBN978-4-8137-0311-2 ／ 定価：本体610円＋税

『真夜中プリズム』　沖田 円・著

かつて、陸上部でエーススプリンターとして自信と輝きに満ち溢れていた高２の昴。だが、ある事故によって、走り続ける夢は無残にも断たれてしまう。失意のどん底を味わうことになった昴の前に、ある日、星が好きな少年・真夏が現れ、昴は成り行きで真夏のいる天文部の部員に。彼と語り合う日々の中、昴の心にもう一度光が差し始めるが、真夏が昴に寄せる特別な想いの陰には、過去に隠されたある出来事があった——。限りなくピュアなふたつの心に感涙！

ISBN978-4-8137-0294-8 ／ 定価：本体550円＋税

『きみと繰り返す、あの夏の世界』　和泉あや・著

夏休み最後の日、真奈の前から想いを寄せる先輩・水樹が突然姿を消す。誰に尋ねても不思議と水樹の存在すら憶えておらず、スマホからも彼の記録はすべて消えていた。信じられない気持ちのまま翌朝目覚めると、夏休み初日——水樹が消える前に時間が戻っていた。“同じ夏”をやり直すことになった真奈が、水樹を失う運命を変えるためにしたこととは…。『今』を全力で生きるふたり。彼らの強い想いが起こす奇跡に心揺さぶられる——。

ISBN978-4-8137-0293-1 ／ 定価：本体570円＋税

『鎌倉ごちそう迷路』　五嶋りっか・著

いつか特別な存在になりたいと思っていた——。鎌倉でひとり暮らしを始めて３年、デザイン会社を半ばリストラ状態で退職した竹林潤香は、26歳のおひとりさま女子。無職の自由時間を使って鎌倉の町を散策してみるが、まだ何者にもなれていない中途半端な自分に嫌気が差し、実家の母の干渉や友人の活躍にも心乱される日々…。そんな彼女を救ったのは古民家カフェ「かまくら大仏」と、そこに出入りする謎の料理人・鎌田倉頼——略して“鎌倉”さんだった。

ISBN978-4-8137-0295-5 ／ 定価：本体550円＋税

スターツ出版文庫　好評発売中!!

『太陽に捧ぐラストボール　上』　高橋(たかはし)あこ・著

人を見て“眩しい”と思ったのは、翠に会った時が初めてだった――。高校野球部のエースをめざす響也は太陽みたいな翠に、恋をする。「補欠！　あたしを甲子園に連れていけ！」底抜けに元気な彼女には、悩みなんて1つもないように見えた。ところがある日、翠が突然倒れ、脳の病を患っていたと知る。翠はその眩しい笑顔の裏に弱さを隠していたのだった。響也は翠のために必ずエースになって甲子園へ連れていくと誓うが…。一途な想いが心に響く感動作。

ISBN978-4-8137-0277-1 ／ 定価：本体600円＋税

『太陽に捧ぐラストボール　下』　高橋(たかはし)あこ・著

エースになり甲子園をめざす響也を翠は病と闘いながらも、懸命に応援し続けた。練習で会えない日々もふたりの夢のためなら耐えられた。しかし甲子園行きをかけた試合の前日、突然、翠の容態が急変する。「あたし、補欠の彼女でよかった。生きててよかった…」そう言う翠のそばにずっといたいと、響也は試合出場をあきらめようとするのだったが――。互いを想い合う強い気持ちと、野球部の絆、ひと夏にかける一瞬の命の輝きが胸を打つ、大号泣の完結編！

ISBN978-4-8137-0278-8 ／ 定価：本体560円＋税

『京都あやかし絵師の癒し帖』　八谷(はちや)　紬(つむぎ)・著

物語の舞台は京都。芸術大学に入学した如月椿は、孤高なオーラを放つ同じ学部の三日月紫苑と、学内の大階段でぶつかり怪我を負わせてしまう。このことがきっかけで、椿は紫苑の屋敷へ案内され、彼の代わりにある大切な役割を任される。それは妖たちの肖像画を描くこと――つまり、彼らの“なりたい姿”を描き、不思議な力でその願いを叶えてあげることだった…。妖たちの心の救済、友情、絆、それらすべてを瑞々しく描いた最高の感涙小説。全４話収録。

ISBN978-4-8137-0279-5 ／ 定価：本体570円＋税

『三月の雪は、きみの嘘』　いぬじゅん・著

自分の気持ちを伝えるのが苦手な文香は嘘をついて本当の自分をごまかしてばかりいた。するとクラスメイトの拓海に「嘘ばっかりついて疲れない？」と、なぜか嘘を見破られてしまう。口数が少なく不思議な雰囲気を纏う拓海に文香はどこか見覚えがあった。彼と接するうち、自分が嘘をつく原因が過去のある記憶に関係していると知る。しかし、それを思い出すことは拓海との別れを意味していた…。ラスト、拓海が仕掛けた“優しい嘘”に涙が込み上げる―。

ISBN978-4-8137-0263-4 ／ 定価：本体600円＋税

書店店頭にご希望の本がない場合は、書店にてご注文いただけます。